你还记得我吗

夌磊　著

二十一世纪出版社
21st Century Publishing House
全国百佳出版社

图书在版编目（CIP）数据

你还记得我吗 / 夎磊著. -- 南昌：二十一世纪出版社，
2014.3(2022.4重印)

（后青春期丛书）

ISBN 978-7-5391-9291-8

Ⅰ.①你… Ⅱ.①夎… Ⅲ.①长篇小说—中国—当代

Ⅳ.① I247.5

中国版本图书馆 CIP 数据核字 (2013) 第 281132 号

你还记得我吗

夎 磊 / 著

策　　划	张　明	
责任编辑	张　宇	
特约编辑	郑　英	
出版发行	二十一世纪出版社（江西省南昌市子安路 75 号　330009）	
	www.21cccc.com　cc21@163.net	
出 版 人	张秋林	
经　　销	新华书店	
印　　刷	三河市人民印务有限公司	
版　　次	2014年3月第1版　2022年4月第3次印刷	
开　　本	880×1230 mm　1/32	
印　　张	8.5	
字　　数	179 千	
书　　号	ISBN 978-7-5391-9291-8	
定　　价	22.00 元	

赣版权登字—04—2013—824

如发现印装质量问题，请寄本社图书发行公司调换 0791-86524997

Contents **目 录**

1 文晴要结婚了

文晴打来电话的时候，我正在晒纸币，百元、百元的大钞。压箱子底儿都快一年了，前几天下了好几场大雨，钞票上开始欢乐地长白毛了。好不容易赶上一大太阳天，我赶紧拿出来让它们见见太阳。我正一张一张晒得不亦乐乎，文晴就突然劈下来这么一个晴天霹雳。我拿着听筒，调整了一下狂跳的心，咽了口吐沫灭了点心里燃烧的火，装着特沉着冷静地问："你刚才说什么来着？No，No，你刚才说什么来着？"文晴那边跟鸭子似的嘎嘎嘎地笑成了一团，特豪迈地又说了一遍："喜芸！我要结婚了！我要结婚了！"

顿时，我的耳朵就开始不灵了，嗡嗡的，好像几千、几万只蜜蜂在我耳边闹革命呢，其实要是天上正过一飞机，摔在我对面的楼顶上，我都没有现在这么震惊。结婚？文晴？文晴＝结婚？文晴要结婚了？我不相信，"你是不是又喊狼来了？没劲啊！我可没心情，姐这儿正忙着呢。""没，没。这回可是真的。真枪实弹。明儿把请帖给你快递过去，别忘了准备红包！"文晴嘻嘻哈哈的，跟中了五百万似的，其实也跟中五百万差不多，"黄金剩斗士"文晴居然要结婚了。

挂了电话，我心里特惆怅，看着眼前刚晒开的几张百元票子，心里那个流泪啊，得，晒什么晒啊，这红包一包，都得给人做贡献了，跟做希望工程似的。想着，钱也不晒了，直接从抽屉里翻出一红包来，还是上学那会儿一大爷给我装压岁钱用的，直接把钞票连带着白毛，还有我那一肚子惆怅一起装了进去。

文晴结婚这事儿是我掰脚丫子也想不到的，当年跟我一起走南闯北，高举女性主义，单身奋战到底的斗士，居然毫无征兆地跟我说要结婚了，实在让我匪夷所思，更是想破了脑袋也回忆不起来，这姐们儿什么时候勾搭了一个。要说这是结婚，又不是呼吸吃饭睡觉，怎么着也该有个先兆吧，至少给我一个接受的过程，先告诉我，她有男朋友了，再告诉我和他交往五年了，觉得他俩挺蹭对的，再是你浓我浓见了双方父母了，最后给我打个电话说他们决定结婚了，这样我听了至少不会觉得2012地球快到末日了，我也早早把红包准备好，乖乖地双手奉上。怎么莫名其妙的，忽然就说要结婚了？我躺在床上半睁着眼睛昏昏欲睡，脑子可没闲着还在搜肠刮肚地琢磨文晴结婚对象的事儿。我心说这死女人也学会矜持了？瞒着我搞了一个？我正琢磨着，忽然想起来文晴曾经说过她喜欢上一个什么人，英俊潇洒，玉树临风的，还是个从国外回归祖国怀抱的才子。她的结婚对象不会就是这只"海龟"吧。

文晴跟我说她喜欢上海龟男的时候，我正在赶写大学毕业的论文，赶得我头晕眼花呕心沥血，我们那变态老师出了个变态题，什么懒人能推动经济发展。害得我愣是蓬头垢面窝在图书馆里啃书本啃得天昏地暗，接到文晴电话也就随便应付了几句，左耳朵进右耳朵出没当回事。现在想起来，八成他们就是那个时候搞到一起了。那可是文晴的大事，我怎么能这么不上心，这还叫死党，还配叫姐妹么。我锁定了文晴要结婚的对象，心里立马闹腾开了。我从床上蹦起来，拿起电话从闺房密友栏里找到文晴，拨通号码，那边传来一阵心脏停止后心电图机器发出的"嘟、嘟、嘟、嘟"的声音。占线！我骂咧咧地挂上电话。这女人不知道又跟谁宣布她这条爆炸性新闻呢。我不安分地踩着拖鞋，吧嗒、吧嗒从屋子的这边走到那边，又吧嗒、吧嗒从那边走到这边，再拨文晴的电话，还是忙音。我骂了一句"死女人，就知道得瑟。"

我一屁股瘫在床上，跟堆烂泥似的。今儿我要不跟文晴确认了新郎的身份就直接打车去医院了，看是不是由于过度担心得了肺痨，说实话我怕，那小子是不是真心要娶她啊，别只是玩玩，就她自个儿当真了。我担心她大小姐脑子一瘫痪又被人骗了。文晴的恋爱史我清楚，高一的时候她喜欢上大我们一届的一个大帅哥，人是帅得一塌糊涂，但架不住是一花花大少，她傻了吧唧地给人家当了三年的小跑腿外加钱包，结果人家一句"我喜欢上别人了"就把她给踢了。文晴那时候就是崩溃，抱着我，鼻子眼泪地抹了我一身，还红着眼睛跟怨妇似的问我："你说我哪儿不好？我哪儿不好？"我说："你哪儿都好，就是太傻。"我不止一次劝过她，那种会说自己很帅很酷很花心的人，怎么能交往呢，一定会死得很惨。可惜她不听，把我的话当耳屎往外掏，不但爱上了他，还掏心掏肺掏肠儿的，智商立刻趋近于零蛋。我就奇怪了，女人遇到自己喜欢的男人怎么都变成了傻子，还会为了男人要死要活的，至于么？我就不要男人，也不会为男人又哭又闹又上吊的，天下的男人都是骗子，没有一个好东西。文晴失恋闹了一段情绪后也慢慢平静了，好像看破了红尘似的，信誓旦旦地拍着胸脯说要去当姑子，这才几年啊，怎么就说要结婚了？我掰指头算了算，从她跟我说喜欢上一个玉树临风男到现在，也就不到一年，这算是闪婚啊，真时髦。

　　总算老天开了眼，我终于打通了文晴的电话，一口气问了十遍那个男的是不是认真的，最后文晴很肯定地"嗯"了一声，我悬着的心才呱唧落回到了肚儿里。可我再想问点细节，她死活就是不说了。我一赌气说了句"随便你吧"就把电话撂了。为了文晴要结婚这点事，我一夜未眠，早上头昏脑涨，起床就冲着马桶干呕，胃里昨天那点消化得差不多的三鲜肉包，愣是让我吐出一虾仁来。消停了，我给公平打了个电话，嗓子都喊哑了，不喊我觉得有一口恶气堵在嗓子眼里出不来，跟噎了馒头似的难受。我说："我要喝酒！晚上陪我喝酒！不去你小子就死定了！"

　　公平有起床气，特别是大早上被人吵醒暴躁得就跟狮子似的，"×！谁啊？一大早就××犯病！"我心情本来就差到了极点，一嗓子吼过去，估计整个楼的人都听见了，"是你姑奶奶我！"电话那边沉默了半天才响起慵懒的声音，"哦……×，你小点声。耳膜差点被你给震破了。出什么事儿了？"我说："别跟我贫，没心情。你就跟我说，晚上陪我喝酒，你去，还是不去？"我刚才那一嗓子着实喊得豪迈，把吃奶的劲儿都用上了，这会儿浑身软绵绵的没力气了，气语游丝的，跟要死了似的。"不去！我有事。"公平无情地回绝道。我缓和了口气说："文晴要结婚了，让我给她当伴娘。"

我说出这话的时候，真以为自己快死了。"我晚上真有点事……"公平闷闷地说。

"真没劲，你滚吧！"我哐地摔了电话，把头压在枕头底下，心想憋死算了。要是我憋死了，文晴一定会哇啦、哇啦地哭个不停，就像她当年失恋的时候一样，一把鼻涕一把眼泪哭得稀里哗啦的。公平，我就不指望了，能在我面前掉几滴眼泪也就算对得起他的良心。不过公平这家伙，什么时候变得这么跩的，牛哄哄的，真把自己当人物了。后来想了想，我就乐了，他本来就这么跩，只是跟他闹熟了，竟然把他其实很跩的事儿给忘了。

2 哥们儿公平

公平是我在海蓝天堂里认识的。那个时候我刚上高三，心里不爽，就跑到这家夜店喝酒跳舞，那个时候总是能听到公平的名字，就是没见过真人。有人告诉我他是夜店里的名人，歌唱得好舞跳得炫，长得更是百里挑一，跟韩国整容明星似的。

认识他的那天我心情特不好，晚上睡不着自己跑到海蓝天堂去了。灯红酒绿纸醉金迷的妖孽世界，摇摆狂舞的妖魔鬼怪，超大重金属摇滚音乐，想不糜烂都不行。我又扭屁股又扭腰跟抽风的面条似的挤着周围的人群魔乱舞了一阵，DJ换歌的时候，我出了场子休息，路过吧台的时候顺便要了一瓶酒，也没看度数，仰头就喝，跟喝白水似的。我本来跳舞跳得有点缺氧，晕头转向的思绪乱成了一团，没想到一喝酒，脑袋倒清醒了。我当时就想，这哪是酒啊，根本就是醒酒汤么，跟茶一个作用，越喝越清醒。我正喝得爽快，就觉得耳边跟开仗似的闹腾，刚才心烦意乱也没注意周围的环境随便找了个位置坐了，这会儿清醒了才发现我旁边有一群女人老的老小的小、里三层外三层地围着一个人。本来人数多看着就眼晕，还在那里叽叽喳喳的，跟麻雀似的吵得我直想找把机关枪把她们都突突了。

　　"嘿，喝！""亲爱的，哈哈，喝啊！""嘿嘿！哈哈哈，小亲亲，喝啊！"她们尖声尖气抑阳顿挫的声音跟海潮似的此起彼伏，那声波顺着空气这个介质就往我耳朵里灌，我顿时浑身起了一层鸡皮疙瘩，汗毛竖了几百根。这哪是麻雀，更像一群争着抢食的母鸡，有谁在中间扔了一把米，鸡群立马闻风而动把那个地方围了个密不通风。我眯缝着眼睛，心里抓狂地听着一个女人细声细气地叫唤："亲，喝啊！喝！"我脑袋开始发热，心里的火跟趵突泉的泉水似的突突地往外冒，我噌地站起来拿着酒瓶大步流星地冲到那堆人群外围，以迅雷不及掩耳的速度一扬手，一瓶酒全撒了过去。"喝你×个头啊！都他×给我安静点！亲，亲，亲，亲，要亲回家亲去啊！"我吼出去的瞬间，鸡群迅速裂开了个大口子，速度之快，我怀疑她们是武林高手都会《天龙八部》里段誉会的那招凌波微步。一瓶酒，不偏不斜洋洋洒洒地散落在了被那群女人包围在最里面的男人的身上。我不知道是错觉还是音乐正好放完，周围一下子安静了，紧接着好像电影里的特写镜头，一个长相帅气、身材修长的王子慢慢地抬起头，苍白的脸上一双深邃幽幻的眼眸，头发湿漉漉黑亮亮的飘着麦香般的酒水味道。我当时特感动，没想到啊，原来一直以为只有电视里才有这种帅哥生物，居然让我给泼了个正着儿。我虽然对帅哥不是特感冒，不像文晴，见了帅哥又是流口水又是喷鼻血的，不过当时我怎么也算是如花似玉情窦初开的年纪，眼前突然摆了这么个养眼的玩意儿，换成纸人，也得想入非非。可惜，电影就是电影，现实就是现实，真理告诉我们，电视里温文尔雅的王子是永远走不到现实世界里的。那个很让人心动的帅哥优雅地抬起头，然后用那漂亮的双眸死命地瞪了我一眼："×！你×没长眼睛吧，往哪泼呢？"我心里咯噔一下，他在我心里的形象骤然崩塌了。我心说，我刚才算是得白内障了，就这么一痞子，我也会对号成白马王子，×，要不说，骑白马的不一定是王子，可能是唐僧。我直着脖子迎着他愤怒的目光呵呵地温柔一笑，不照镜子我也知道，我一定是笑得如花似玉花枝乱颤，对面被我泼了的男人眼里的怒火明显灭了一轮。我晃了晃脑袋笑着说："你又不瞎，我长没长眼睛，你看不见啊？"我话音刚落，明显感到对面温度呼地烧上去了。周围一群女人又开始七嘴八舌地起哄："公平哥，别理这婊子，咱们喝咱们的。""公平，别跟她一般见识，她喝醉了啦！"那个时候我才知道站在我面前的这个长着天使般面孔的恶魔是鼎鼎大名的公平。

公平这名字经常有人提到，特别是海蓝天堂的老板娘的女儿施璐璐，每次提到他都一脸色相，说什么跳舞宛如黑色蝴蝶般绚丽，长相宛如暗夜精灵般凄美，是酒吧里女人们眼中名副其实的王子。不知道是酒精影响，还是想起的那段话的作用，我眼前的公平在五光十色的灯光的照射下闪闪发光。不过这种感觉急转而逝，我定了定神说："泼你？泼你怎么了？姑奶奶我泼了你是你的福气，是你上辈子积了德，祖坟上冒了烟。赶紧烧香磕头感谢土地公吧！"公平紧皱着眉头瞪着我说："×，这女的醉了。"我回击道："你才醉了！"公平几乎是咆哮出来的："我他×没醉，是你他×醉了！"我也跟着怒吼："我他×才没醉，你他×才醉了！"然后是我们俩一来一回的对骂，"你他×醉了！""你他×才醉了！""你他×醉了！""你他×才醉了！""你他×！""你才他×！""你

×！""你×！"骂着、骂着忽然觉得不对味了，这都谁妈跟谁妈啊？周围有几个刚围过来不知道内情的人还在那儿问呢，谁把妈丢了？骂也骂累了，我们两个开始对瞪，结果不分胜负，旗鼓相当。我心说看来不用点伎俩是灭不了他了，我那时候就觉得脑子比什么时候都清楚，转得比什么时候都快，跟装了个马达似的。我说："你他×要是没醉，我就是你妈！"公平想都没想就嚷嚷，"我他×就是没醉。""哎，好儿子！"我赶紧一句话噎了过去。"×！占我便宜！"公平总算反应了过来，两眼开始冒火，我甚至怀疑再过几分钟他就能自燃。周围也有反应过来的，哈哈地在一边偷笑。我得意地咂了咂嘴，得罪我，谁管你是公平还是暖瓶，马上叫你死定！还没等我乐完，公平马上回敬了我一句，"×，你要是没醉，你他×就是处女！""我他×就是处女！"嚷嚷完我就愣了。瞬间，周围爆发出前所未有的笑声，"她说她是处女，哈哈哈哈！""真他×有脸！哈哈哈！"我一口气没上来，憋得心里跟火烧似的，突然觉得头晕，眼前的世界开始扭曲，酒吧里的笑声、灯光、人群时而放大时而缩小，最后都渐渐离我远去了……

　　本来倒下去的瞬间我还对公平恨得咬牙切齿，梦里都是拿着大刀砍他的画面，可是清醒了以后，我就改变主意了。主要是我从酒吧角落的长椅上醒过来的时候，看见歪着脑袋靠着椅子背睡在一边的公平，我身上盖着他的衣服，我对他的怨恨也就随之消失了，我想这个人可能也不坏，昨天晚上我也确实喝多了说了些混账话。我这个人的最大优点就是不记仇，多大的事儿转脸就忘。再说了，其实我们也没什么深仇大恨，就是借着酒劲发发酒疯抬抬杠。我醒了，

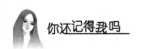

公平也跟着醒了。我就问他是不是在这里陪了我一夜。公平说主要是可怜我,倒在地上没有人管,他就像可怜流浪猫似的可怜我,还叫我别误会。我说:"误会个屁。谁误会我也不会误会,我才不稀罕你陪着我。"公平又有点上火了:"你他 × 真没人性,再怎么着我也陪了你一个晚上呢!"我说:"那你想怎么着?"公平眼珠子一转,我就知道没有好事,果然,他凑过来跟做贼似的问,"你真的是处女啊?"我使劲踹了他一脚,然后把他的衣服冲着他的脑袋扔了过去,"滚!"

酒吧里一片狼藉,人群已经散去多时了,空气中的弥漫着一层香水味,我跑到门口时听见公平扯着嗓子喊:"我叫公平,你叫什么?"我双手合成喇叭状喊回去,"苏喜芸!"我和公平就是这么认识的,文晴总说我们两个是冤家和对头,不打不相识。后来公平老是拿我们初次见面说事儿,说我当时特大声自称是处女,说的时候还添油加醋,声情并茂,实在让我忍无可忍,我就回击说他曾认我当干娘,然后左一个干儿子右一个干儿子,叫得公平直摩拳擦掌。其实他比我大三岁。后来我追问公平,当时为什么留下来陪我,真的是因为可怜?他坏笑着说:"当然不是,第一次有女生这么壮烈地大喊自己是处女,我觉得好玩。想认识你。"回想起来,公平本来就很傲,只是我跟他太熟了,又打又闹又掐的,没大没小,倒是忘了。后来我们经常成双入对地出入各大酒吧,总有女人问我是不是他的女朋友,我赶紧承担消防员的角色,扑灭妒火,发誓我们绝不是男女朋友关系,我们两个之间那才是纯友谊,我不把他当男人,他也不把我当女人,对视的时候一点火花都没有,心跳就更别提了。

我跟文晴介绍他的时候，说他给我的感觉特像你，文晴还跟我急了："咱俩是什么交情，这半路杀出来的程咬金能跟我相提并论吗？"我就赶紧说："他可不能跟你比。你是我大房，他就是个小三。"掰手指头数数，能真正让我称得上是朋友的也就是他俩了，其他的都是表面上的交情不交心，他们就像我的两颗眼珠子缺了谁我都疼。可如今，文晴要结婚了，就像谁从我的眼眶里生生地挖走了一只眼睛般难受。

3 纸醉金迷的世界

晚上我自己去了海蓝天堂，不去喝个烂醉我心里就消停不下来，总觉得有块东西沉在我的肚子里，生根发芽直接成了化石，坠着难受。酒吧里仍然是歌舞升平，唯独和往日不同的是，如今只剩我一个人坐在角落里喝闷酒了，行单影孤的。我不由想起那个倒霉皇帝李老兄的诗，"雕栏玉砌应犹在，只是朱颜改。问君能有几多愁，恰似一江春水向东流。"我正一个人喝得诗意浓浓，黑影一晃，几个歪瓜裂枣的男人出现在我的面前，我头都没抬，用眼睛的余光就看出来了，这几个人一个比一个长得对不起爹娘。

"哟，兄弟们，这妞挺漂亮啊。嘿，小妹妹，你一个人啊？"我没吱声，坐那儿装耳聋。"小可爱，别不理我啊，哥哥我也一个人呢……"我心说谁这么不要脸啊，字典里还有没有廉耻两个字了？我忍不住抬头一看，一张蛤蟆脸跟特写镜头似的出现在我眼前，那张不知道几寸的大嘴一直咧到了腮帮子，几颗黄黑的牙齿暴露在空气里。"噗！"我心里一恶心，嘴里的酒不偏不斜全喷在说话的那张蛤蟆脸上了。我心说，浪费啊，今天开了瓶洋酒，这一喷，喷出去不少银子。

"我×，你××喷谁呢？你个臭婊子！"癞蛤蟆怒气冲天地哇哇大叫，跟条疯狗似的。我耸耸肩嘲讽地说："哥哥，这怎么能怪我呢？怪只能怪您出来的时间有问题。这万圣节还没到呢，您就出来吓唬人，这不是影响市容么？"那蛤蟆一开始没转过弯，在那儿愣了半天，旁边有个机灵的，明白我是在骂他长得丑，就趴他耳边费力地解释了半天。"我×！"癞蛤蟆总算回过味儿来了，双眼上翻，嘴巴大张，眼看就要一命呜呼，旁边几个大老爷们一边叫着大哥一边开始手忙脚乱地又掐人中又拍后背的，恨不得多长几只手脚溜须拍马。最可恶的是其中一个长得挺斯文的小子，看着跟书生似的特文静，竟然抡起拳头冲着我就来了。我心说，得，这回交待了，遇到了几条疯狗，连女人都打，是不是大老爷们啊，长得人模人样的，竟是疯狗中的疯狗。那小子的拳头挥了一半，就停在了半空中，然后他整个人被提了起来，跟高中时候做物理试验的小球似的做了一个抛物线运动离开了我的视线。公平不知道从哪儿钻出来的，红着眼睛把我护在身后，他瞪着站在我面前的其他人说："谁××敢动我的女人，谁××就给我死！"我一听火就上来了，谁是他的女人啊，这要是换了平时，我早就连踢带打带咬地过去玩命了，不过现在这个形势还得靠他打疯狗。站在最前线的癞蛤蟆在其他疯狗的服侍下总算喘上一口气，稳了稳神说："×，你××是哪冒出来的葱？"公平撇了撇嘴，一把拿起我桌上的酒瓶，"哐"就给砸碎了，留了半个酒瓶握在手里，我心里那淌泪啊，早知道他要来这手，刚才我拼了命也得把酒都喝了啊，白花花的银子就这么被他给敲没了。我正难过，公平竟然哈哈哈大笑起来，笑得我浑身都起鸡皮疙瘩，

心说这都什么时候了，您还有工夫犯病。更让我吃惊的是癞蛤蟆那帮人互相对视了一眼也跟着笑了起来，笑得比公平还夸张，跟吃了药似的，抱着肚子在那儿抽风，然后一边笑一边就退进人群里迅速消失了。

公平喘了口气，扔了手里的半个酒瓶，挤着我一屁股坐了下来。我没好气地说："你不是不来吗？"公平斜眼看着我说："姑奶奶你召唤我，我敢不来吗？"然后说，"亏了我来了，要不癞蛤蟆就吃到天鹅肉了！"我死命地瞪了他一眼。公平咧着哈哈地嘴笑着说："酒呢？"我说："你还敢问？刚被你敲了。一瓶洋酒，好多金呢！我算是看明白了，只要有你在，就准没好事儿！"其实公平能来我心里挺高兴的，我觉得我这个人有时候特找抽，明明希望这样，偏说是那样，明明希望那样，又非说要这样。文晴最了解我，她说我就是贱，怎么折腾自己怎么高兴。我觉得有时候文晴还真能说出点有哲理的话来。公平叫了服务生开了几瓶度数小的酒，我就乐了。我说："公平，你太小看我了吧？就这度数的酒，我平时也就当果汁喝。"公平斜睨着我说："这不是不是平时么。"我说："你今天说话怎么跟绕口令似的，有话就说有屁就放，别拐弯抹角的。"公平开了一瓶酒递给我说："文晴要结婚了，你心里不痛快，所以到这里借酒浇愁来了，是不是？不过我既然来了就不能让你那么干。主要是不想再陪你一个晚上了，腰酸背痛还不落好的苦力活儿。""你小子想得美！"我哈哈哈地笑了起来，夺过公平递来的酒，仰头猛灌。公平真的很像文晴，总能看透我，总能知道我在想什么要做什么。记得和公平认识不久之后和他说起文晴，我说："你们都是我肚里的蛔虫,你是蛔虫二号,她是蛔虫一号。"公平马上嗷嗷了起来,"×!我这么帅,哪像蛔虫啊!真 × × 恶心!"文晴在旁边皱了一下眉头,挺同情地望着发飙的公平,然后转头瞪着我说:"这货你是哪儿捡来的?比我还自恋啊!"我使劲点头说:"是吧,看来下一任头号蛔虫的头衔非他莫属了,文晴,你不要怪我啊!"文晴含恨地叹了口气:"唉!真是后浪推前浪,前浪死在沙滩上。"公平在一边咬牙切齿的,就差狗吠了。

舞池里,一个老女人站在比较高的平台上大耍钢管舞,皱巴的肚皮暴露在衣服外面,这是个什么样的年代啊,疯狂糜烂虚无而空白。我趴在桌子上眯着眼睛望着酒瓶里映出的扭曲的舞场,有点头晕,公平这个家伙,真的很了解我,我其实不怎么会喝酒。酒吧里认识我的人都说我是喝酒的好手,夸我海量,只有文晴说我沾酒就醉。我能喝很多酒,并不代表我会喝酒,其实在喝第一杯的时候我就醉了,但是我不像其他喝醉酒的人会撒酒疯会满脸通红或者惨白,我会像没喝酒的时候一样镇静,越醉我越明白,越想忘记的事情记得越清楚。文晴说我不能喝酒,越喝越痛苦。我说我就喜欢喝酒,我就是贱呗。

音乐狂躁,灯光变得时明时暗忽冷忽热,公平舔着嘴唇瞅着我,看得我浑身不自在。我说:"你小子口水都流出来了,你想干吗?跟狼盯羊似的,看得我浑身不舒服!"公平说:"你真要去给文晴当伴娘?"我说:"是啊,再怎么说那是她的愿望。你真的不去了?"公平点了点头说:"不去了。我那天有点麻烦的事儿要解决。你帮我凑个份儿就成。文晴也是,说结婚就结婚了,也不跟咱商量商量。"我愤愤地说:"我也觉得,这娘们儿不知道从什么时候开始不跟咱说实话了，居然背着交了个男人。你不知道也就算了，居然连我都给隐瞒了！亏我那么在乎她。"说着，我心里忽然空了一块，抓起酒瓶猛灌，好像要用酒水填补那块空缺，却不知道酒水顺着那个空洞流向四面八方，浑身都热起来了。"别喝了，你喝得够多了。"公平抢了我的酒瓶，里面的酒由于惯性被晃了出来，撒在了他的裤子上。我望着他那张很臭的脸特无辜地说："这可是你自己弄的。跟我无关。"公平翻了个白眼吐出一口气说："你就是个惹事儿精。算了，反正会有人洗。"我坏笑了一下问："是哪个女孩儿啊？小丽？小戴？还是……不会是那个波霸吧？"见公平不回答，我继续兴奋地自语，"那个波霸长得其实挺让人垂涎的，不过没想到你小子喜好那样的，前凸后撅的。"我一边说，一边在前面比划着。公平吹了声口哨然后继续闷声不响地喝酒。我无趣地耸了耸肩。公平不但是名扬天下的酒吧王子，也是酒吧出了名的花花大少，周围追求他的女孩子多得好像天上的星星，他自己都数不清楚，女朋友能用卡车装，跟他有过一夜情的人估计比动物园猴山里的猴子还多。每次他给我打电话找我喝酒的时候，我总会嘲讽他："你的三宫六院里美女如云，怎么就没有跟你喝喜酒的？"他就借题发挥说："等你呢！什么时候加入她们的大军啊？我封你当皇后。"我骂他是喝多了找板儿砖拍呢，连哥们都要染指，禽兽不如。他就发狂地笑，笑完了特深沉特装蒜地跟我说："其实我很孤独。"然后就换成我抽风地笑。他就很郁闷地问："这么好笑吗？"我赶紧回答："真的特别好笑。"公平会孤独？我情愿相信池塘里的青蛙会说话。

4　找个爱你的人嫁了吧

文晴的婚礼特盛大，她有钱的老爸做主，在后海包了一个大四合院，场面弄得风风光光的，车队一水的凯迪拉克。记得以前文晴跟我说过，她的婚礼要办就办大的隆重的人山人海的那种，她说最好能开个飞机满世界地撒传单，要让所有人都见证她的幸福。这次的婚礼也算是符合文晴的口味，闹得鸡飞狗跳的，几辆车一开到，立马就围满了凑热闹的人，几个来后海旅游的老外，还以为群众游行呢，举着相机一顿照。那天我就穿了身运动服，带个鸭舌帽，骑着辆破永久，穿梭在人流中，跟比障碍赛似的。我一想到文晴她爸那大把、大把往外掏的银子，就觉得像割肉，不过她家有的是钱，不在乎这几个，再说花在自己闺女身上，自然也豁得出去。前一天晚上给文晴打电话问她我穿什么去。文晴特激动，都语无伦次了，"什么都不用穿！你来就行！"我一听就笑了，我说："你真色情，我又不是参加裸体婚礼，还能什么都不穿？"文晴也笑了："我是说你穿什么都可以，伴娘的礼服早都给你准备好了。我就知道你会答应的。"我用鼻子哼了几声说："这也就是你！"文晴对我来说太重要了。

　　爸妈离婚以后，我一直把文晴当家人，好姐妹，其实我们之间已经不是简单的友情，而是一种难以名状的亲情。她要结婚，我能不去吗。我心里挺惆怅的，跟嫁女儿似的。

　　婚礼当天我刚到场就被文晴拉到化妆室去了，由一个浓妆艳抹的老女人操刀给我化妆，我瞥了一眼那女的，心里有点没底，这化妆师的脸怎么看怎么像个妈妈桑，不像干正经职业的。化妆师在我的脸上又是涂又是抹的，我生怕给毁容了，照着镜子一个劲儿嘱咐，"姐姐，这是几号的粉底啊？咱皮肤白，平时都是用象牙白的……您这对假睫毛可不能贴我眼皮上，这是什么做的，跟油漆刷似的……哎哟！这腮红您往哪蹭呢？咱是伴娘！您当给秧歌队老娘们儿化妆呢？"我正口无遮拦地大喷口水，旁边正在化妆的男人突然笑了起来，他一边笑一边转过头看我，见我正鄙视地瞪着他，那张白皙的脸腾地红了。他干咳了一声，结结巴巴地说："我……不是在笑你。"我都无语了，他是不是傻啊？这分明是此地无银三百两啊。我上下打量着他，心里忽然有底了。我第一眼看他的时候就想起文晴说的话，英俊潇洒、玉树临风，再看他身上的行头，一套上万的西服，笔直的领带，油光锃亮的黑皮鞋，再加上一张帅气的脸，我心里认定他就是文晴的新郎。我心说，成，你小子这回死定了，惹谁不好，惹你未来老婆最铁的姐们儿，看你过门了我怎么叫文晴收拾你。我心里这么想嘴上可没敢这么说，再怎么着地还没完全成为文晴的私有财产呢，万一我一撒泼，他后悔了，来个什么物以类聚，人以群分，文晴还不得跟我玩命。我做了个深呼吸浊气下沉，往脸上挂了个大大的微笑，特淑女地冲他点了下头，跟日本艺妓似的，还特柔声地说了句，没事儿。我心里呐喊啊，没事个屁！等你完全掉进文晴的温柔陷阱了，咱再算账。我的如意算盘打得挺好，可惜天不随人意。文晴进来找我，然后指着我旁边那个男人说，"喜芸，我给你介绍一下，他是我们婚礼上的伴郎。"啊？伴郎？我当时心里流泪啊，精心策划的复仇计划就这么泡汤了。那个男人也不看我的心情，笑吟吟地站到我面前，潇洒地把手一伸说："你好。我叫杜松。"我着魔般把手伸过去和杜松的手握在一起，暖暖的。"我叫苏喜芸。"那一瞬间，我觉得杜松的笑容特别灿烂，像溢满阳光的麦田。

婚礼上，我瞅着新郎直嗫牙花子，这新郎怎么看都不是文晴喜欢的那类，文晴喜欢头发散乱耳朵穿孔一个微笑能迷倒一片的小痞子型帅哥，当初看到公平的时候，她的眼珠子差点黏到他的脸上，还跟我说这回吃定公平了。不过在我苦口婆心地描述了公平的恐怖后，她总算对他死了心，有一次还对公平说："你离我们家喜芸远点，黏那么近干嘛？你又不喜欢女人。"公平再傻也听得出来话里有话，追问下才知道我说他是同性恋，结果追得我满大街跑，非要讨个说法。其实这事儿还真不能怪我，谁叫他有一次骗我去同性恋酒吧的，说什么给我一个大惊喜，根本就是把我带狼窝里了。酒吧里清一色都是男的，几个男的甚至在我的身上看了半天，来了句儿"哥们儿，哪整的，真他妈像女人。"公平听了差点没笑岔了气。我在那儿装化石，愣是没敢出声。看他跟里面的人打得火热，眉眼满天飞，我能不怀疑他么，提醒提醒文晴这个小花痴也是应该的。

当初迷恋帅哥迷恋得要死的文晴，竟然会死心塌地地跟这么一个书呆子结婚？我心说，这哪是英俊潇洒玉树临风啊？根本就是出土文物外加死鸭子上架，又土又呆。特别是跟伴郎杜松旁边这么一站。趁着婚礼还没有正式开始，我逮了个机会把文晴拉到墙角，左右看看没人才特小声地说："那货就是你未来的老公？你给我说实话，他是你之前跟我说的那个什么刚从外国回来的玉树临风的那个什么帅哥么？"文晴就是一个天生的演员，随时随地都能进入角色，也压低了嗓门，声音比我还低，"你问这个干吗？"我们俩在墙角贼眉鼠眼低声细语地嚼舌头，整得像俩走私犯在接头交货。"你说实话！"我最终还是没忍住自己的狗脾气，低吼了一声，跟逼供似的瞪着她，恨不能手里有把枪逼她说实话。文晴足足沉默了1分钟说，"不是。""你爱他吗？说实话。"我现在特别怕文晴说假话，在这个节骨眼儿上再说假话，谁也救不了她了。文晴这回沉默了很久，弄得我特压抑，感觉等她回答的那段时间长得好像半个世纪。"喜欢。"文晴的嗓子里咕噜出一句话来，跟含了口白开水似的。我咬了咬嘴唇，一把抓住文晴的手腕往外拖。"干什么？你疯了？"文晴慌张地往后退，企图把她的手挣脱出来。我说："你叫个屁啊！喜欢？我又不瞎，你脸上写的字我还能看不见啊？你脑袋出毛病了？想结婚想疯了？找个不喜欢的就随便嫁了？"我一口气说完，看到文晴不再挣扎了，她特别哀伤地望着我，一副欲言又止的样子。我的心一下子软了，我最见不得文晴这样，平时张牙舞爪跟只老虎似的，可怜起来，比谁都可怜。我心里不是滋味，但还是松了手。我说："文晴，骗谁都不能骗自己，谁的心不疼自个儿的心会疼。我再问你一遍，你爱他吗？"文晴说："你不懂。"我说："我是不懂，谁都不懂，你自个懂！"我急得直跺脚，恨不能给她一嘴巴，一嘴巴打不醒她，我就搧十个。"我怀孕了，他是孩子的爸爸。"文晴说这句话的时候很平静，眼睛里有一抹化不开的海蓝，像海水一样在眼眶里荡来荡去。她下意识地摸了摸肚子说："我和他的孩子。所以我要结婚，这是我的命。喜芸，我求你。别再说了。"不知道为什么，我当时鼻子酸酸的眼睛涩涩的，有种冲动，特别想抱着她大哭一场。这么多年了，我还从来没有见过文晴那种悲伤的眼神，除了那次失恋，她从来都和我一样没心没肺地到处跑，谁见了我们都说我俩有活力，跟每天都喝红牛似的。可是现在，她那满眼的哀伤让我有点喘不过气。有了孩子？为什么会有了孩子？什么叫一切都是命？

婚礼庆典圆满结束了，热烈喜庆的气氛里，弥漫着淡淡的眼泪的咸味。我接到文晴抛过来的花束的时候没有哭，听到她说"喜芸，你也早点找到你的幸福"的时候，我就哭了。我默默地问，文晴，你已经找到你的幸福了吗？你真的幸福了吗？我望着满脸笑容的她，觉得那笑容后面隐藏着一张无奈而悲伤的脸。文晴说她是爱上过一个英俊潇洒玉树临风的男人，"我一直关心他爱护他，终于有一天，我鼓起勇气向他表白了，可是他拒绝了我。"那天晚上伤心欲绝的文晴找到了那个很爱、很爱自己，曾发誓会等自己一辈子的男人喝酒，借着酒劲放荡了一把。文晴说："查出来怀孕的时候，我吓坏了，我无数遍地问自己，这是真的吗？我当时的想法就是把他打掉，遗弃他，他是不被允许降临的。可是我没有。我还是想把他生下来。喜芸，也许是我太自私了，我想留下他，因为太孤独，想让他陪着我。

你可能不相信，现在，我觉得生命不再是我一个人的，我不再孤独了，感觉心里暖腾腾的，满当当的。"我说："干吗这么委屈自己？你不是一直想找个自己爱的人吗？你不是一直说如果不是爱的人，情愿单身也不结婚吗？"文晴无奈地笑着说："我不想再幻想再追求再付出再受伤害了，我累了，彻底累了。喜芸，你可能不明白，爱一个人真的很辛苦，有时候还会很痛苦。你不明白的，因为你从来没有真正爱过一个男人。这场婚礼不会缺少新娘，我不想让我的孩子出生就没有爸爸。笑天他很爱我，不管他是个什么样的人，至少我很确定他对我的爱是真心的，我相信跟他在一起我会幸福的。"我沉默地望着文晴，原来在不知不觉的时候，文晴已经不再是那个和我成天无忧无虑地追帅哥的小女孩了，原来不知不觉中，我们都变了。

5 醉倒为止

　　文晴说她很孤独的时候，我忽然想起了公平，公平也跟我说过他活得孤独。我觉得很不可思议，很猜不透。我一直觉得文晴生活在衣食无忧，人人都羡慕的生活里，她放假的时候可以去旅游，她想要山就有山想要水就有水。还有公平，他是夜店里的王子，有数不尽的鲜花美酒靓女围着他转，花天酒地的生活，他们的生活既充实又热闹，我一直以为只有我一个人是孤独的，什么也没有。可是现在，我似乎明白，原来眼睛看到的事情不一定是真实的，在繁华的后面，是数不尽的辛酸。我想起文晴曾对我说过的一段话，一些事情不是没有发生，只是你没有看到，一些话不是没有说，只是你没有听到，一些事不是不存在，只是你没有遇到。这个世界上有很多很多事情，是你不知道的，是你看不到的，是你想不到的。人总喜欢从表面去理解事物，那是多么的愚蠢啊。

　　婚宴开始了，文晴换了一身晚礼服，随着全场的欢呼声，新娘与新郎到每桌敬酒，我和杜松每人手里捧着瓶五粮液，像奴才随着主子似的跟在后面。我心说，这也就是为了文晴，换谁我也不干。新郎每到一桌都先客套一番，每次说的都一个样儿，有鼻有眼的，激情昂扬，跟竞选国家总统似的，然后新娘递过去一杯五粮液，他眼睛都不眨一下接过来仰脖就喝。我心里那叫一个佩服，就是酒吧里著名的四大喝酒高手像他这么喝也得醉死了，这小子脸不红耳不赤的，跟喝白开水似的，是高手中的高手啊。一圈敬下来都挺顺利的，就到最后一桌了碰到几个刺头。这几个早就喝高了，也不知道是谁家的亲戚，看着不是老板就是伙夫，一个个抢着膀子指名道姓要文晴喝，说，来就是来喝新娘子的喜酒的，说什么也得让新娘子喝了这杯。文晴二话没说，仰脖子就给喝了，我心里打鼓，文晴哪喝得了酒啊，沾酒就能醉，上次跟笑天喝了几杯就晕头转向把身子给人了，这五粮液可不是闹着玩的，过会儿说不定就把自己怀孕的事给当众抖搂出来再把孩子当回礼送了。见新娘那么痛快就把酒喝了，那帮鸟人倒来了劲儿，蹬鼻子上脸嚷嚷说要喝就喝三杯才有诚意。我一听就火起来了，也没跟文晴商量，就把大梁给挑了。我说："各位老少爷们儿，今天是新娘子大喜的日子，喝多了不好闹洞房，你们也不想晚上床上横俩醉鬼没戏看吧。干脆我替新娘喝了吧。"坐最前面的一个胖子眯着眼睛看我，肥头大耳跟猪八戒转世似的，他一拍大腿说："成，伴娘喝也算！"我不顾文晴的阻拦一仰脖子就把杯子里的酒给喝了，凉飕飕的，一点味道都没有。我心里腾地就跟小黑屋拉亮盏灯似的，豁然开朗啊，我说那新郎怎么跟喝酒高手似的，这哪是五粮液啊哪是酒啊，根本就是白开水。我心里想着，不自觉嘴上就骂出来了，"这不是白开水吗？"当时那一桌子的人都愣了，文晴也愣了，估计没想到我这么实诚。不到三秒钟，那桌的人就炸开锅了，不知道从哪弄上来的白酒，还用装果汁的杯子装的，起哄似的叫喝三杯，真够玩命的。我站那儿没敢吭声，我有点犯晕，喝白酒什么时候用过高脚杯的，别说三杯了，就半杯下去也撒手人寰了。想当年在酒吧拼酒的时候，我还耍过点小心眼儿，拿块手绢，喝白酒的时候也就那几口，拿手绢一掩嘴，把酒吐在手绢上。现在这架势哪去找手绢啊，再说这一杯酒得吐几口啊，得多大一块手绢啊。

　　场面正僵持不下，新郎说了句让我吐血的话："各位，你们要跟伴娘拼酒，咱们换个时间换个地点，你们单挑啊，她也跑不了。"当时要不是文晴在旁边站着，我真能甩膀子过去抽他个嘴巴，再问问他是不是个男人。这明显把矛头都对准我了，话说得不是很明白了，你们和伴娘拼酒跟我们没什么关系，我们婚礼一完，你们跟她爱哪拼哪拼，喝死喝残随你们的便。我转过头看着文晴，她脸色铁青地站在新郎旁边，低着头也不看我。我心里难受，心说我这是为了谁啊。别人不知道，文晴你不知道吗？别人不说话，你文晴能装哑巴吗？我心里难过，把心一横，大不了就是个醉死当场，谁怕谁啊，新郎都叫板让我跟人单挑了，怎么着我也得给足了新郎面子不是？怎么着也是文晴的爷们不是？我拿起酒杯就要喝，却被人拉住了。我一看，是杜松，他把我手里的酒杯一把抢过去，冲我笑着说："女人喝什么酒？喝酒是男人的事，你瞎凑什么热闹。"说完仰头把一杯白酒灌了进去，结果呛得直咳嗽，差点把肺吐出去，不到两秒钟脸和脖子都红了。我心说这杯子里装的不知道什么酒，反正是够烈的，估量自己能喝下去一杯，刚想帮着消灭点，就被杜松抢着把其他两杯都灌进去了，跟喝多好喝的果汁似的。他喝完冲我笑了笑就倒下去了，谁叫都叫不起来了，全场开始骚动，婚礼上喝死人可够瞧的。我赶紧蹲下去摸他的手腕，刚触到他的手我心里就咯噔一声，这么冷，这哪是人的体温啊。我也急了，红着眼睛冲蹲在旁边哭的文晴喊："你哭屁啊！赶紧打120！"

6 我 的 新 邻 居 杜 松

　　早上一起床就觉得脖子疼，我扭动着头伸出胳膊作了几个伸展运动。我的生活恢复了平静，像往常一样，白天逛逛街美美容看看电影，晚上有的时候跟公平跑到酒吧里去消磨时光，一切仿佛都没有改变，却又有了改变，生活中少了文晴就好像饭菜里少了味精，能吃却不怎么可口。文晴和她老公飞到欧洲去蜜月旅行了，据说定了海边豪华别墅做蜜月爱房，坐在卧室里就能直接观赏四面环海风景。那天婚礼上差点喝出了人命，最终以闹剧收场，这给她和笑天的心里都留下了阴影，两个人都盼着蜜月旅行可以缓解他们心里的不快。杜松被救护车拉走以后我就再没有见过他，后来听文晴说已经没事了，我一颗悬着的心才落了下来。不管怎么说他是帮我扛酒才进的医院，我心里总有点过意不去。事后文晴抱着我哭得稀里哗啦的，说她对不起我，说她都是为了肚子里的孩子才没有办法保护我。文晴的话我信，我真信，如果没有那个孩子，她说什么也得窜出来挡在我面前替我说句公道话，要是动起手她也一定会第一个蹦过去跟人家玩命。我安慰她说："我完全理解。再说了你真没有什么对不起我的，我又没事儿。要说你对不起的，那该是你的伴郎

杜松，他差点没喝死，真够悬的。"结果她哭得更大声了，跟死了娘似的。

　　吃完早饭，我开始收拾屋子，幸好我的屋子并不大，收拾起来不会腰酸背痛腿抽筋的。我住的是间廉租房，三十多平方米一间一居室。高一搬到这里的时候，我就决定开始一种潇洒自由的生活，想做什么就做什么，想怎么闹腾就怎么闹腾，反正没人管。很多同学都特羡慕我，每次都拉着我给他们讲我一个人的腐败生活。我就对他们讲我自己住是多么幸福自由，看漫画、抽烟、喝酒、在网上笑傲江湖。实事讲大了就真变成了故事，我甚至兴致勃勃地吹嘘家里有张松软的大床，躺上去能陷一个坑进去，我一个人从这头滚到那头再从那头滚到这头，我的浴室里还有一个雕花的大浴池，我每天都要泡牛奶浴，根本不会有人说是在浪费牛奶。文晴结婚的时候还特地告诉我，她家里添置了两个新家具，一张超软超大的床还有一个特漂亮的浴池。其实那些都是编出来的故事，我讲得高兴他们也听得高兴，后来文晴跑来我家玩才知道都是我吹的，前仰后合地笑话了我半天。

　　我从高一就开始随意地生活，成绩差到年级倒数，文晴说，我这辈子，考上大专是福分，大学基本跟我无缘了，要是能考上，那绝对是被上帝放的一个屁给嘣神了。结果上帝还真放了一个屁把我给嘣了，我真考上了一所大学，这让文晴和其他好友唏嘘不已，都说天上掉下堆狗屎居然被我一脚踩到。文晴当时扯过我的录取通知书瞪大眼睛上上下下恨不能扫上720遍，喷着口水问："这是真的吗？你不会是花钱买的吧？"我过去照着她的脑袋就是一掌，"你去买个给我看看！"文晴一龇牙，"成啊！有你的！你这么厉害我怎么都不知道？"她不可思议地一边晃着拳头捶在我背上，一边还是死命瞪着那张录取通知，恨不能把眼珠子扣出来放在那张通知书上看。其实能考上大学根本不是偶然事件，说实话真不容易。高三最后那段日子我死命地啃课本，从睁眼到闭眼除了读书吃饭我什么也不干，天昏地暗地做题、看书，看书、做题，折腾了整整一年才拼到的这张通知书。后来想想，我还真牛，还真让我考上了。

高三那年妈妈第一次主动来找我，我差点没认出来，比我保存下来的照片上那个女人丑了好几倍，当时我心里特难受，虽然恨她，可还是不想看到她变老。记得有一次公平喝醉了，说出了一串特有哲理的话，他说，人要是真的失忆，忘记那些不愉快的事情，开始新的生活，也许是种福分，忘记痛苦的事情，会活得更好，更开心。可惜人的记性总是那么奇怪，快乐的事情忘记得特别快，悲伤的事想忘就是忘不了。越想遗忘越记得牢，越记得清晰，记得明白。我听了特有感触，我吸了吸酸涩的鼻子对公平说："你应该去当个哲学家。"

我觉得公平说的没错，记忆就是这种奇怪的东西。我爸和我妈在我9岁的时候离了婚，那时候我正在上小学。记得那天爸爸抱着妈妈的腿哭得很伤心，好像明天就是世界末日，人类都要死光了。面对泪流满面的爸爸，妈妈显得很镇定，她呆若木鸡般站在那里，两眼空洞地望着对面白色的墙壁，肩膀微微颤抖着。从小到大我第一次见到那么憔悴的妈妈，脸色蜡黄蜡黄的，神情恍惚、没有生气，像秋天里摇摇欲坠的枯叶。妈妈抱过我哭，我什么也不懂，傻了吧

唧凑热闹跟着咧嘴哭。后来才知道哭是因为以后爸妈不再生活在一起了，又过了很多年后我才理解什么是离婚。

在法律上，我被判给了爸爸抚养，因为妈妈走的时候什么也不愿意带走，她什么也不要，真正的净身出户。爸爸对我说，妈妈有新的生活了，不需要我了。我们要学会去遗忘，忘了她，爸爸说的时候眼睛里炯炯有神，我一点也不怀疑他转过头就能把妈妈忘得一干二净，可是我做不到。妈妈后来又结了婚，嫁给了一个那种会唱"我很丑但是我很温柔"的男人。我躲在角落里看到穿着新娘装的妈妈笑盈盈地走过时，我突然觉得好恨她。爸爸后来也结婚了，人人都说我的后妈是一个年轻漂亮的女人，可我觉得那个骚女人哪里长得都不顺眼，蒜头鼻子，小眼睛，眼睛小得好像岩石缝隙，一笑起来完全黏合在一起变成一道弧线，整天往脸上抹粉，一摇头就能落下厚厚的一层。后来他们有了个女儿，再后来我爸带着妹妹和他的女人飞到美国去了，每月寄给我足够的生活费，我就在外面租了间房子自己生活。

当时他们去美国的时候走得特迅速，比忍者神龟还厉害，噌就没了，我放学回家看到房子已经空得像个巨大的坟墓。在妈妈家住了几天不习惯，那里有个碍眼的弟弟，有事没事地招惹我，结果每次我看到他就会把拳头捏得紧紧的，就想着哪天彻底给他来这么一下。我拿到爸爸寄来的钱做的第一件事就是彻底独立，自己住，爱怎么过怎么过，清静。这么多年，妈妈都没有来看过我，现在居然亲自登门造访说有事跟我说，我心里就有点打鼓。当时看着妈妈通红的眼睛，我就知道一定出事了，而且是大事。妈妈说话的声音特沙哑，我就想起了歌手阿杜，那嗓子唱歌迷倒一群小丫头说什么有磁性与众不同，没准我妈用这嗓子去唱歌还能混个"东拳妈妈"之类的头衔 PK 歌坛里的南拳妈妈。

"你爸爸在美国病死了，是上个星期的事了。"妈妈的语气特平淡，跟说给我盛碗米饭似的。我眨了眨眼，没反应过来怎么回事，我还琢磨呢，谁死了？妈妈说："你爸爸死的时候没有一点痛苦，他没有别的心愿，就希望你有出息。考个大学，找个工作，过正常一点的生活。"我望着妈妈，感觉面前站着一条会说话的死鱼，嘴巴一张一合的。我说："我的生活怎么不正常了？"我嘴上说着，脑子里在想另一件事，谁死了？妈妈叹了口气，吐出来的二氧化碳让我觉得占据了房间里的所有角落，我忽然觉得窒息。她临走的时候丢了一句让我想撞豆腐的话："正常的生活是考上大学，大学毕业找个工作养活自己，别靠山吃山靠水喝水的。"我当时用牙使劲咬嘴唇什么也没说，妈妈走了，我才感觉到嘴唇的疼痛，满嘴的血腥，我心想还好我不是铁齿钢牙，要不然这嘴唇早被我咬穿了。那天晚上特郁闷就去了酒吧，在那里撒酒疯认识了公平。

我一边做着伸展运动一边跑到阳台上吹风。我正陶醉在晨风里，忽然听到一个男人的声音，而且声音好像在哪里听过，有点耳熟。我睁开眼睛四处瞅了瞅，发现我左边的阳台上有一个男的冲我招手："早上好！"我迷起眼睛仔细一看，竟然是文晴婚礼上的那个伴郎杜松。我惊讶地张大嘴巴差点没厥过去，这家伙是从哪儿冒出来的？我声音有点颤抖地说："你不是杜松吗？""对啊！真高兴你还记得我啊！"杜松的笑容融化在朝阳里散发出的柔光里。我定了定神

说："你怎么会在这里？你不会是上次帮我喝酒喝死了变鬼过来找我算账的吧？不对啊，文晴不是说你没事儿了么。"杜松跟被鱼刺卡了嗓子似的，嘴张得老大，表情特诡异，然后抱着肚子笑得前仰后合的："你说我是鬼来找你算账，哈哈，你太有想象力了。"我当时脸就红了，心说，我也真够傻的，哪来的鬼啊，再怎么聊斋也得等太阳落山呀，换谁大白天被说这么几句，估计也得笑翻过去，还得指着我的鼻子说，哪个神经病医院里逃跑出来的啊！

后来，他之前租的房子到期了，前几天找房子的时候看到我旁边的房间在出租，觉得地方和价格都挺满意的就决定搬过来，今天他刚拿到钥匙。末了他冲我眨眨眼睛说："刚才我在看这里的风景，你一走出来我就觉得眼熟。没想到这么巧，居然是你。以后我们是邻居了，可以互相照顾点。"忽然想起那天他帮我扛酒差点撒手人寰，心里就热乎起来了。我这个人就是受人滴水之恩当涌泉相报的那种，随即一拍大腿叫道："成！你以后有事就找我，大姐我罩着你！"杜松明显被我的话雷到了，他看着我张了张嘴说："大姐？怎么看我都应该比你大啊？"我笑得跟历经沧桑的老太太似的，然后咂了咂嘴说："放心，你吃不了亏，我还有个跟你差不多大的干儿子呢！"杜松听了又笑了起来，我发现他特别爱笑，笑起来特别好看，不是帅气不是酷，是好看，那种很纯净的好看。

7 哪壶不开提哪壶

中午公平打来电话叫我去 KTV，他说有人请客叫我去捧捧场。我说："我不去。"公平就开始嗷嗷，跟个娘们似的："喜芸！你可真不够意思啊！咱哥们想你叫你过来助助兴，这点面子都不给啊？还拿不拿我当哥们啊，怎么着也得过来照个面吧。"我拿着杯子咕嘟咕嘟喝了几口水润了润喉咙，叫得比他还响："放屁！我又不是小姐，还助助兴？你脑袋出毛病了吧？滚！"公平知道我的脾气，遇硬则硬遇软则软跟打太极似的。他缓和了一下口气说："来吧，反正你在家呆着也没事儿干，一个人多没劲儿啊！"我说："姑奶奶这事儿多着呢，手脚并用都忙不完。"我刚说完，那边就笑得开始喘大气，"你还事儿多着呢？我又不是不知道，你说你没工作没男友的，你有屁事啊？赶紧过来吧，这才是事儿呢。"

公平几句话说得我特憋屈，我是没心找男友，没有还有情可原，可大学毕业了工作也没有，这实在让我窝火，掐指头算算我也毕业了差不多一年了。我不是不想找工作，开始的时候我还特积极，觉得自己也该是社会人物了，也该找个工作赚点钱挺挺腰板耍耍大牌当个月光族了。可是没想到找个工作这么难，一连面试了几家公司

都没成功，后来也就心灰意冷干脆在网上开了个小店铺，卖点零碎小玩意儿勉强糊口。我心里清楚这么下去不是个事儿，可又无计可施，公平的话正正好好刺在我的软肋上。我说："公平，你哪壶不开提哪壶啊？我就是没工作没男友，我就是闲得浑身长绿毛了也不跟你K歌去，咱受不了那个刺激！你们那是在唱歌吗？就你们，唱歌有在调上的吗？跟你们唱歌那是要犯心脏病的，我不去！"说完就把电话挂了。

自从几个月前给公平捧场K歌之后，我就发誓再去捧场我就直接去跳大海！学海子，面朝大海，春暖花开。那次K歌真是记忆深刻啊，整个包房里跟煮饺子似的不说，一个个都是五音不全的高手，唱起来比鬼哭还难听，我甚至怀疑自己游历了一次地狱，还是第十八层。那天出来我就晕菜了，打辆车跟司机说您爱往哪开就往哪开，离开这地儿就成。把司机吓得，冲着安定医院就开过去了。这回说什么我也不能去了，要不就真见活阎王了。挂了电话我忽然觉得心里不痛快，公平的话正说到我心窝里。他说得对，我哪忙啊，除了打扫打扫房间网上卖卖小玩意，我还能忙什么啊？顶死了白天逛逛街，网上看看电影，QQ聊聊天，跟网上顾客吵吵价格战，混混小日子，晚上有精神就和公平那帮子人在酒吧喝喝酒跳跳舞，日子闲得要发霉要长毛。我是个彻头彻尾的大闲人！其实我从小有个愿望，就是能环球旅行，现在是时间大把、大把的不知道怎么花，可惜兜里空虚没钱，要不我也能来个环球80天，然后咧着嘴摆出胜利的姿势拍张照片登登报纸。

大学毕业以后，妈妈就不再给我生活费了，她说她还要抚养弟弟，我已经成人可以独立了。其实我当时也是那么想的，大学好不容易毕了业，该找个工作赚大钱了，于是我不屑地跟我妈甩甩手特潇洒地说我自己养自己，谁知道找个工作那么难啊，人多粥少狼多肉少，不要工作经验的单位更是凤毛麟角。当时报纸电视上老宣传什么自主创业做生意发大财的事迹，我一横心就抱着发财梦在淘宝上开了个网店。开了才知道也不是个好赚钱的地儿，现在也就是赚个生活费让我勉强糊口，如今的网店一个个雨后春笋似的往外冒，那竞争叫一厉害，我就觉得自己那破砖烂瓦的小店在浪尖上颠簸，不知道哪天就淹没在电子商海了。还好公平够哥们，跟他去酒吧的开销一般他都大包大揽了，其实也用不着他付，有的是女孩争先恐后地抢着为他掏腰包，想想他小子估计上辈子积了点德，这辈子让他过得衣食无忧的整个一草根皇帝。

白天我觉得头疼，在床上窝了一天，肚子饿了就梦游似的爬起来到厨房煮了碗方便面跟填鸭似的填进去，也没尝出个味道，然后接着睡。结果梦见了北京烤鸭，流了一枕头的哈喇子，再睁眼的时候外面天已经黑了。我伸了伸胳膊抬了抬腿，感觉特精神就想往酒吧跑。我出门的时候正碰上杜松在倒垃圾，他挺奇怪地看着我说："这么晚了你是要去哪啊？"我嘿嘿一笑说："姐姐我是一夜行动物，天越黑越往外跑。"说完冲他挥了挥手，连蹦带跳地下了楼。平时都是公平开车来接我一起去，我自己去的时候一般都赶早，趁天还没黑就上路，今天不小心睡过了时间，弄得走夜路时心里惶惶的。前段时间闲着没事自己看鬼片来着，现在心里还有阴影呢，感觉暗

处躲着藏着都是黏稠得流淌着绿色液体的异形，这么一想，我就觉得后面有动静，吓得腿倒腾得特快，跟要飞似的。走出小区，我看见一辆出租停在旁边，跳上车，冲着司机吼："快开！开啊！"司机估计被我一嗓子吼晕了，一踩油门，车就蹿了出去。

　　我喝了几杯度数不高的鸡尾酒，就到吧台跟老板娘女儿耍嘴皮子抬杠去了。酒吧老板娘的女儿施璐璐是在酒吧里泡大的，嘴巴比蜜还甜，只是长得让人看了想哭，特别是她为了减肥吃了好多减肥药一下子瘦脱了人形，要说吃减肥药的人不在少数，可真正管用的还真没见到几个，没想到她一吃即灵，没几个星期就把身子搞得皮包骨头，怎么看怎么跟骷髅似的。好多人光听她的声音都会想入非非，几张女星的照片迅速地从眼前闪过，可见到她人后都本能地食欲减退，有心脏病的弄不好真得来个心肌梗死。施璐璐倒觉得自己美得好像天仙下凡似的，还跟我们说呢，"哎哟，其实啊，我不应该叫施璐璐，应该叫西施！"我心说你怎么不叫东屎啊！

8 这儿有一大帅哥

我正和施璐璐海阔天空聊得火热，忽然就觉得她眼神不对劲，两只贼眼直往一个地儿转，跟找到猎物似的，一张瘪嘴直往上翘笑得特猥琐。我说："看什么呢？瞧你那样子，忒猥琐了。"施璐璐两眼放着贼光冲远处努了努嘴说："哎哟，那是谁啊？真够耀眼的，这么有形的货色我原来怎么都没发现？"我顺着施璐璐发出的贼光望过去，正看见端坐在酒吧一不起眼角落里的人，两个眼珠子差点没脱离眼眶滚地上变俩弹球，那是谁啊，那是谁啊，那不是文晴婚礼上的伴郎，我现在的邻居杜松吗？我当时的心情挺复杂，我还以为杜松是个多老实多乖的一小孩儿呢，原来也是个夜行动物，刚搬过来就奔酒吧来了，过去说不定在他住的那个地方也是个酒吧名人呢。又想难怪在文晴婚礼上喝了三杯白酒还能活着从医院走出来，换谁也得醉死当场了，原来是喝酒高手，我真是白长了眼睛看不准人。

公平总说我看不准人，看谁都是好人，对谁都不提防，他说："喜芸，你说你在酒吧混那么久了，阅人无数，怎么还跟瞎子似的，瞎子都比你强，都有心眼儿，你就有个屁眼儿。"我说："放屁，我谁都看不准就看你最准，你就是个醉生梦死的采花魔头，多好的女孩碰着你也得毁了。"公平就跳脚冲我嚷嚷说我吃了亏还打脸充胖子。当时的情况其实是我趁公平没来跟一小白脸聊天聊得挺投机，没一会儿就哥们长哥们短的，结果没想到是个搞地下工作的，还跟我要什么陪聊费，还好公平来得及时把他给摆平了。文晴的话更恶毒，她说我有时候比爷们还爷们，粗心大意整个一个脑积屎。我骂她，"真够恶心的。你是个脑积水好不好？"她当仁不让地当即历数了我跟她在一起时发生过的种种可以论证以上观点的事件，什么丢钱包丢手机，忘了银行卡密码，在餐馆吃完饭不付账抬屁股就走，走大街上没坑洼也能摔一跟头，买衣服不会砍价被人蒙了买回去一看还是件次品。文晴噎得我跟吃了块半生的糯米团似的，我心里生气，要说文晴也好不到哪去，还在这儿充大个脸高谈阔论的，上次和我去酒吧，她见一长得挺清纯挺羞涩的女孩被几个男的围着拼酒，就见义勇为地过去跟那女孩说："小妹妹，这里可不是你玩的地方。姐姐我爱管闲事儿，这回帮你扛了，你赶紧撤吧。"文晴还没说完，那女孩就打断了她的话说："谁是小妹妹啊？你哪来的，诚心抢咱的生意是不是？真××见鬼，我跟你说这是咱的地盘，您打哪来回哪去啊！"我俩听得嘴巴张老大，问公平才知道是个小姐，都在酒吧蹲点好几年了。

　　"哎哟、哎哟，瞧他那修长完美的身材，那张俊俏的脸蛋，真卡娃伊啊。哎哟，皮肤还挺白的，眼睛大，睫毛长，真帅啊！"施璐璐跟发情的猫似的，在旁边狂叫唤。我说："这么老远你也能看着他睫毛长？你真当你是千里眼啊？"施璐璐咂咂嘴说："哎哟，眼睛大的人睫毛都长，这是常识。你真外行。"我心说这是哪门子的逻辑？眼睛大睫毛就长，那鼻子大的鼻毛就长了？施璐璐流着口水说："哎哟，瞧他那一身打扮，看着就是个有钱人。"我说："你别想了，他可不是什么有钱人，他就住我隔壁，叫杜松。有钱能住我隔壁吗，就那楼也就算个贫民窟。"

施璐璐八成没听见我说什么，两眼放着贼光扭着水蛇腰就奔杜松去了。我眯着眼睛静观其变，见施璐璐一屁股坐在杜松旁边，和他耳语了几句，然后两个人齐刷刷地往我这边看。我心里明白，施璐璐把我给卖了！她笑得跟日本艺妓似的冲我招手叫我过去，我心说过去就过去吧，我要不过去谁知道施璐璐这张狗嘴里能吐出什么象牙来。我刚走过去，杜松就指着施璐璐差异地问："她是你妹妹？"我当时就蒙了，这话说的，就施璐璐怎么看也得比我大了好几轮呢，再怎么扑粉也能看到她脸上那几道裂纹啊，还有这身低胸礼服一看就是老女人穿的，怎么论辈分也排不上给我当妹妹啊。我摇晃着头刚要说话就被施璐璐踩了一脚，疼得我差点跟她玩命，不过她冲我说了一句话立马打消了我报复的想法。她说："亲，今天我请客。"

施璐璐这人就这点好，言必行，果然叫了一大桌子的糕点和酒水，把我美得也顾不上澄清什么，就奔桌上的糕点去了。施璐璐对杜松说："哎哟，你还不信我啊。我真是喜芸的妹妹。我们俩可是亲姐妹，比亲姐妹还亲，特亲的那种，特特特特亲的那种。所以呢，我知道你叫杜松，所以呢，我还知道啊你住我姐姐旁边，你跟她是邻居。你跟她是邻居，那跟我也是邻居啊，你跟她是朋友，那跟我也是朋友啊。喜芸是我姐姐，那她也是你姐姐啊！"我听施璐璐这么说，

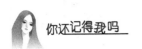

差点没被点心噎死，抓了杯酒狂喝，好不容易才缓过劲来，心里狂骂施璐璐没事给我找事，怎么这么快就给我整个弟弟出来啊。估计那杯酒挺烈的，喝完我就觉得头有点晕，眼前的糕点一个变两个，两个变四个。我正琢磨着哪个蛋糕是真的，忽然觉得周围乱糟糟的，抬头看见一群小丫头，叽叽喳喳地围着杜松和施璐璐，一个个洋溢着幸福的笑脸跟看到稀有动物似的兴奋。有几个女生甚至掏手机开始打电话："喂？我！你快来呀，我发现一特帅的哥哥。"还有几个热泪盈眶地望着杜松说："哥哥，我好爱你啊。"跟拍韩剧似的。想想当年哥伦布发现新大陆的时候，也不过是这样的表情了。我眼前晃着无数的头，晃得我觉得头晕。

9 爸，我想你

　　争夺杜松进入白热化阶段，施璐璐一下子就站了起来，用食指指着一个往前涌的女孩破口大骂："哎哟！你们往前挤什么啊？啊？没看咱哥哥已经有主了，起什么哄啊？都给我滚！还有你们，你们都赶紧给我滚蛋！真碍眼！"我心想泼妇终于开始发彪了，施璐璐是谁啊，酒吧有名的母夜叉。认识她的人都知道，别看她说话细声细气的，其实是个火暴脾气，发起疯来就是再好的脾气也能被她骂歇菜了。那个挤在最前面被骂的女孩怎么看也就十六七岁，估计得去跳河了，没想到现在的女孩都不得了了，说起话比施璐璐还横，终于知道螃蟹是横着走的。她说："啊呸！我说大姐，您多少年不照镜子了？您这脸上的褶子跟包子似的还能出门，真新鲜了。您胸脯上那两坨肉就别往外露了，跟俩瘪鸭梨似的，看了就倒胃口。您赶紧哪凉快哪呆着，别这儿丢人现眼了啊。"我当时那真是惊讶啊！施璐璐的脸一会儿白一会儿红一会儿绿，我就知道要出事。果然暴风骤雨来了，施璐璐蹦上去就跟那女孩掐了起来，连撕带咬的，跟俩母狗打架似的。

　　趁着乱，我拉着吓傻了的杜松悄悄从人群里逃出了酒吧，出了门被冷风一吹，我这才觉得头晕眼花，脚下开始踩棉花，站都站不稳。

杜松过来扶我，我把他推开了，我说："你干吗？趁机想吃豆腐啊？没门！"我刚说完，就感觉胃里翻江倒海的，一张嘴把刚才吃的蛋糕全都吐出去了。晚上本来就没吃什么，估计把胆汁都吐出去了，满嘴的苦味。我感到有人拍我的背，我晕头转向地抵挡着那只手，迷迷糊糊地转过头来定睛一看，我乐了，这回真是喝大发了。我看到我爸爸站在我面前，满脸客笑，那只有力的大手轻轻地拍着我的背。我笑了："爸，你怎么一点都没变啊？哈哈，这么久了，你怎么一点都没变啊？你知道吗？我最讨厌你了，我最讨厌你笑了，你别笑了！你别笑了。"我笑着笑着就哭了："我骗你的，对不起，真的对不起，我爱你们，太爱你们了，我这么爱你们，你们怎么能舍得扔下我不管啊？为什么，为什么？"我太难过了，泪水顺着我的脸颊簌簌地滑落。这些话憋在我心里很久了，自从听说爸爸死了后我真的特后悔，后悔爸爸和妈妈离婚后我拒绝叫他爸爸，后悔爸爸从美国回来看我，我躲着不肯见他，后悔他写的信我都不回，后悔他打给我的电话我只哼哈几句就挂掉，我真的悔得肠子都青了。爸爸笑着拍了拍我的头说："你喝醉了。"然后半蹲下身子对我说，"上来吧，我背你回去。"我想都没想就蹦上去了，鼻子眼泪抹在他宽阔的后背上，我恍惚间好像回到了小时候，我经常赖着不肯走路一定要爸爸背，那个时候我好像童话故事里的公主，爸爸也说我是他的小公主，可一眨眼一切都变了，变得我不敢相信。我爬在他的背上，闭着眼睛幸福地淌着眼泪心里特踏实，爸爸的背上有一种淡淡的陌生的香味，我从来没有闻到过，这么甜这么温柔的味道。我轻轻地说："爸，你好香啊。你知道吗，生日的时候你送给我的项链我没有丢掉，我一直戴着呢。爸，我想你，真的想你。"

晚上做了一夜的梦，梦里我和我爸我妈围着桌子吃火锅，他们把涮好的羊肉片往我碗里夹，我又往他们的碗里夹，那肉片特别香绝对正宗小羊羔，火锅的热气凝成白雾迷漫在我们周围特暖和。我是流着口水醒过来的，醒来的时候觉得浑身都舒服，床变得比什么时候都软。我翻了个身准备继续做梦，迷糊中好像看见有什么东西躺在我旁边。我睁开眼睛看了看，一个人？

我使劲了揉了揉眼睛，总算看清楚了，我旁边居然躺了个男人，当时我的火噌就蹿上去了，周围的温度至少提升了10度，我抬起脚丫子照着那个人就来了个无影脚，那人跟个球似的哐当滚到了地上。我心说姑奶奶可不是好惹的，居然跑我床上来劫色！想到劫色两个字，我的心就往下沉，这才想起来检查身上的衣服是否完好无损。这一看不要紧，我身上居然穿着一身男人的睡衣，睡衣里面是我的小内衣。我跟母老虎似的张牙舞爪就奔着还躺在地上的那个孙子去了，一口咬在他的肩膀上。"哎呀！"那个人下意识地抬起一只手，眼看就要落在我身上，我把心一横，怎么着我也不撒口，一想到自己昨天可能失身了，我死的心都有，恨不得变成条毒蛇，让毒液顺着我咬的伤口流遍他的全身。我特英勇地伸着脖子等着他那巴掌落下来，可是那只手停在半空由掌变成了拳，看得出来那个拳头攥得特紧，要是掐在我脖子上，我的脖子估计早就咔嚓碎了。我愣了一下，抬眼正对上杜松的眼睛，我的心一慌，是他？杜松憋红了脸咬了咬嘴唇挤出一句话："别咬了，真疼。"我松了口，怒视着他说："你怎么跑到我房间里的？别以为你曾帮过我就算了，你今天要说不出个所以然来，你就死定了！"我说的时候觉得两眼都在喷火，末了我从嗓子眼咕噜出一句话，"咱俩昨天没怎么着吧？"杜松皱着眉头用手揉着被我咬出牙印的肩膀，特委屈地说："这哪是你的房间啊？明明是我的。你属什么的，怎么还咬人啊！"我被他这么一说才注意到确实不是我的房间，我的房间乱七八糟的，文晴说也就算是一猪窝，这个房间干净整洁，还有一书架的书。我当时就有点晕，心说，不会是我太饥渴了，大半夜翻山越岭跑这儿来偷汉子吧，不能啊，我没梦游的习惯啊。杜松吃惊地望着我说："你不会都忘了吧，昨天的事情？"我的耳朵立马竖起来了，"昨天怎么了？"我心里特怕他说出什么没办法接受的事情，我只记得昨天去酒吧喝高了，然后什么都想不起来了。杜松说："你昨天喝多了，都不省人事了，只好把你带我家来了。你都不记得？"我说："你赶紧说重点，我身上的衣服是你换的？你是不是图谋不轨来着？"杜松听了大呼冤枉，"你吐了一身，我总不能让你那样睡一晚上吧，我只是换了你的外衣里面可一点都没动。"我不信任地看着他，"那你干吗非要跟我睡在一张床上啊？说什么你也该睡地板上去啊！"杜松更委屈了，他说："是你不让我走，非要拉着我，我有什么办法。"说完还发了毒誓，说要是说谎就天打雷劈。我说："那个要是灵验的话，天下男人多半被劈死了。"杜松无可奈何地望着我说："那我怎么说你才能相信？"我看着他的眼睛说："咱们真没发生什么事吧？"杜松直视着我的眼睛点了点头，"真的没有。"停顿了一下又补了一句，"我绝对不会欺负你的，也不会允许别人欺负你。"我松了口气，说不上为什么，我相信杜松说的话。人有时候第六感觉特灵，凭着直觉就知道这个人有没有撒谎。

10 人生就是一个杯具

回到房间，我的头还一个劲地疼，看着猪圈似的屋子，心里立马踏实了。这屋子小也好，乱也好，毕竟是我生活了8年的地方，好歹住出了感情了。我一屁股坐到床上闭着眼睛扭着脖子，心里打着小鼓，死命回忆昨晚的事，可就是想不起来了，在我印象里隐约记得爸爸好像出现过。莫非我把杜松当成我爸了？不能啊，再怎么着他们两个也差着十万八千里啊。我正搜肠刮肚地回忆着昨天的事，手机响了，是杜松打来的。他问我感觉好点了没有，又说"好好休息别瞎跑了。"几分钟后，我的大脑终于开始运作了，脑袋里立马闪现出一个大大的问号。我一嗓子打断了正体恤我的杜松："你怎么有我的手机号的？"杜松说："是你昨天晚上非要给我的，你忘了？"我翻了翻眼皮说："没印象。啊？我还非要给你。你说实话，是不是你自己趁我睡着了把我手机号给盗走的。"杜松特委屈地说以后要买个摄像机把我的所作所为录下来当证据，省得我事后不认账。我挺大度地说："成！随你便，反正浪费的是你的钱，跟我没关系。没事我挂了。"杜松说："记下我的手机号，以后有什么事情需要我帮忙的，尽管找我。"我乐了："你这人可真逗儿，我需要你帮

什么忙啊？你知道我是谁吗？苏喜芸。苏喜芸的外号是什么你没听说过吧？全能超人！我还需要你帮忙，两个字，不用。我很好，自己能照顾自己，不用你操心。话说回来，你要是有什么事倒是可以尽管找我。"说完我就把电话撂了，我这个人最恨别人说要照顾我，最讨厌别人把我当朵娇嫩的玫瑰晒在太阳底下早晚浇水，我是谁啊，我是苏喜芸，我从小就在风雨里摸爬滚打乘风破浪的，高中起我就自己独立面对生活了，在酒吧这种复杂的小社会里我也算是个有头有脸的人物，我需要人照顾，真开玩笑了。公平说我不像个女人，像个大老爷们，我当时听了特受用，本来就是啊，我就是一女强人，以前不需要人照顾，以后也不需要。

俗话说，话不能说绝了，事不能做绝了。我算是深切体会到里面的道理了，头天我还理直气壮地把杜松数落了一遍，说自己是特能一人物，结果第二天一早就给杜松打电话连呼救命了。

我家发大水了！早上我一睁眼就看到地上全是水，我第一个反应就是自己没睡醒，正做诺亚方舟的梦呢，经过一番左掐右捏证实我活在现实世界里。我噌地从床上蹦起来，拖鞋都没来得及穿光着脚丫子踩着水往厨房跑。厨房里水池的两个水龙头中的一个正肆无忌惮地喷着水柱。其实这个龙头早在若干年前我住进来的时候就坏掉了，不过没有这么严重，只是时断时续地滴水，当时还是文晴帮着我用绳子把它捆得跟粽子似的，捆紧了也就没事了。我还以为它从此消停了，没想到是个休眠火山。

我干瞪眼没咒儿念，心想还是赶紧搬救兵吧，再这么下去，就要上演水漫金山了。我想给文晴打电话叫她过来救驾，可她正在蜜月旅行，跟她老公远在欧洲甜蜜蜜呢。我又想给公平打，又觉得远水解不了近渴，倒不如打电话给杜松，近水楼台的一叫就到啊。眼看事态紧急，我也顾不得昨天颐指气使地说了什么，立马一个电话砸了过去。听到电话那边特慵懒的一句"喂"，我就吼上了："我是苏喜芸！我家出事了！快点过来帮忙啊！"我吼完，那边就没声了，我忽然特生气，心说昨天谁跟我说有事尽管找的，真有事了就熊了，真不给劲儿。我就知道男人靠不住，给他打电话我是不是有毛病了？我正生闷气，就听见急促的敲门声，我的心情一下子就阳光灿烂了。

我蹦过去把门一开，看到杜松一脸焦急地站在那儿，见了我就问："出什么事了？是不是你家水龙头坏了？"我特惊讶地张大嘴，"神了！你怎么知道？"他苦笑着说："水从你家门缝流出来了。"我一看，可不是，那水跟小河似的快成瀑布了。他二话没说，直接跑进我家厨房，我们两家的房子结构差不多，他对地形熟悉，检查完情况，他又飞奔回去拿了绳子和扳手，手忙脚乱地一阵敲敲打打，看他特熟练地摆弄着那个龙头，我怀疑他是职业修理工。闹腾了将近一个小时，我望着被他捆成麻团的龙头，相当满意地点了点头。杜松抹了抹额头上的水说："暂时没问题了。不过还是应该换个新的，这个样子总有一天还要出事。明天我过来给你换一个吧。"我乐呵呵地说："换新的早晚也得被我捣腾坏了。没事，再坏了不是还有你这个修理工呢。哈哈。"我大笑着感激地望向杜松。这一看不要紧，看完我心里咯噔一声。刚才忙手忙脚的没顾得上有别的想法，现在一看杜松这一身打扮，我心里就七上八下地闹腾，思想

也活跃了。杜松上面穿着件背心，下面只穿着条短裤就来了，问题是刚才修龙头溅了一身的水，衣服紧贴着身体，整个身形全部一览无余。我心慌意乱地说："你怎么穿成这样就来了？"杜松一愣，脸腾地红成了猴屁股，然后以宇宙速度跑了出去。我忽然觉得自己挺猥琐，因为我刚才想的是，这家伙还挺有型的，倒三角，还细皮嫩肉的……我拼命摇头不敢再想下去，当时心脏跳得跟击鼓似的特别快，再想下去，我怕心脏承受不了再给我歇菜了。过了半天杜松才发了个短信给我：刚才没吓着你吧。对不起啊，我刚醒，一着急忘了换衣服。我回了条短信说：真没事。别说你穿成那样，就是你裸体过来，我也承受得住。我回复得挺无畏，其实心里还蹦得跟抽筋似的。说句大实话，真人版的我还真没见过，男性裸体雕像倒见了不少，我就安慰自己，就当见一先锋雕塑得了，可惜越想心里闹腾得越欢实。

就在跟水灾大战的时候，公平一连给我打了三个电话，我都没接，好不容易把水控制住了，我躺在床上，刚想闭会儿眼睛，休息休息紧绷的小神经，第四个电话又催命似的过来了。我极不情愿地从床上坐起来，把电话接了。我一听公平的声音就有气，"你抽风啊？夺命十三催啊？我这儿睡觉呢！"公平也不安抚我一下，自顾自地说："你说你除了睡觉还能干点有价值的事儿吗？一天到晚睡觉小心变猪了。"我听了火就冒上去了，正待发作，公平又说："对了，说正事啊，借我点钱！"我眨巴眨巴眼睛突然扑哧乐了，"你小子穷傻了吧？你管我借钱？我上哪给你掏去？去问文晴，她是个金库，垫在屁股底下的垫子里塞的不是棉花都是钱。"公平哼哼了几声说："你以为我没问她啊？我给她打电话了，你猜她跟我怎么说？"我歪着脑袋想不出来，我了解文晴，过去我们要是缺钱伸手管她要，她没有一次拒绝的，只不过她这个人嘴上不饶人，借给别人钱了就嚷嚷要利息，其实她一次也没真要过。我推测着说："她没借你？"公平愤愤地骂道："别提了！你说她原来跟咱们那会儿多威风，整天仗着自己兜里有钱摆出个高姿态，看咱跟看个讨饭的似的。现在倒好，跟我说钱都归她老公管，她是分文没有，一文不值了。"我哈哈大笑起来，特痛快地叫起来，"文晴那个死女人也有今天！哈哈！"公平不满地说："哥们我现在有点事儿，真缺钱。你要是有，就先给我使使，过几天就还你，保证利滚利！"我琢磨了一阵问："你要干吗用？"公平想也没想地说："做买卖。具体什么买卖你也别问，问了我也不告诉你，你鬼怪精灵的，再抢了我的财路。"我不屑地说："我才不稀罕。你要多少？"公平兴高采烈地说："越多越好！"

// 我们都有病

　　自从那天杜松穿着背心短裤出现在我眼前以后，每次我看到他心里都有一种特别的感觉，不管他穿多少衣服，我眼前总是会浮现出一件背心和一条短裤。我觉得自己绝对是大脑不正常了。我思前想后决定在我彻底崩溃之前去看看心理医生开导我一下。没想到给我安排的医生是一奇丑无比的男人，我进门前还在想入非非呢，一看他心里立马就消停了。医生眯缝着眼睛上下打量我，然后有条不紊地问我怎么了。我说自己得了幻想症，然后就劈里啪啦地说了一通，什么几天前一不小心眼睛没管住看见了一个只穿了背心短裤的变态男，后来每次再看见他不管他穿了什么，只能看见背心和短裤。那个医生很理解地说："那个男的长得很帅吧，现在像你这样思春的女孩有很多。我给你开点药吃？"我说："我怕药的威力不行，有没有那种一下子就见效的？比如说打一针输个液好得快点的那种。主要我觉得自己快崩溃了，他就住我旁边，跟我是邻居，低头不见抬头见的，心脏实在受不了。要不您看这样行不行，让我在医院住几天缓缓，住院观察一下？"那医生深深地叹了口气，同情地望着我说："不是我不想收你，实在是我们这里没有床位了。我说你们这些小青年都是怎么想的？上哪玩不好都玩到这里来住院了，一个个都说自己有病，而且看着还都真有那么回事。你这个算轻的了，回去吃点药，要是觉得还是不行，那你就再过来，但是只能打地铺了。"当时我二话没说，立马转身就要走人。

我刚想走，那医生突然把我叫住了。他笑呵呵地看着我说："我还有个办法可以治你这病，不用吃药不用打针不用输液，而且保证立竿见影马上就好。不过你要做好心理准备，因为这种治疗方法弄不好可能会给你留下点后遗症。你愿意试试吗？"我想都没想就点头答应了。我心说留得青山在不怕没柴烧，先把我这神经病治好了再说。医生笑着点了点头就开始了他的治疗，他叫我先闭上眼睛使劲回忆那天看到杜松穿一件背心一条短裤时候的情形，然后等他叫我的时候再把眼睛睁开。我很听话地闭上了眼睛，那段回忆清晰在目，杜松那沾满水珠的头发，帅气英俊的脸庞，雪白的肌肤……我忽然觉得有点陶醉，却听见医生在那里催命似的喊，"快点把眼睛睁开！"我恋恋不舍地把眼睛睁开了。"我×！"我大骂了一声，身体往后一屁股坐到地上去了。我真他妈受大刺激了！我觉得我差点没心肌梗死翻白眼一命归西。那个丑得跟只蛤蟆似的医生只穿着白背心和短裤直挺挺地站在我面前，身子干瘪得跟杆似的还扭啊、扭啊的。我干呕了一下，想都没想，像雷厉风行的战士一样从地上爬起来迅速跑掉了，头都没敢回。还真别说，看完病后，我彻底痊愈了，看到杜松的时候眼前的画面正常得像一张彩色照片，不过果然像医生说的，那次治疗给我落下了个后遗症，只要看见白色背心和短裤的组合就到处找垃圾桶，想吐。

　　一开始我觉得杜松住在旁边对我的生活没有任何影响，我过我的日子，他过他的日子，我们礼尚往来当个朋友。可后来我不得不承认有杜松做邻居真是一件非常不错的事情，不但厕所马桶堵了有人给通，灯泡坏了有人给换，就连红酒盖子打不开了他都帮着解决。恍惚间，我忽然意识到原来自己还是个女人，有的时候是需要男人照顾的。我不禁为这个想法感慨良久，想想我也真够可怜的，高中开始就自食其力地生活，没人管更没人靠，再难过再伤心都自己往肚里咽了，再苦再累都自己扛了，练就了有苦不轻谈的护体神功。文晴总是说："你要是想哭就把眼泪流出来，这样别人才知道你伤心难过啊。你以为人家都跟我似的是你肚子里的虫，你一难过就有心灵感应啊？"我听了不在乎地挥挥手："只要你懂我就成了。别人怎么想我才不在乎。"文晴永远是我最亲、最亲的姐们，我的真实感受只有她能知道，只有她懂，即使我什么也不说，她也能明白。每当她理解我的时候，我都会对她说，你是我的蛔虫。那个时候，我想，只要是为了文晴，我能做的都为她做，她要求我什么，我都答应她。

12 这是高蛋白

我把我唯一的一点积蓄借给了公平做买卖，后来他打电话过来说赚了一小笔，等他彻底周转开了再把钱还我。我说："成，不着急。反正咱是利滚利，你记得给我利息就行。"公平不满地说我小心眼。我说："我就是小心眼，有本事你别找小心眼借钱啊。我逼你借了吗？你小子当时可是信誓旦旦地说要给我利息，转眼你就当放屁了？"公平自知理亏，非要叫我去酒吧喝酒，他请客。我说："不去。对不住，姐姐我晚上有约会了。"公平就肆无忌惮地大笑，差点笑抽过去："谁能约你啊？"我当即吼过去，"请我吃饭的人多了去了。你要请我排队拿号吧！"说完就把电话挂了。

这回可不是吹牛，晚上我确实有约，不过不算是约会，就是答应要和杜松一起吃晚饭。杜松和我不一样，他是个规规矩矩的上班族，早出晚归的大忙人，每次看到他西服革履地出去，手里拎一个黑色笔记本电脑包，又帅又酷，一看就知道是一个小白领，我就特羡慕。我觉得他那样的生活才叫生活，整天过得繁忙而充实，知道自己都干了什么，知道自己的未来在哪里，不像我天天啃着干脆面

在网上等着有人联系我买东西，整天捣鼓点要死不活的小买卖，过着有今天没明天的动荡日子，这种日子没有盼头，一点希望都没有。最近我特烦躁，前段时间进了一批便宜的低档货，当时进货的时候那个老板说得特好听，什么卖不出去保准全部退款，你睁着眼睛等着数钱吧。我被忽悠得连北都找不到了，一高兴进了一大批，把手头上的大头钞票都砸了进去，结果货没出去，再找那老板，他玩人间消失，不知道潜伏到哪儿去了，我连他祖宗十八代挨个全骂了一遍也不顶用，我白花花的银子算是打了水漂，全部肉包子打狗有去无回。为这事儿我头痛了好几天，寝食难安。后来我想吃饭也没的吃了，弹尽粮绝，成天吃白菜啃馒头，吃顿像样的饭都成了问题，所以当杜松说请我吃晚饭的时候，我连想都没想就答应了，脑子里只有鸡啊、鸭啊、鱼啊、肉啊在那里跳集体舞。

晚上杜松下班回来，我一听到外面的动静就飘出去了，觍着脸咽着口水问他准备去哪吃，他想了半天说了个特知名的西餐厅，我听了连腰带都不带了，准备竖着进去横着出来，不吃到撑的感觉决不罢休。本来想得挺好，大鱼大肉好好慰祭一下我肚子里的馋虫，谁知道根本不是那么回事。饭吃得特郁闷，先不说叉子、刀子我用着不习惯，单说桌上的食物几百块就一点点，少得跟猫食似的，味道也像给猫吃的，连点咸味都没有，我感觉味同嚼蜡。我偷眼看杜松，他吃得特文静，叉子刀子用得比筷子还好，用勺子喝汤的那样子，要是他背后再撒点樱花瓣，创造一个飘花的效果，那真是一正在用餐的王子的现场版。我放下吃饭的家伙，吧唧、吧唧嘴什么味道也没品出来，我叹了口气不吃了。杜松见我不吃了也停了下来，他疑惑地问我，"怎么不吃了？不好吃吗？"我舔了舔嘴唇说："要听实话吗？这东西真是难吃得要死。看你津津有味的样子，我非常怀疑咱俩吃的不一样。"我望着杜松眨巴、眨巴眼睛特喜兴地一笑说："要不咱俩换换？"杜松哈哈地笑起来，然后把他的盘子递给我，"换吧。"我赶紧接过来就怕接晚了他后悔，然后特期待地用叉子冲着一大块牛肉叉了过去，带着肉汁塞进嘴里咬啊、咬啊，愣没吃出肉味儿。

我勉强把肉咽了，把盘子一推说："得。都一样。"要不是我眼看着是块儿肉送到我嘴里，我还真以为我咬的是一大块已经被嚼了一百年嚼没味的橡胶糖呢。这肉放盐了吗。杜松用餐布擦干净嘴巴说："真奇怪。听说这家餐厅挺有名的，怎么做出来的西餐这么难吃。我刚搬过来，对这边还不熟悉。这附近有没有好吃的地方？你推荐推荐？"我刚才耷拉着的脑袋一下子就立起来了，两眼放光地眉开眼笑，我拍着桌子叫唤："你早说啊。找吃的找我就对了！你知道我是谁吗？苏喜芸啊，苏喜芸的外号你没听说过吧？"我还没吹嘘完，杜松就跟了一句："我知道。你不是全能人吗？"我乐了："没错，就这一亩三分地儿的餐馆没有我不知道的，你跟着我吃就对了！"为了到达艺术渲染夸大的效果，我特意拿起桌上的刀叉比划了几下摆了个 Pose，然后冲杜松努努嘴强调着，"这是我的招牌动作，怎么样？"杜松愣愣地看着我，那样子又像在哭又像在笑。我干咳了一下放下手里的刀叉说："总之，咱们还是换个地方续摊儿吧。"杜松立马拍板同意。

我带着他穿过无数个胡同左拐右拐，拐进了小吃一条街，整整一条街弥漫着诱人的味道，这里卖的都是我爱吃的，我一闻空气里混杂的香味就开始流口水了。我舔了舔嘴唇对杜松说："你说你请客是吧？"杜松点头说："对。刚才那顿不算。"我一拍大腿说了句，"哦！那我就不客气了啊。"说完我就真不跟杜松客气了，鸡肉串、羊肉串、鱿鱼串、鱼丸、爆肚一顿海点，吃得我眼泪快掉下来了，美啊。我狼吞虎咽吃到一半终于良心发现，看着杜松说："你不想吃点吗？给给给，这个味道特好。"我说着把手里的鱿鱼串塞到他手里，嘴巴可没闲着，吃得我快乐死了，幸福得直冒鼻涕泡泡。杜松接过我手里的鱿鱼串吃了几口脸上迅速明朗起来，他特高兴地问我说："这是什么啊？真好吃！"我舔着嘴唇吃惊地看着他好像在看一外星生物。我说："不是吧你。鱿鱼串啊！这么美味的东西你都没有吃过？我噻。你说你怎么长这么大个儿的？这个都没吃过，悲哀啊！"杜松刚才还特冷静地面对我手里拎的几大口袋的美食，现在可就不老实了，居然开始明目张胆地跟我抢。我左躲右闪着说："你别抢啊。这都是我的，你要吃什么自己买去。"杜松边抢边吃边说："这么好吃的东西应该大家一起分享，分享也是一种快乐嘛。这个是什么，真好吃。"我瞥了一眼说："这是蚕蛹串。炸蚕蛹。"我看杜松还是一脸的疑惑，只好再说得详细点，我说："蚕你知道吗？不知道？就是白色的会吐丝的那种会蠕动的胖乎乎的肉虫子。对的，就是虫子。这个呢，是可爱的肉肉蚕，就是那个虫子，吐了好多好多的丝，把自己包裹在里面了，形成了一个蚕蛹，就是你现在吃的这个玩意。明白了吧？呵，你拿的这串最肥了，油最多。这可是我的最爱啊，好吃吧？"我刚说完，杜松就把嘴里的东西全吐了出来，吐完还一个劲儿地往外呕。我那叫一个心疼啊，不是心疼别的，实在心疼那串炸蚕蛹，本来我是觉得他请我吃饭，怎么说我也应该表示一下感谢，就在我最爱的蚕蛹串里挑了一串子最有油水最肥的给他了，没想到他还都给吐了。早知道他要吐，给他最瘦的那串就好了，太可惜了。

　　杜松吐得稀里哗啦的。我看他那龇牙咧嘴的样子有点于心不忍，过去拍了拍他的背说："嘿，你没事吧？只不过是蚕蛹啊，不至于吧？"杜松摆了摆手，刚抬起头看见我手里的蚕蛹串又开始干呕。我这个人特别会受到周围环境的影响，一看他吐得那么难受，我肚子里也开始翻江倒海。我说："大哥，求你别吐了。您要是再吐我可就坚守不住跟你一起吐了啊。再说了，这不都是肉吗，有什么好恶心的？这可是高蛋白！"

13 习惯有你陪伴的生活

　　我们坐在马路牙子上喝粥。杜松看着我端来的粥皱着眉头端详了好一阵，我一下乐了，我说："你放心，这都是米、豆子、枣子，绝对没有别的东西了。"我喝了几口热乎乎粘稠稠的粥感觉身子立马暖和起来了，望着旁边默默喝粥的杜松轻轻地笑了。我抹了抹嘴唇说："谢谢你啊。"说完我又大口喝起粥来。我这个人很少会说谢谢，感觉这两个字很难说出口，就像卡在喉咙里的鱼刺很难吐出口一样，今天不知道为什么突然对杜松说出来了。杜松转过脸来特惊讶地看着我跟看会说话的蛤蟆似的，他说："你谢我什么啊？"我说："就是这段时间你帮我忙啊。还有今天的晚饭。嗯。哎呀，谢你就是谢你了，问那么多干什么？"他忽然哈哈地笑了起来，笑得特灿烂，然后深吸一口气说："好！我心领了。哈哈，要是请你吃饭你就会谢我，那以后我每天都请你吃饭。"我心说，别。就这顿我已经印象深刻了，差点就吐了。

　　我若有所思地说："嗯……有句话我不知道该不该问。可能是我自作多情了，我觉得你对我特好，是不是因为我是文晴最好的姐们你特给我面儿啊？你是文晴的亲戚吗，能当她的伴郎也不应该是一般的关系吧？"杜松望着我沉默了一会儿然后皱了皱鼻子说："我是文晴老公的朋友。我对文晴不是很了解，不过倒是对你很了解。她在我们面前经常提起你，说你是她最铁的姐们儿，跟亲人似的。你的遭遇，你的生活，你们之间的故事，她都跟我们说。我当时听了觉得你是个很坚强的女孩儿，一个人面对生活很了不起，所以我一直很想见见你。不过没想到，我们真的见面了，还成了邻居，我们真的很有缘啊。"我哈哈地笑着给了他一拳说："你别听文晴瞎说，我哪有那么了不起啊？"杜松用手做按快门状，"咔嚓。"他说，"你知道我最喜欢你什么吗？你的笑容。你的笑容特别美，特别漂亮。我希望能永远守护它。"我心里紧了一下，然后又紧了一下，我端着粥使劲地喝，企图掩盖我心里的慌乱。"我认你当妹妹吧？"杜松忽然认真地对我说。我一口粥喷了出去，"什么？妹妹？"他很认真地点了点头说："对啊。我认你作妹妹吧，你就踏踏实实地让我照顾。"我看着他笑得很干净的脸傻子似的点了点头，然后很痛快地答应，"成！哈哈哈，就这么着吧！"我心说，我还以为他喜欢我呢。我真他妈毛病了。妹妹好啊，妹妹多好啊，让人照顾着让人宠着。这回我吃喝无忧了啊。我邪恶地笑着瞥了他一眼，看到杜松正望着昏黑的天空发呆，他嘴角带着意味深长的笑容，眼睛里仿佛有个深邃而不见底的水潭。

晚上文晴来电话的时候，我正在杜松那屋窝着看恐怖片呢。我这人就是有点神经质，明明看恐怖片害怕，可就是戒不了这一口，就是喜欢看，跟吸了大麻上瘾的人似的，不看的时候老想看，看了晚上吓得自己连续几天睡不着觉又后悔当初干吗要看，闹腾几天等平静了就又想了。文晴就曾经因为我要她跟我看《咒怨》差点跟我

玩命，她当时一把鼻涕一把眼泪地在那儿演孟姜女，死活不跟我看，她说："那个片儿吓死过人，你不想活了你自己看去，我可还等着嫁人呢。"当时她刚跟那个大帅哥分手正处在萧条期，我就笑她又在白日做梦了，还嫁人呢，先找一个再说。没想到转眼间，文晴真的嫁人了，感觉好像就是一瞬间发生的事情。过去上学的时候我总觉得时间过得很慢、很慢，好像蜗牛爬一样，一天长得让人想撞墙，现在却觉得时间好像赛跑的车子，鸣着笛屁股后面冒着烟，一转眼就迅速地开过去了。

我拉着杜松看恐怖片，他本来也是一百个不乐意，说什么他喜欢喜剧片，不喜欢恐怖片。我说我最受不了喜剧电影那种傻片，演得跟蒙傻子不要钱似的，我喜欢刺激的吓死人不偿命的那种。杜松一开始死活不干，我就左一个好哥哥，右一个好哥哥，把他给搞定了。我当时心里特得意，我心说这哥哥可不是白叫的，当我哥哥，那可得有点本事，不但要任我摆布，还得给我当牛做马无私奉献不能说个"不"字。爸妈离婚以后，我就很少撒娇了，主要是我没有可以撒娇的对象，这回好不容易捞着个哥哥，我真是铆足了劲儿死命地撒娇，好像要把这么多年没撒过的娇都给撒了，说出的话，连我的牙都酸倒了一排，心里踹了自己十几脚，大骂自己装什么嗲，跟没发育的老妖怪似的。

电影是从网上下载的超清晰版本《鬼来电》，挺老的一个片子，讲的是一个人接到了一个神秘的电话，然后死掉了，死了以后，手机自动把电话打给死者的好友，接到电话的好友也很快死亡，再把电话打出去，死亡就无休止地传递了下去……我们正看到影片里的人物在接完恐怖电话后惨死的场面，就听见我的手机铃音大作，本来挺好听的铃音在当时听起来跟鬼嚎似的。我吓得条件反射地一把抱住了旁边的杜松，没想到这小子还挺配合，反过来就把我给抱住了。我一时没反应过来怎么回事，直到铃音没了，我才意识到自己正和一个大男人抱在一起，别说，还挺温暖的。我小陶醉了一下然后马上恢复了理智，一把把杜松推开，嗥地给了他肚子一拳，我说：“你吃我豆腐！谁准许你抱我了？”杜松捂着肚子说：“你讲不讲道理啊？明明是你先抱住我的，怎么说我吃你豆腐？说你吃我豆腐还差不多。”我听了就冒火了，我发现我最近特别爱上火，俗话说有人娇了，脾气就大。我说：“这你也跟我论先后？你有点出息行么。我承认，我是先抱你了。我那是吓的，看《鬼来电》突然听见铃音，换谁都得被吓傻了，在这种情况下抱住旁边的东西，这很正常吧？别说是你，就是坐一猪我也抱。”杜松拼命地点头，感觉特支持我的观点，然后说了句让我折服的话，他说：“我也是条件反射，一个浑身发抖的女孩抱住一个男人，换谁都会去抱紧她吧？我可不承认想吃你的什么豆腐。”我恶狠狠地哼了一声，强词夺理的家伙，心里盘算着怎么报复他。没想到他忽然伸过手摸了摸我的头说：“没事了吧？我说不要看恐怖片，你不听。要不咱们看喜剧片吧。”我看着他微笑的脸一下子好像什么都忘了，只是慌慌张张地说：“就看恐怖片，你不准换盘啊，我去打个电话，回来接着看。”跟杜松接触多了，慢慢发现他有时很安静，很温柔，有时候很幽默，有的时候又很执拗很使小性子。在我眼里，他周围仿佛围绕着一层光环，我想也许从我见到他的那刻起，这层光环从未消失过，还有他的笑容特灿烂，让我一抬头就能看到。

14 该死，打倒周扒皮

　　我跑到阳台查了未接来电，见是文晴来的就赶紧打了过去。她接了电话就开始叫唤，比驴叫得还难听："你造反啊！怎么不接我电话啊？你干吗呢？说！你是不是背着朕干什么亏心事了？我跟你说，你别以为我离远了就不知道你那点小九九……"我立马把手机挪离我的耳朵，直到爆炸式的声音消失，才重新放在耳边，然后心平气和地说："我可没有干什么见不得人的。我哪儿敢背着你做坏事啊。我刚才在看鬼片呢，《鬼来电》。你说你早不打过来晚不打过来，偏偏我看这片儿的时候你来电话，你刚才那铃声差点没把我吓死。现在心还在那儿蹦呢。"文晴一听咯咯地笑个不停，特得意地说："谁叫你一天到晚看鬼片，瞧，招道儿了吧。"我干咳了一声说："得，不说这个了。怎么着，您有什么吩咐，又有什么新的指示了？"文晴哼了一声说："没有。是我想你了，给你打个电话问候问候。"我笑嘻嘻地说："真的假的？你还有工夫想我啊？蜜月滋润得都想不起来我是谁了吧？哈哈，行。够意思。其实我也一直想给你打电话问问你怎么样，可我不是怕耽误你们度蜜月么。你们两个甜甜蜜蜜卿卿我我的，我算哪根葱啊。"我正说得高兴，忽然听见文晴发出沉闷的叹息声，我的心往下沉了一大截。我说："怎么了？你不开心吗？是不是他欺负你了？你跟我说，我抽他。"文晴苦笑着说："你抽谁啊？他可是我老公，你抽他我不也疼么？"我嘿嘿地笑道："对，这就对了。这才叫甜蜜蜜啊。你心疼他我就放心了，就怕你说，随便你抽。"文晴冷笑了一声淡淡地说："其实，我还真不知道我会不会心疼。"我忽然像个泄了气又迅速鼓胀起来的皮球，"文晴！你到底怎么回事啊？啊？你们两个到底怎么了？我这儿都百爪挠心了，你赶紧给我交个底儿吧。他是不是说你了？你们两个吵架了？他对你不好了？你倒是说个明白啊！"文晴闷闷地说："不是。"我噌地火了，"那到底怎么了？你不说我就挂了！"文晴慢悠悠地说："不是他。是我。我好像……还是不爱他。我想，这种感觉是，我喜欢他，但是我无法爱他。"

我慢慢抬起头透过阳台的玻璃望着远处的天空，天空依旧很蓝很蓝，很多星星挂在上面眨眼睛。文晴说她忘不掉那个玉树临风的男人，她说自从被那个帅哥男友伤害了以后，她的心就死了，像死灰一样没了感觉，但是见到他的时候，她忽然觉得那颗死去的心又跳了起来，她忽然有种奇妙的感觉，她想那就是一见钟情。文晴带着哭腔说："我本来以为我结婚了就能把他忘了，可是我做不到，他老是在我眼前。我会时时刻刻地想起他，想起他的微笑，想起他的温柔，想起他所有的好。我喜欢他，我真的爱他。爱情真的是种奇怪的东西，我明明知道他不喜欢我，我明明知道我是在暗恋，可是我就是喜欢他，喜欢得不得了。天啊，这种想法快把我折磨死了。我每次都不能容忍陪在我旁边的人不是他，竟然不是他，我的天，

我快死了。喜芸，你救救我啊。"我仿佛听见一面墙轰然倒塌的声音，我知道文晴她过得不快乐，以后也很难快乐了。我几乎崩溃地说："文晴，你……你××的发什么神经病啊？我当初就不赞成你们结婚。这种东西怎么能凑合呢，不喜欢就是不喜欢，骗自己你就是个傻×！现在赶紧离了得了，早离早消停！"文晴沉闷了好久说："不会离的。我肚子里有他的孩子。不会离的。喜芸，我们不再是小孩子了，不能太感情用事了。我刚才就是太憋闷了，找你说说。你别埋怨我了。"我一下子心就软了。我说："没有埋怨你，真的。你做什么我都支持你。你让我帮你什么都行，你要是想那个人，你告诉我他在哪，我去找他，就是跟他死磕也让他娶你。"

我说那句话的时候挺傻的，我又不是神怎么能控制别人的思维让他喜欢上文晴还娶她呢。文晴沉默了几秒钟然后哈哈哈地一阵大笑，"行，有你这句话我就心满意足了。我没事了。说说你吧，怎么，找男朋友了？"我斩钉截铁地说："没有。"文晴刚才还阴云密布呢，现在就乐呵了，在那儿兴致勃勃地说："我听公平说你都不跟他去酒吧了，好几个星期没见着你了。给你打电话你就说忙，忙什么呢？"我说："公平就会告状还添油加醋的。我就是最近白天忙着找工作，晚上就没那么大精力去酒吧了。"文晴扑哧乐了，"不得了嘛，开始白天忙乎了，开始找工作了，弃暗投明了啊！"我也乐了，我说："放屁，我那小店倒了，没财路了。'周扒皮'那边又催我交房租。再不找工作，你下次见我就真相约在丐帮了。"

周扒皮是我的房东，七十多岁一个老头，姓周，叫周八旗，结果我和文晴背后里偷偷叫他周扒皮，因为他有时候老剥削我，算完水电煤气费了还要加上物业管理费、电器维护费什么的，最后愣是弄出个房屋磨损费。我都无语了，不过看在房租低的份上也就忍了下来。现在跟文晴说的话句句属实，还真没敢夸大其词，最近为了躲避周扒皮催租，我连电话线都给拔了，手机上见是他的号我就挂，结果他终于找上了门，还给我下了最后通牒，说要是再不交租，就把我连我屋里的那堆垃圾一起扔出去。我当时挺心疼地说："周扒皮……啊，不是，是周爷爷，您可千万别生气啊，扔那堆垃圾再把您腰闪了多得不偿失啊，我搬出去是小事，您老的身子骨那可是大事啊，把您给气坏了我罪过就大了。"我嘴上说着一套，心里想的可是我屋里好端端的东西怎么到他嘴里就变垃圾了？我生气归生气，可是人在屋檐下不得不低头啊。我只好连连说好话，爷爷长，爷爷短的。其实我知道这还真不怪他老人家，我上个月的租金就没交，眼看这个月的房租又没着落了，也难怪他这会儿跳脚，要是我是房东，谁要跟我说交不上房钱，没得说，我立马就把屋里那堆破烂扔出去了，哪还有工夫在这里闲扯。

可是我也不是成心想要拖欠房钱，我是真真拿不出钱来，原来有我那小店撑着交房租没问题还能混混小日子，最近全球闹腾金融危机，我那店也就摧枯拉朽了，一下子被断了财路我还真有点上火。眼睛肿了嘴角也肿了，存折上那些积蓄还被我借给公平去做买卖了。我想来想去，眼看我这下半辈子没了着落，怎么着也得找份工作养活自己，这才心不甘情不愿地开始投简历，在网上一阵海投，跟撒沙子似的。我想得挺乐观，冲我的学历，再加上我这相貌，还撒了这么多的沙子，说什么也得有一支箭正中红心啊，结果过去好几天了，连个屁都没有，全部泥牛入海。想想就难过，没想到大学也上了，也毕业了，还是没有过上妈妈说的那种正常生活，虽然没有像她说的靠山吃山靠水吃水的，还是在啃原来他们给我的那些钱，心里总是有种说不出的惆怅。一想到这些就会想到死去的爸爸，一想到爸爸鼻子就会变酸，酸酸的，我就想自己是感冒了。

15 山穷水尽疑无路，柳暗花明又一村

　　我接完文晴的电话从阳台回到卧室，看到杜松抱着靠枕歪着脑袋睡在沙发上。这几天也够难为他的。杜松和我不一样。我是没工作早上睡到自然醒，他是朝九晚五上班族，公司好像还离得挺远，每天早上7点多就走了。这几天我找不到工作，心里难受闹腾得跟开锅的水似的，又没精力去酒吧和公平挥霍喝酒消愁，文晴又不在身边安慰我，我只好窝在杜松屋里看电影放松大脑，一看就好几个钟头。我是过去玩到夜里凌晨好几点熬习惯了，一到晚上就倍儿精神，夜来神。杜松可是被我折磨惨了，眼睛跟要哭似的特红，我还不准他打瞌睡。我说："不许睡。你不是说当我哥哥吗？哥哥有责任陪妹妹看电影。"要是换了平时，我铁定说不出这话来，嫌牙酸，最近也不知道怎么了，老是跟杜松撒娇，他还老让着我，我说不让他睡他就真把眼睛瞪大了，我还真越来越觉得他就是我的哥哥了，亲哥哥。

　　我望着睡得正香的杜松咂巴、咂巴嘴，坏点子跟喷泉水似的往外冒。我心说，谁叫你睡的？还说要当哥哥照顾我呢，就这么照顾啊？哥哥能是白叫的啊？我蹑手蹑脚地跑到杜松面前，弯下腰把脸

凑到他耳边。我本来计划得挺好，在他耳边啊的大叫一声，绝对把他吓得从沙发上蹦起来，不过我靠到他耳边就改变主意了。杜松的呼吸很平稳很均匀，他睡得像襁褓里的婴儿那么安静。我望着他的睫毛忽然就想起施璐璐说的话，他的睫毛真的又长又密。我正一脸陶醉地望着杜松的睡相，拿手指一会儿碰碰他高挺的鼻尖一会儿戳戳他浓密的睫毛，他忽然就把眼睛睁开了，以迅雷不及掩耳之势和我四目相视。我当时本来正处在一个很安静很认真研究他的鼻子睫毛嘴唇的境界，跟欣赏一艺术品似的，绝对没有他会睁眼的心里准备，当时心就慌了，腿一软脚一麻，整个人就冲着他倒了过去，我的脸粘在了他的脸上，那一瞬间我还在想，这怎么跟韩剧里的情节一样啊。结果证明，真实的世界是绝对不会有嘴巴正好对着嘴巴亲过去那种浪漫镜头，我是整张脸跟橡皮泥似的糊在了杜松的脸上，鼻子都歪了，嘴巴在哪我都不知道。杜松从沙发站起来后第一件事就是找抽纸，说什么我的口水流了他一脸。我当时拽过旁边的书就冲他砸了过去，发誓再也不相信韩剧里的事情了。我自己心里清楚，刚才我是成心让腿软了一下的。

可能是老天可怜我无米下炊的境地，可能更可怜杜松，不想让他再被我折腾了，就在他的眼睛变得越来越像熊猫眼的时候，我接到了第一个面试通知。电话里一个男人细声细气地说："您好，这里是××公司。通知你一下，请明天下午3点，到CC大厦进行面试！"我当时那个激动啊，手都抖了。我张着大嘴摇着脑袋，手舞足蹈开始大跳肚皮舞，几天的心烦意乱一扫而光。第一个我就打给了杜松向他报告这个天大的好消息，他当时声音都颤了，不停地

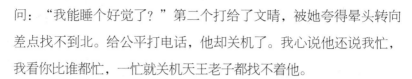

问："我能睡个好觉了？"第二个打给了文晴，被她夸得晕头转向差点找不到北。给公平打电话，他却关机了。我心说他还说我忙，我看你比谁都忙，一忙就关机天王老子都找不着他。

面试当天我提前好几个小时出去的。还没到下班的时间，公共汽车里已经在煮粥了，胖人挤进去出来妥妥变相片。我低着脑袋往车上挤的时候正好是最后一个人，门卡在我这里关不上，我半个身子露在车外面，头扎在人群里憋得我两眼冒星星。售票员在车里面伸出头喊："上不来了，等下一辆吧！"我也跟着嚷嚷，"兄弟们！别挤了！等下一辆吧！"售票员又说："说你呢！最后的那个！等下一辆吧！"我心说，我也知道说我呢，可我不是赶时间么。我这可是好不容易盼到的面试机会，等下一辆，等到什么时候去了，就北京这交通，车开得跟蜗牛爬似的，等到下一辆，我的面试也泡汤了！说什么也得上去！我一咬牙，一蹬腿，也不知道哪个好心人在后面冲着我的屁股踹了一脚就把我踹上去了，车门哐当关了。"哎呀！"我悲惨地大叫起来，车发动了，我脚上的一只鞋被无情地关在了汽车门外。"我的鞋啊！我的鞋还在外面呢！"我突然发现人墙隔音效果特别好，我的声音在人群里小得就跟苍蝇嗡嗡似的。周围几个听见的人特同情地看着我并同时保持沉默，谁都明白，好不容易关上的汽车门，不到下一站点说什么也不会再打开了。我郁闷地缩在人堆里，得，还没开始面试反倒把我的唯一一双面试专用鞋给搭了进去，今天真该看看皇历。到站下车的时候，我唯一的正装被挤掉了一颗纽扣，消失在人民群众的脚底下不见了，我的头发也被挤乱了，跟从稻草垛里刚爬出来似的。早知道这样，我出门前就不用把时间花在梳理头发上了。我一只脚穿着高跟鞋，一只脚没穿鞋，一瘸一拐地在大街上走，无数眼球都向我这边投了过来。我干咳了几声，从人们怜悯的目光中，我明白他们又开始动用想象力丰富的大脑，猜测在我身上发生了什么样的故事。我赶紧偷偷摸摸地钻进一个公共厕所，整理衣服和头发。从厕所出来的时候，除了脚上少了一只鞋子，有点诡异，从其他的地方至少看不出我好像刚被施暴了似的。唉。这日子过的，我真觉得自己可怜。

16 面试，白刀子进红刀子出

我拿着从网上下载的地图找了半天，总算找到了 CC 大厦，然后在大厦 7 层找到了面试办公室。估计因为我去晚了，那里一个等着面试的人都没有。门口接待的胖女人告诉我房间号，我就自己敲门进去了，一个大嘴巴热情地接待了我。他就是面试官。我进去以后就立马规矩地坐在了椅子上，把少了鞋的脚往椅子底下藏，等大嘴巴问我要简历的时候，我就通报了姓名，然后礼貌地告诉他，我没有多印简历，只有您手里的那一份。大嘴巴在一堆乱纸里翻来翻去，终于在垃圾桶里的一堆纸里找到了我那已经皱皱巴巴的简历，然后蹙着眉头盯着我的简历一阵地看，表情沉重，好像在强迫他看中国足球。我坐在那里浑身不自在，感觉自己好像在脖子上挂了个牌子，写着，便宜的卖了，结果还没有人要。"你有六级证吗？" "没有。我有四级证。" "你有会计证吗？" 我干笑着摇了摇头，"没有。" 哎，做人要实在，可这些证件跟这个岗位有什么关系？我清了清嗓子说："请问，你们是不是要招聘后勤人员？" 我心说，我理解的后勤人员就是干一些杂活的，应该不需要英语什么的，还要六级，会计证？"我是不是投错岗位了？" "没错。很正确。就是

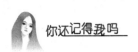

后勤人员。"大嘴咧着嘴笑着说。我都害怕他那下巴会掉到地上去。

"我的简历您应该看得很清楚了，我是大学本科毕业……"我还没说完，大嘴脸色一暗打断了我说："你是大学生？我怎么没看到？那不用谈了，我们这里要研究生以上学历的。"

我倒，刚才他眼睛掉到哪儿去了？亏他眼睛瞪得那么大，看得那么仔细。这叫什么事儿？我说："您的招聘广告上说的是本科以上学历。您这不是欺骗善良的广大群众吗？您说，我容易吗？大老远地跑过来，鞋都跑掉了一只，就为了能来应聘，您不能就这么把我拒了啊。"说着，我伸脚给他看，他一看我果然丢掉了一只鞋，不禁脸上写满了同情。我忽然就有点伤感，越说越劲，竟然开始抹眼睛，演戏就要演到家，这才对得起观众，我一狠心，使劲揉搓着眼睛。一番蹂躏以后，眼睛终于不堪重负，一串串眼泪就掉了下来。大嘴一看这架势，赶紧从抽屉里拿出来面巾纸，"别哭，别哭啊。"我心说，我能不哭吗？我现在是看出来了，我要是不演点真格的，眼前这位绝对是不会动容的，舍不得孩子套不着狼，豁出去了！我一把鼻涕一把眼泪地就开始说我家里的那点事，什么3岁死了爹，7岁没了娘，自己摸爬滚打，混到现在没有工作，没有饭吃，已经3天没吃饭了。"3天啊！"我咽了口口水。

我说啊说啊，一下子就找不到把门的了，哇啦、哇啦一顿扯，真真实实，虚虚假假，眼看着大嘴也开始配合地抹眼泪，我长舒了口气，开始找结束语。"大爷，啊，不对，大哥，您看我命怎么就这么苦，你真是……"我的结束语还没说完就被大嘴打断了。他抹着眼睛，很动情地说："我真是……苦藤树上结的果子，上辈子冲了龙王庙，今世遭了报应了……是不是？啊？"这下子我不哭了，怎么着，这台词他怎么说了？我翻着白眼，心里没了底。"哎！"大嘴叹了口气说，"你们这都是在哪学的啊？难道现在面试辅导班也讲这些了？还是从网上学的？""网上学的。"我点了点头，现在再装葱，那他妈绝对是找死，卖个乖，说不定还能赚取几分好感。大嘴擦了擦眼睛说："我说呢，今天碰到三个面试的都是这个词，一套一套的，说的是一个葫芦画出来的，不过你说得最真最好，我都感动了。哎，我说么，哪有这么多上辈子冲龙王庙的？""我3天没吃饭了，这是真的。"我睁着眼睛说瞎话。大嘴一阵长吁短叹，"我看你也说了这么多了，也是够不容易的。我也给你交个底，其实我们这个职位已经内定了，你就是说出花来，也没用。"我说："那我刚才都白扯了？"大嘴埋怨地说："我不早说了不收大学生吗？"看他那样子，理直气壮的，好像错在我似的。我说："那要是我是研究生呢？""那就说要收博士生。""那我要是博士生，您是不是就说要博士后？我要是博士后，您是不是就说要博士后后？"大嘴哈哈哈地肆无忌惮地大笑着说："博士生、博士后会跑这里来打杂？那帮人，放不下这脸的，情愿在家里沉默，不在沉默中爆发就在沉默中死亡，也不愿意跑这儿来丢人现眼。"我说："那就说研究生，研究生你们也能给拒了？""研究生的话，就问有没有6级证书，要是有，就问有没有会计证，要是有，就问有没有车证……""要是都有呢？"我打断了大嘴的话，有点气虚。"要是证都有……就说长相呗，眼睛太大，不合适，鼻子太大，不合适……"

　　大嘴一个劲地吐着吐沫星子，空气里弥漫着口水的味道。这

他妈是挑后勤人员，还挑鸡啊，还要长相的。大嘴估计是贫得口干舌燥了，他舔了一下干瘪的嘴唇说："总之，人员内定了。"我还不死心，有气无力地说："要是真有个人，长得好，证也有，总之一切都好，又情愿在你们这里干呢？你还能拒？"大嘴眯着眼睛很是自豪地说："还是拒！就说我们小庙装不了大佛，您另谋高就吧！""你们……你们……那你们叫我过来干什么？"我快崩溃了。"没有办法啊，例行公事，招聘还要做给上面人看，要让别人认为这是公平竞争。"大嘴挺无奈地说，无辜得好像没被污染的天。靠！我当时真想一头撞死在墙上，然后让警察叔叔过来查个究竟，再定他个欺诈罪、杀人罪才解气！可惜我还舍不得我这条贱命，只能作罢，不过我总算明白，为什么现在人口减少了，原来不是计划生育的功劳，都是这帮子人在背后出力呢！

17 谁跟我提面试，跟谁急

从 CC 大厦里出来的时候，我觉得头晕目眩，心里的火憋得我喘不过气，这叫什么事，这世界还有没有公平二字了。我说找工作怎么那么难呢，本来在这样经济不景气的时候工作就像一小撮肉骨头，从这些为数不多的肉骨头里被扣走了几块肉给了内定人员，剩下的肉给有钱买走的人，剩下几根骨头，围着一堆饿绿了眼睛的狼，狼多骨头渣少，才真正轮到物竞天择优胜劣汰啊。我正难受呢，公平打过来电话也不问问我情况，就自顾自地兴高采烈地叫道："听文晴说你找着工作了？成啊！什么时候开庆祝会算上哥们我啊！我给你捧场！"我翻了翻白眼，攥着手机吼："开个屁庆祝会！你要是我哥们现在马上过来接我！我在 CC 大厦门口！限你 10 分钟！晚了你就别来了！直接到河里捞我去吧！"吼完我就挂了电话，关机。等到 8 分钟的时候，公平开着他的别克车来了，平时他都是下车给我开车门，特装文明人。这次他说什么也不愿意下来，只是探身从里面把车门给我开了，让我自己进去。我心里挺纳闷，钻进车里一看，他差点没笑死当场："真牛！你小子穿着睡衣就出来招摇了，这不是影响市容吗？""你是不是人啊，限我 10 分钟……我连衣服都没

顾得换……"公平龇牙咧嘴地表示自己的不满。我气不打一处来，"都几点了，你还睡呢？你想变猪啊？"公平伸了个懒腰说："没有，没事干，在上网呢……"我当时听了心里特难受，想当初我也是赖在被窝里混到天黑的主儿，现在不得不为生活奔波，在这里拼死拼活找工作还吃闭门羹，想想我真是混得够惨的。"怎么了？你脸怎么黑得跟锅底似的？谁惹你生气了？"公平不提倒好，一提我就回忆起刚才面试的那一幕，心里立马翻江倒海特委屈，嘴一张就开始数落大嘴的不是，"我容易吗我！为了这个面试，鞋都掉了一只！"说着给公平看我的脚，公平当即就拍板要给我买双新鞋，我一看目的达成就乐呵呵地把那只光荣的脚丫子放了下去。

我愤愤不平地说："真是够恶心的，说什么内定了，这不是玩人吗？真他妈是要你没商量，气死人不偿命，吃人不吐骨头！"我劈里啪啦地说着，公平眉头紧蹙地在一边连连点头，满脸都是同情。我正说着，意识到什么东西粘到我的手上，低头一看，公平紧握着我的手，那叫一个用力。我没拒绝，握着就握着吧，又不少块肉，然后继续喷吐沫，从大嘴开始骂，骂着、骂着就骂到现在的工作难找，没有关系没有钱哪都不好使，有关系有钱傻子都能有工作！然后说着、说着又说到我不容易，生活没目标，没指望，前面道路坎坷命途多舛，干脆一头撞死在墙上，为国家省个口粮。我越说越激动，公平在一边也是越听越激动，最后居然挥着手就冲我抱过来了，我条件反射地给了他一拳，他就哇呜一声朝着另一边车窗玻璃飞过去了，啪，就粘贴到了车窗上。我眨眨眼，总算闭了嘴，就在我条件反射揍了他一拳的那一瞬间，我心里跟明镜似的，得，一双新鞋没着落了。"你干吗啊？犯什么病了？占我便宜啊？"我河东狮吼。公平咧着嘴嚷嚷："我想安慰安慰你……你怎么总是这样，真他妈够不可爱的。我真怀疑你不是女人！"我翻了个白眼说："用你安慰我么？我就不是女人了怎么地啊？你连哥们的便宜都占，真够垃圾的。恶心！"公平撇嘴说："老说咱是哥们，哥们碰一下你至于要死要活的么？我多的是女人排队让我占便宜，我还在乎你这一个，再说我还真对你提不起兴趣，要不然咱俩这么长时间的交情，我早就把你给搞定了。"我吹胡子瞪眼睛地过去一顿拳打脚踢，直打得公平喊饶命我才罢手，别看公平是打架高手可从来不跟我动手，这点我胸有成竹才敢对他施暴，要不然我也不敢跟个大老爷们上拳脚啊。我说："饶了你可以，不过对于补偿你刚才的所作所为，这双鞋你买定了。"公平赶紧点头，"买！一定买！"

　　杜松下了班就直接跑到我家问我面试情况，看到他西装革履，满面春风的样子，我心里那叫一个羡慕嫉妒恨，眼睛里喷出的全是妒火。我说："你今天好像特高兴啊？"杜松也不会看人家脸色，傻笑着说："据说我马上要升职了，就这几天。你呢，面试没有问题吧？"我觉得自己被一刀子戳在胸口上，妒火顺着伤口冒出来吐着血红的火舌。我心说，这小子真会火上浇油。我心里正为没找着工作难受呢，他居然说他要升职。靠！我觉得自己就是山崖上的驴找不着坡下。我勉强笑了一下说："我是谁啊。苏喜芸！我面试还能不过？"杜松眼睛亮闪闪的，一巴掌拍在我的肩膀上说："我就知道你行。"我龇牙咧嘴的，觉得这巴掌拍得生疼，眼泪差点被他拍出来。杜松说晚上要请我吃饭给我庆贺，我说晚上我约了哥们

去酒吧。

　　我约了公平。公平知道我没找着工作心里不痛快，叫我去酒吧跟他喝酒解愁。我对杜松说："要不你也去吧。正好把我最好的哥们介绍给你认识。"杜松想也没想就答应了。我表面上特高兴他加入我们，其实心里正翻江倒海地计划怎么让公平整整他。我当时挺愤愤不平的，不就升职吗，不就是一个月多拿个几千块钱么，至于在这里显摆么，忽然觉得公平和我一样都是无业游民，是一个战壕的兄弟，而杜松就是那种有关系有钱能找到工作的那类人。我一上午面试上受的气呼地全部转移到杜松的身上了。晚上公平开车过来接我，我给他介绍杜松。我说："这是我哥哥。"公平那张嘴张得能吞掉一整个鸡蛋，"你什么时候有的哥哥？你妈又生了？"我一拳揍过去说："屁！你妈生孩子能给你生个比你大的！"我冲杜松一笑说："你别介意。他是我干儿子。"杜松那嘴张得能吞一苹果。我心说最近人的嘴巴怎么都长这么大了，难道是因为嘴大吃四方，都进化了。

18 杜松酒精过敏

酒吧里灯红酒绿，激光灯闪出五颜六色的光圈，一个打扮妖艳的女人正在台上唱不知名的歌。我们找了个角落坐下，我把公平拉到一边低声说："帮我灌他。"公平斜睨我乐着说："就他，成么？"我冷笑道："看不出来吧？他当初在文晴婚礼上喝了三杯白酒。"我拿手比划了一下杯子的高度。公平头摇得跟拨浪鼓似的，"不可能，你蒙我。"我一下子怒了，"靠！骗你是孙子。"我看得出来公平很兴奋，他最喜欢的就是挑战酒量超好的重量级人物，我心说只要公平出马，杜松这次绝对躺下去了。谁叫他让我难堪的，让我嫉妒的，活该。我一想到杜松被公平灌得晕头转向的，心里觉得舒坦多了。我跟杜松和公平说："你们俩先喝着，我去去就来！"这其实是我给公平的暗号，告诉他我先撤了，剩下的就看你的了。我和公平都明白，要是我在现场他就抹不开面和杜松拼酒了，怎么着杜松是我认的哥哥，他们俩拼酒我得上去劝劝，这么一劝就灌不下去了。

我干脆自己跑到前台喝了几杯度数不高的酒，又跟施璐璐臭贫了一会儿，才往回走，越走越觉得不对劲，我发现不知道什么时候

起周围跟菜市场似的热闹。我听见旁边的几个小丫头叽叽喳喳地说，"哥哥姐姐，怎么了？""里面有人拼酒呢！""比赛喝酒？""一个说要比，另一个好像说不想比。""两个人都特帅呢，快进去看看。"我听了心里马上跟明镜似的，公平就会闹得满城风雨，他总是喜欢跟这个斗跟那个拼的，最终奠定了自己在酒吧的王子地位，有女人的尖叫声，黑夜中的焦点永远是他。我拼命往里挤，倒不是担心公平闹得鸡犬不宁，不知道为什么，有点担心杜松。刚挤到前面就听见公平跟个高音炮似的在那里叫唤，"你××是不是男人啊？是男人就跟我拼！"杜松的声音相比之下很无力，"我说过了，我不会喝酒。"公平依旧不依不饶，"真孙子，你××骗谁啊？你在文晴婚礼上喝了三大杯，现在说不会喝？你太不给我面子了吧？"杜松还是坚守阵地，"我真的不会喝。"我一下就蹿到了前排，正看到杜松脸色苍白地望着满桌的酒瓶坐在那里。公平显然已经喝了不少酒，脸色红润，手上拿着个酒瓶耀武扬威地比划。旁边几个丫头在一边连蹦带跳跟拉拉队似的，"哥哥，喝吧，我们支持你！""公平哥，加油啊！""哥哥，我们相信你能喝！""公平哥哥，你是最棒的！"公平显然陶醉在一片欢呼声中了，他伸出一根手指指向天花板，俊美的脸配上绚烂的笑容，一群没有免疫力的丫头顿时尖叫起来。另一群丫头正给杜松鼓劲，他英俊的面容，修长的身材再配上忧郁深邃的眼神，自然是酒吧里女孩们崇拜的对象，但是我知道，如果他今天不和公平比赛喝酒，那么他所有的Fans就会全部倾倒在公平的牛仔裤底下了。

公平听到他想听到的尖叫声，满意地放下手又开始跟头狮子似的吼："你 ×× 到底喝不喝啊？是男人就来个痛快的！"我看到杜松的眉头皱着，心里有点不落忍，毕竟我不恨他，我刚想说点什么缓和一下僵持的气氛，杜松却突然说了一句让我掉下巴的话。他说："我对酒精过敏，不能喝酒。"公平冷哼了一声说："你骗傻子呢？你要是对酒精过敏还能喝三大杯酒啊？"杜松说："当时我没想那么多，只是想帮喜芸喝了，而且那三杯根本是他们对了白水，要不真的会出人命。"杜松说着抬起脸看公平，眼睛里闪烁着坚定的光芒，"我从小就对酒精过敏，如果不是为了喜芸，我绝对不会喝的。"周围忽然安静了，有人窃窃私语，"真的假的？""喜芸是谁？""不知道，他替那女的喝，估计是他女朋友吧？""真的有人对酒精过敏吗？我第一次听说耶。""好像有啊。"我感觉有一盆冰冷的水从上面淋下来，我忽然想起杜松倒下去的身影，感觉到他冰冷的手腕，煞白的面庞，我觉得自己好像被人抽了十几个嘴巴。当时如果不是杜松，如果不是他帮我，我真的不知道该怎么办，他一直很帮我，替我遮风挡雨守护我，把我认作妹妹想方设法照顾我，就因为他有份高收入的工作比我强，就因为他在我没工作没收入的时候要升职，就因为我嫉妒他就让公平灌他，我的良心是不是被狗吃了，我是不是疯了。

　　我走过去拉住公平说："别比了。"公平特怪异地看着我，忽然红着眼睛冲我嚷嚷，"你以为他说的是真的是不是？你信他的狗屁话？他是说给你听的！"我望着杜松点了点头说："我信。"公平一下子暴躁得像头狮子，"你是不是看上他了？他酒精过敏还帮你扛酒，你是不是特感激啊？"我知道公平喝醉了见谁咬谁也不跟他一般见识。我说："对，我很感激。""苏喜芸！不是你让我灌他的么？现在你又装什么好人？想整死他的不是你吗……"公平还没嚷嚷完，我的火一下子烧起来了。我拿起桌上的一瓶酒哐就砸在了地上。我冲着公平嗷嗷："你大爷，公平！你××给我闭嘴！"叫唤完，我也顾不上瞪着眼睛发愣的公平，拽着杜松就冲出了人群，我知道会有一堆美女抢着照顾著名的酒吧王子的，用不着我去多费心。

出了酒吧，秋风吹得我脸上发烧，我走在前面杜松跟在我的后面，我们各怀心事沉默地走了一阵子，像两片寂寞的秋叶。我停下脚步回过头正好看到杜松投射过来的忧郁的目光，我的心又像脱了水的海蜇变得紧巴巴的。我若有所思地问他："你对酒精过敏？"他点了点头。我说："那你为什么喜欢去酒吧，不喝酒难道是去泡妞啊？"我说完本来想轻浮地笑一下，看着他严肃的表情怎么也笑不出来。杜松说："我不喜欢去。"我冷笑着说："不喜欢你会刚搬完家就跑到酒吧去啊？我可是亲眼看到你的，你还能耍赖？"杜松死死地望着我说："那天你那么晚出去，我担心你，就跟在你后面。所以你会在酒吧看到我。"我觉得心拧巴在一起，有点窒息。刚才和施璐璐喝了不少酒，这会儿风一吹酒劲上来了，脸带脖子都烧得火热。我感觉脚踩棉花怎么也站不稳了，身子往前跟狗啃泥一样扑倒在杜松的怀里，扑过去的时候我估计已经神志不清了，还以为自己在拍韩剧电影呢，很配合地说了句台词，"你干吗对我那么好啊？"杜松说："喜芸，你好像还没有搞清楚状况。我从文晴那里听了你的事情以后，一直都觉得你又勇敢又坚强，跟你比起来，我就像个总喜欢逃避困难的胆小鬼。我一直在想，如果有一天我能遇到你，我一定要照顾你，就像照顾亲妹妹一样。我不忍心看到你再受到伤害受到委屈，总觉得你比我们谁都更应该获得更多的关心和爱。喜芸，你在听吗？喜芸？"杜松晃了晃我的肩膀。我抬起头的时候都快哭了，我说："大哥，别晃了，我头晕。"

19 房东大爷来要账

我们坐在马路牙子上吹风，我怀疑我们两个要是化化妆都能在面前摆个盆儿要饭了。我靠在杜松宽大的肩膀上，很舒服很轻松。杜松突然问："是你让公平灌我的？"我叹了口气，搂住杜松的胳膊，把头埋在他的肩膀下面。我闻到他身上有种淡淡的香，似曾相识的香味。我说："其实我没有通过面试。正好听说你升职了，心里不痛快想整整你。"杜松扑哧乐了，然后用手摩挲着我的头发，他只说了一句话："你真像个小傻丫头。"我听了眼泪拼命往下掉，像掉豆子似的。我说："爸爸想让我过普通的生活，有一份稳定收入的工作，有一个和谐美满的家庭。现在我什么都没做到。其实我一点都不坚强也不勇敢，我真的什么都做不好。简直笨死了。"说着，我的眼泪鼻涕全部蹭在杜松的袖子上，湿了一大片。风跟刀子似的划在我的脸上，生疼，我打了个寒战。杜松抽出手环抱住了我，他的怀里好温暖，感觉好像抱了一个超大的人形暖水袋。我说："爸爸去世前打过的最后一个电话，我都没有好好跟他说话。他说对不起我，他说希望我原谅他。爸爸他是个傻瓜，既然要说对不起，为什么当初离开我和妈妈，既然要我原谅他，为什么不回来，为什么，为什么就这么走了？我其实已经原谅他了，我早就原谅他了，真的。"

泪水绵延不绝地往下掉，我睁着眼睛看到天空上挂满了星星，忽然想起小时候妈妈说过的话，她说地上死一个人，天上就会多一颗星星，那颗星星就是死的那个人的灵魂变的。我想，爸爸的星星是不是也挂在天上呢，在某个位置一直看着我呢？杜松紧紧地抱着我，过了很久他才说话，他说我很勇敢，一个人面对突如其来的变故，一个人照顾自己大学毕业还在拼命找工作。杜松说话的声音很轻很轻，好像是在说给我听，又好像在自言自语。他说了好多好多，可是我却听不明白了，眼皮越来越沉，他的声音越来越模糊。朦胧中，我做了个梦，梦见杜松吻了我。天空很干净挂满了星星，我看到爸爸的脸在天上，冲着我微笑。

杜松吻了我？我腾就把眼睛睁开了，那种真切的感觉怎么也不像是做梦。我一睁眼就看到杜松明亮的微笑，他穿着一身白色的厨师服冲着我乐，闪出一排洁白的牙贝。他拿着一个鸡蛋贴了贴我的脸说："芸芸，你醒了？再睡会儿吧？我正要做炸荷包蛋给你吃呢？"我当时使劲揉自己的眼睛，我还在做梦吧？杜松见我愣着就在我脸颊上亲了一下，然后快乐地去了厨房。我当时心跳得快要心肌梗死了，被这么帅这么温柔这么体贴的人亲一口，换谁心脏都承受不住。我恍惚间有种家的感觉。家，在我支离破碎的童年里，这个词对我来说可望而不可即，而现在，我仿佛体会了那种温馨那种安全感。我快乐地流下眼泪，刚想抹掉眼泪再把一切看清楚可是又什么也看不清楚了。我醒的时候觉得很沮丧，刚才果然是做梦，那种温暖的感觉要是再能持久一些该多好。我坐起身认出自己在杜

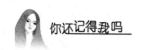

松的房间里，我下意识地往旁边看，杜松没有睡在旁边，一个单薄的被单放在床底下，我又温暖得差点流鼻涕。

晚饭时间快到了，我在厨房里叮叮当当忙得不亦乐乎，为了表示我对杜松的感激之情，我决定亲自下厨给他做个晚餐，看到冰箱里有炸酱和面条，我就决定做炸酱面了。我的厨艺被公平称为勉强糊口用的，我听了特不屑，心说你连糊口这一招半式也不会啊。有本事给我整个满汉全席。其实是个人就会做饭，就是做不做的问题。我是自己独立生活被逼无奈，只好亲自下厨，记得第一次做炸酱面的时候，直接把炸酱倒进煮好的面条里搅拌，吃的第一口就吐了，后来看网上做饭的视频才知道炸酱面的炸酱是要和肉馅一起炒的。后来拿文晴当小白鼠，请她过来吃我做的饭，她愣是成为了试验的受害者，吃完我炒的豆角就食物中毒了，据说是没炒熟。我当时就奇怪了，我也吃了怎么不像她又翻白眼又吐白沫又蹬腿的，后来文晴非说我是垃圾吃惯了，有抵抗力了，说她是金枝玉叶，没有免疫力。我说你还当你是还珠格格啊，还真娇贵。

杜松下班回家，我就把面端到他的家里。他望着我又看了看面，然后拼命用手揉眼睛。他没头没脑地问我，"我是不是在做梦啊？"我翻了翻眼皮说："用不用我咬你一口证实一下？"他赶紧摇头。他端着我做的面迟迟都没吃，我在一边挺着急，我本来就是个急性子，难得向别人展露厨艺，对方却不肯吃，忒不给我面儿了？我臭着脸说："你怎么还不吃啊？等我喂啊？"杜松尴尬地笑了笑说："你不恨我了吧？"我一听就乐了，敢情是他怕我在面里放了什么东西要整他。我心说我有那么狠毒么，不过转念一想，从文晴的婚礼上见了他就发誓要整他，后来又是咬他又是给他吃蚕蛹又是逼他看鬼片还叫公平灌他，他不放心也真可以理解，细想起来我还真是做了一大堆对不起他的事情。我特歉疚地叹了口气，诚恳地摇摇头说："我本来就没恨过你。哈哈。放心，这面里绝对没做过手脚。"杜松听了才放心吃面，吃得津津有味，一个劲儿夸我的厨艺好，夸得我心里美得恨不能立马跳回厨房再炒几个菜。

　　工作没找到，生活变得拮据又烦躁，特别是隔天周扒皮带着他儿子找上门来闹事，我特上火。大早上我还正跟周公对酒当歌呢，就听见敲门声，声音之大跟炸雷似的。我一开门就看着周扒皮杵个拐杖站在门口，旁边竖着个小伙子，那男的又壮又高我怀疑是个打篮球的。周扒皮哆嗦着嘴还没说话，旁边的小伙子先发制人了。他瞪着我粗声粗气地说："我爸，我爸来问你，什么，什么时候交房租！"我一听，敢情是周扒皮的儿子，估计叫周剔骨。我低声下气地说："我现在手上真没钱，再给我点时间，等我有钱了……"我还没说完，他就开始叫唤了，比驴叫得还像驴，声音提高了好几个分贝，还结巴："别，别，别等了，就，就今天。没钱你就，就给我滚出去！"我把火使劲往下压："我不跟你说，这是我和老爷子的事情。周爷爷！好爷爷！"我每叫一声，周扒皮就往他儿子后面缩一下，最后整个躲在他儿子背后看不见了。我心说，这老爷子原来是武林高人，练过缩骨神功啊。

　　我正琢磨怎么才能把这对周氏父子给对付回去，旁边的门就开了，杜松顶着一头乱糟糟的头发出来，看样子是刚被吵醒。"难得周末啊！难得周末啊！"杜松挠了挠头发，比刚才更蓬松了，特艺术，他一

边打哈欠一边问，"出什么事了？"我还没说话，旁边那边就结巴上了，"她，她，她赖房租。还，还不走。"不知道为什么我特受不了别人在杜松面前说我的坏话，心里的火一下子没压住就冒出来了，"我什么时候赖房租了？姑奶奶我现在手头不富裕，不就让你们等等么？我说不给了么？怎么就是赖了？凭良心说，这么多年了，我什么时候欠过房钱，什么费没交过？你问问老爷子，我少过他一分钱么？有的时候，我要是富裕了，还多给你家老爷子点钱让他买点零嘴吃呢。"我越说越委屈，一赌气折回屋里就开始收拾东西，不住了，太伤自尊了，说得我好像是个白吃白住的无赖似的。

　　我翻箱倒柜地收拾了一会儿，心渐渐平静下来，不行啊，这么盲目地搬出去要去哪啊，总不能露宿街头吧，至少得先找个安身地方再走。我转过头想出去再跟那结巴理论一下，却看见杜松站门口。我鼓着嘴过去左右看了看问："人呢？"杜松笑着说："走了。"我以为自己耳朵出毛病了："啊？我噻，你是不是铁齿铜牙啊，你跟他们说什么了？他们没要到房租这么就走了？"杜松眨了眨眼睛说："我哪有那么大的本事？他们当然是已经拿到房租了才走的。"我看着杜松，看着他那温柔的笑容，看着他眼里深邃的海洋。我淡淡地说："你付的？"他点了点头。我咬了咬嘴唇，有点腼腆地说："等我找着工作有了钱，一定还你的。"杜松笑得很灿烂，潇洒地点了点头："好。你什么时候还都可以。还有，我不是说过以后有什么需要帮忙的就跟我说吗？你是我妹妹还跟我客气什么？以后他们要是再来烦你，你就让他们来找我。"我傻笑着挠了挠头，只是说："谁要当你妹妹。钱我会还你的。"

20　我打了周洋洋

　　晚上给文晴打电话想问候一下，结果好心给了只白眼狼，她接了电话就嗷嗷叫："你还知道给我打电话啊？我还当你咽气了呢！"我说："屁！咽气也得在你后面咽啊。我跟你打赌，要是我比你先咽了气，我输你一百万。"文晴听了哈哈地笑起来说："去你的！谁跟你赌！到时候，你都撒手人寰了，我上哪要钱去？"我们正你一句我一句地瞎贫瞎逗，文晴忽然干咳了一声，语气一转，严肃地问我："不跟你贫了。咱们说说正经事。喜芸，我听公平说你找了个小白脸不要他了啊？是不是有这么回事？"我一听差点笑出声来，我心说，公平这小子真有意思，他叫杜松小白脸，杜松和他比，还真没他皮肤白。我说："别听他瞎说，根本不是那么回事。"文晴说："反正公平这回是生你的气了，给我打电话的时候连嚷嚷带吼的，我还从来没有见过他这样呢。最近你还是别找他了，让他那边冷却、冷却。"我冷哼一声说："他生什么气啊？根本没怎么着他，是不是男人啊，为点小事儿斤斤计较不依不饶的。别理他，他给你打电话的时候估计还醉着，胡说八道呢。"文晴说："嗯。反正他这回挺生气。说正经的，他说的小白脸是谁啊？我忒好奇了，你

089

从哪弄来这么一位啊？"我刚想跟文晴说杜松的事，还想问她怎么跟杜松描述我的，让人家那么死心塌地肝脑涂地任劳任怨地想把我当妹妹照顾。我还没来得及问就听见文晴那边叫唤："哦！好！来了！"然后压低了嗓子跟我说，"我老公叫我呢，我先挂了啊。咱们改天说这事儿，你跑不了。嘿嘿。"我说："得。那你去吧。对了，你快回来了吧，等你回来，我有一肚子的话要跟你说呢。"文晴说："嗯。差不多快回去了。成，到时候好好跟你说说。先不跟你说了啊，那边叫我呢。"挂上电话，我心里想，等文晴回来，我要好好跟她说说，然后再问问她杜松的事情。不知道为什么，我很想了解他的事，越多越仔细越好。

杜松升职以后比原来更忙了，我也比原来更黏他，因为我找不到工作，心情不大好总要找个人发发威撒撒泼黏糊黏糊。文晴和公平现在靠不住了，一个一个胆儿肥了都各自要飞了，我只好赖上杜松，谁叫他住我旁边的，近水楼台，不骚扰他骚扰谁。一到周末我就拽着杜松到处跑，什么水族馆、画展、游乐场，杜松知道我心情不好也就依着我，跟小跑腿似的跟着。其实他还真是没有必要这么做，又跑腿又拎包还要破费，有的时候我觉得自己真把自己当公主，幸福地穿着小飘裙站在高处对杜松指手画脚。

去游乐场是我计划了很久的项目，杜松一直都不肯去，他说他从来没有去过游乐场，他觉得那些都是小孩儿玩的。我当时听了就不乐意了，我说："你不就是说我小孩吗？你别指桑骂槐的，我又不傻。"杜松就赶紧解释不是那么回事，结果怎么解释也解释不清楚。我干脆挥挥手问了一句，"你陪不陪我去啊？"杜松仿佛下了很大决心似的点了点头，"去！"

　　游乐场里都是一对一对小情侣，抢着排队坐摩天轮、旋转木马，我估计这些都是被韩剧里的浪漫情节给荼毒了的新生代，他们一个个兴奋得手舞足蹈，好像闻到奶酪味的老鼠又蹦又跳笑得像阳光下的花朵。杜松本来也要拉着我去坐旋转木马，被我拒绝了。我说："咱俩又不是情侣坐那么傻的东西干什么。"杜松皱了皱眉头问我喜欢玩什么，我就很诡异地冲他挤了挤眼睛。我这个人比较喜欢玩惊险刺激、折磨心脏的玩意，比如说过山车、激流勇进，还有聚能飞船什么的。杜松听我说要去玩过山车，脸都绿了，他抬头看着载着无数惊叫声飞驰而过的过山车，那表情难以名状。本来他说什么也不肯去，最后被我连哄带骗再小加暴力解决了。坐在上面我还安慰他呢，我说这东西都是我玩剩下的了，没那么可怕，结果火车顺着轨道滑下去的时候，我叫得比他还惨烈，地动山摇的。下了过山车，我又打头阵杀到特洛伊木马，也是个高空杂耍的玩意，杜松看着我都快哭了，想说什么又说不出来，我心里就特乐呵。

　　周围的设施差不多被我们玩了个遍，我开始看地图准备杀到下一个站点。我一边看地图一边分辨周围的景色找路线，正看着，我忽然愣住了，目光一下子定格在不远处的一对情侣身上。其中的男孩子又高又瘦，帅气十足，正拿着一个冰淇淋喂给旁边一个娇小可爱的女孩，两个人的笑容在初冬的凉意里如一道温暖的阳光，绚丽多彩。我呆呆地望着他们。杜松估计也被这美丽的画面感染了，转过头问我，"你想吃冰淇淋吗？"我没吱声，大步流星地走到那对情侣旁边，拍了拍那个男孩的肩膀说："周洋洋，好久不见了。"

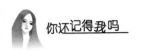

那个男孩吃惊地转过头望着我然后露出了他的招牌笑容："哟，这不是苏喜芸吗？好久不见了啊。"我点了点头看着他旁边的女孩说："这是第几任女朋友了？果然比文晴漂亮多了，比文晴后来那个也滋润，不错啊。你真是有福气，女朋友一个比一个年轻貌美秀色可餐。"周洋洋的脸色一下子灰了下去，他旁边的女孩愣愣地看看我又看看他。

周洋洋，文晴第一任男朋友，就是那个把文晴伤得很深，把她她甩了的男人。说起来，周洋洋其实和公平有很多相似的地方，人长得都特精神，喜欢耍帅耍酷耍风头，和很多女人都有一腿，不过我和公平可以称哥们对周洋洋却恨之入骨，倒不是单单因为周洋洋伤了文晴而文晴是我最亲的姐们，更主要的是，他们有一个本质的区别。说不好听了，周洋洋就是个骗子，跟谁都说"我爱你"就像说"我饿了"一样方便，我有时候甚至觉得"我爱你"三个字根本就是他的口头禅，把女孩们说得心花怒放一不小心就上了他的套儿。而公平不一样，公平从来不说喜欢谁爱谁和谁海誓山盟，他会把话说得很明白很清楚，可惜那些和他交往的女孩都是自愿往上贴。当初周洋洋对文晴说"我爱你，我会爱你一辈子"的时候，我就跟文晴说："他不是说他自己很花吗？你怎么能跟这种厚脸皮承认自己花心的人拍拖呢？再说了，他都承认自己是花心了，怎么还能爱你一辈子啊？这根本就是前言不搭后语，自相矛盾啊！"文晴当时是鬼迷心窍，根本不听我的，一头扎进了温柔陷阱里，还对我说，周洋洋说了这辈子除了她谁也不要了，以后在海边买套别墅给她，两个人一起过男耕女织的幸福小日子。结果文晴是钱也花了，感情也投入了，掏心又掏肺的，最后被他的一句"我喜欢上别人了，我们分手吧"就给抛弃了。

我一想起哭得要死要活的文晴心里就特难受，恨不能把周洋洋碎尸万段五马分尸。如今伤害了文晴的男人就站在我的面前，还带着一个女孩玩得挺开心，我从心里往外吐火舌。我怒视着他，拳头早就攥紧了。他旁边的女孩终于忍不住了，打破了沉默的气氛问："她是谁啊？文晴是谁啊？"周洋洋皮笑肉不笑地说："她们都是我原来的同学。文晴挺好吧？""她好极了，她现在结婚了，两口子幸福着呢。"说这句话的时候，我特心虚，我真没办法代表文晴说她现在很幸福，因为连她自己估计都不知道她是不是真的幸福了。周洋洋听说文晴结婚了显然有点意外，不禁跟了一句："这么早就结婚了？"我咂了咂嘴笑得意味深长。我冲着那个女孩嬉笑着说："你看看，当初他不跟文晴结婚现在后悔了不是。当时他们两个真的是金童玉女黄金搭档呢，你可不知道，他们当时可般配了。对了，他是不是也跟你说过他很花啊，你绝对要相信啊。他确实很花，恋爱高手中的高手，专门摧残像你这样冰清玉洁的祖国花朵。他到底摧残了多少朵花我还真不知道，我估计连他自己都数不清楚了。"说完我抬头看着脸色铁青的周洋洋问，"是吧？"

"啪"我话音刚落就听到了一声清脆的响声，娇小可爱的女孩气得浑身发抖，一巴掌打在了周洋洋的脸上，周洋洋估计完全没有预料到乖得跟小猫似的女友会这么一手，手一震，冰淇淋掉落在地上。我很快乐地欣赏着这一切，好像在看一场免费电影。女孩一转身就跑了，周洋洋刚想追过去，我以迅雷不及掩耳的速度一拳头砸了过去，把吃奶的劲都用上了，这一拳砸得瓷实，周洋洋身子一歪倒在了地上。我说："这一拳我是替文晴打的！"我本来计划打完这拳再说句台词就赶紧收场全身而退，完美结束。结果计划赶不上变化，我还没来得急全身而退，周洋洋就蹦了起来，竟然挥拳冲我回击。我当时就蒙了，我知道他不是个好东西，但至少还当他是个爷们，没想到他连爷们都不是，连女人都打。我一闭眼，心里说完了，听文晴说他学过搏击，这一拳我算交待了。就在我等着那一拳的时候，感到有人把我推了一把，一睁眼正看到那一拳狠狠地打在杜松的脸上，我心里揪心地疼，比打我脸上还疼。"周洋洋！我×你大爷！"我火冒三丈地想蹦出来，却被杜松护在了他的后面，他转脸对我说："让我来解决。"我当时都愣了，觉得杜松此时此刻特特特爷们。周洋洋撇着嘴说："哟，你××是谁啊？"我在后面没头没脑地嚷嚷，"他是我男朋友！"说完挺心虚地看着杜松，怕他当场把我的谎言戳穿，那就面子就丢大了。杜松什么也没说，只是擦了擦嘴角的血，然后特愤怒地瞪着周洋洋。周洋洋估计被杜松的愤怒给弄毛了，他有点哆嗦地说："你，你想干吗？"杜松说："趁我现在还没有改变主意，你最好马上走，能滚多远滚多远！"认识杜松以来我第一次见他这么生气，不禁也有点发呆。周洋洋笑得很不自然，"你，你以为我怕你啊？"杜松冷哼了一声说："那就试试。我可是跆拳道黑带冠军，还算小有名气。"杜松说完上前一抬手就要打过去，周洋洋吓得捂着脑袋就跑了。我乐得直流鼻涕，过去拍拍杜松的背说："没想到啊，没想到你这么厉害！关键时刻你脑子转得挺快啊，亏你想得出你是跆拳道黑带冠军。"说着我还胡乱地比划了几下拳脚。杜松看着我特严肃地说："对。我真是被你弄疯了，我从来没和别人打过架，要是他打过来，我肯定残了。"说完也不管我就往前走。我吃惊地眨了眨眼睛，追过去问："怎么了？你生气了？"他一个劲儿闷头走就是不理我，我知道他还在生气呢，就快走几步挡在了他面前。我有点尴尬地说："你别生气了。刚才我就是图一时嘴快说你是我男朋友。我向你道歉，嗯？"杜松皱着眉头望着我，眼里荡漾着一片海蓝，他叹了口气说："我不是为那件事生气。我气的是你这个脾气，动不动就跟人动手，你以为谁都可以让你打让你骂啊？刚才多危险你知道吗？他那一拳要是打在你脸上……"说着他伸手摸了一下我的脸说，"那该怎么办呢？"

那一刻我感到有无数暖流撞击着我的四经八脉，我看到杜松白净的脸上那片红肿，嗓子发痒鼻子发酸，我不禁又问他："你为什么对我这么好呢？"当我发现我说这句话的时候是含情脉脉的，立马觉得自己是个傻丫头，我心说还真把自己当林黛玉啊？怎么还梨花飘雪柔情似水的啊。杜松听见我问他忽然笑了，他说："因为你是我的妹妹啊。"我扭了扭嘴角什么也没说就往前走，杜松追过来拉我。我哼了一声说："我还要玩过山车！"

21 心在梦在重新再来

我跟文晴说在游乐场遇见周洋洋的事了，我说我英勇地痛击了他那张看了就想吐的 Face。开始的时候文晴特爽快地笑，都不带喘气的，我真怕她一口气倒不上来，笑死在电话那头了。文晴说："才揍了一拳啊，怎么不多打几下啊。我恨死他了。"我心说，说得轻巧，他一个练搏击的又不是草包，我说打几下都成啊！不过回想起来几年前文晴刚被甩的那会儿还嘴硬地说爱他，永远不恨他呢，这会说出恨他两个字的时候咬牙切齿，不知道的还以为多少代的积怨终于得报了呢。

我问她："什么时候回来啊？看你都不想回来了吧。"文晴说："过完圣诞节就回去。"我觉得她是蜜月过上瘾了，看看日历，她蜜月旅行快两个月了，再耗会儿孩子都生出来了蜜月还没过完呢。想到他们夫妻一起甜甜蜜蜜的样子我甚至有点眼红，对于文晴的未来生活我差不多能勾画出蓝图，她以后一定是传说中的全职太太，家里不但有钱能供她挥霍，还有老公照顾体贴她，她说不幸福我都想一头撞死。原来我从来没有想过有钱是件幸福的事情，总觉得钱是俗气的不能再俗气的东西，碰点边都觉得受污染，就跟非典病毒似的，呼吸都能传染。可是现在，经历了找工作没着落，没钱受人白眼，没钱交房租差点被当破烂扔出去的诸如此类的经历后，我忽然觉得有钱真是天大的幸福，能像文晴一样有金钟罩罩着，有摇钱树靠着，不愁吃不愁穿真是一件天大的美事。

我看着日历往后数了数日子，这才发现圣诞节快到了。前几年的平安夜都是和文晴过的，回想起来都觉得自己有同性恋的嫌疑。不过现在文晴找到归属了，过幸福的小日子去了，我变成了孤家寡人，一个人形单影孤的。想到自己一个人过平安夜我实在有点难受，所以当杜松答应我一起过的时候着实让我小幸福了一下，其实那天我是跑到他那儿去看电影的，然后不知道怎么心血来潮就特白痴地问了句："咱们一起过平安夜好么？"问完我就觉得自己特任性。我是没爸没妈没工作没男朋友没亲戚没什么朋友的真正光棍型人物，人家杜松说不定有一堆人等着盼着呢，我凭什么叫人家一起过圣诞节，总不能就因为人家可怜可怜你说要照顾你，你就蹬鼻子上脸赖着人家真把自己不当外人吧，难不成最后还要人家给你掏心掏肺摘月亮摘星星？想想我就有点郁闷，其实我都不知道杜松有没有女朋友呢，我对他一点都不了解，他从来没说过自己的事情，他不说我也不想问，问题是他却从文晴那里把我了解得彻彻底底明明白白，我站在他面前就跟个透明人似的。

我问完有点后悔就赶紧追加了一句："你要是陪女朋友什么的就当我什么都没说。就当我放了个屁啊。"说完我自己心里挺堵得慌，我心说，我这话说得怎么这么没水准啊，怎么也不能当个屁放了吧，那多臭啊。杜松瞪着大傻眼愣了一会儿，然后看着我笑笑，

"你看我像有女朋友的人吗？你跟我在一起那么久了，你还不知道我是一个彻头彻尾的光棍吗？而且我刚搬到这里，周围也没有什么认识的人。这么说来，我看我是别无选择，平安夜只能赖着你跟你过了。"我的心跟只快乐的小鸟似的立马飞得老高，不过嘴不应心地说："我可是有一大堆的人抢着跟我过呢，我是看你可怜，一个人可怜巴巴的，所以就说跟你过。"说完我有点心虚，怕他后悔又补了一句，"说定了啊。大丈夫不能言而无信，一言九鼎，驷马难追！"杜松抿着嘴笑得特帅气，"嗯。"我看着他的笑有点恍惚，不自觉地也跟着傻笑，主要心里乐他刚才说的那句话，"我没女朋友"，不知道怎么听完以后心里特高兴特舒畅特痛快。

自从决定跟杜松一起过平安夜，我心里就没消停过，什么也懒得做，其实也没什么可干的，整天抱着日历数日子，过一天就在那个数字上画个圆圈，跟阿 Q 似的，画得特认真。大学毕业后在家里觉得时间过得特别快，跟特快列车似的，轰轰烈烈地开过去了。可是这几天，时间慢得像蜗牛爬行，还爬几步歇一阵，慢得我直想把表调快好几圈，直接调到平安夜。就在慢得让我觉得恶心的岁月里，居然发生了一段小插曲。插曲发生的导火线是我意外地接到了面试通知。公司名念起来挺饶舌，TSLS，听起来像个特牛的大公司，不过最牛的地方是我从来没在这家公司投过简历居然被通知了面试，接到面试电话的时候我狠狠掐了自己一把证明不是在做白日梦，放下电话，我不禁想到天上掉馅饼的经典语句，莫非我时来运转开始走狗屎运了！

上次面试失败以后，我好久没有缓过来。文晴曾说过："喜芸，别看你说的话做的事跟爷们似的特坚强，其实我最了解你，你是那种特受不了打击的人，要是谁拿把锤子在你心上敲，一锤子就能把你的心给敲碎了。"我说："你别小看我。我可是大风大浪都见过的，百毒不侵，绝对抗压。"其实我自己心里明白，我一直都没能走出童年父母离异的阴影，一直耿耿于怀，我的心很脆弱，我只是在它的外面裹了一层坚强的硬壳，我明白要是谁在我的心上锤一下铁定受不了。后来想想文晴说的这话有问题，拿把锤子在心上敲一下，换谁也受不了啊。不过上次面试吃了闭门羹还是让我难受了一阵，虽然刚毕业那会儿也面试过几次，被拒了几次，但是没有这次反应那么强烈，主要是我报的希望太大了，希望越大失望越大绝对是跟我这种人说的。所以这次我尽量把心态放平，不停地在心里告诉自己只是一个面试，不要抱太大希望，用不着激动高兴跳脚的。我记完面试地点和时间后平静地放下笔，很镇定地直了直脖子，特礼貌地说了句，"谢谢"，然后挂了电话。面试的事我谁也没告诉，主要是实在没这个勇气跟杜松他们说我接到面试通知了，然后被他们跟狗仔队似的追问，"怎么样了？通过面试了吧？你没有问题啊。"要是面试过了还好，大家哈哈一笑，开个 Party 同庆同乐，可要是没有过，我就真受不了那个罪，感觉跟被人在左边抽了嘴巴还得装蒜笑着把右脸伸过去似的。更何况这家公司我连听都没听说过，怎么都觉得不靠谱，我现在是这么想的，反正我也是穷途末路了，既然找上门来叫我就去溜达一趟。

22 拼酒找工作

去面试的时候我吸取了上次的教训，说什么也不能坐公共汽车了，一咬牙，打了一辆车。我上了车就跟司机坦白，我说："师傅。您怎么快怎么开啊。我今天没带多少钱。您就别给我绕弯了，咱都实在点，将心比心啊。"估计司机也是个实心眼，果真一踩油门，飞似的开。到了面试地点我就有点发蒙，原来招聘的地方就是一个大型露天舞台。一堆少男少女围着露天舞台站着，台子前面竖了块牌坊，两个红色的大字"招聘"刺得我眼睛都疼。周围里三层外三层的人把台子裹了个严实，我左钻右撞拿出在酒吧里跳舞时的看家本领，好不容易挤进了人群，跟旁边人一打听才知道这是一家卖酒的公司，他们要招聘售酒员！我皱着眉头问旁边几个先到的同仁："什么时候开始招聘啊？"挨着我的一个女孩冲着台上努了努嘴小声对我说："那人是这公司的老板。刚才我问了工作人员，说是等他说完才开始招聘。他都说了一个小时了。"我点了点头，颇为无趣地把眼睛定格在台上，台上的矮个子胖男人挺着啤酒肚正在滔滔不绝地大谈酒业的兴旺史，看这架势估计还得 2 个小时。我感觉好像看到一只会说话的猪，要是再拍《贫嘴张大民》，我力推他当男一号。猪头男又贫了将近一个小时后，才开始了面试，面试的内容让人大跌眼镜，居然是要比喝酒！不知道别人怎么想，我倒是松了口气心里偷着乐，酒吧我可是常客，什么酒没喝过，不就是喝酒吗，我是内行啊。不一会儿台上多了几十个小坛子，据说是像五粮液的玩意儿，我刚松的气又提上来了，还真没见过用坛子喝酒的，这都什么年代了，二十一世纪啊，怎么还用坛子。

我正纳闷，有几个男青年打头阵，争先恐后地上了擂台，举起坛子就开始拼酒，看他们喝完酒龇牙咧嘴跟被烫了舌头似的，我就断定，那坛子里铁定不是五粮液，谁知道是不是从实验室直接运过来的乙醇对了白开水。"喝！喝啊！"啤酒肚乐呵呵地在一边助兴，还不失时机地向从四面八方过来凑热闹的群众们进行品牌宣扬。然后还让几个助手过来一起大唱酒之歌，快乐得像抽风的面坨，就差跳脱衣舞了。有几个大胆儿的女的也不怕死地爬上了擂台，抢胳膊挽袖子跟大老爷们似的。我想了想，反正是喝酒，没什么了不起的，我不算高手也算是个重量级人物吧，再说那酒坛里总不能是装着甲醇，大不了就是个酒精中毒，现在没工作没收入没吃没喝没穿还能怕酒精中毒？想着，我不禁哑然失笑，做了个深呼吸也跟着蹦上了擂台。

台上已经有七八个女孩我自顾自举起一坛酒，一仰脖，辣嗓子的酒就下了肚，瞬间我觉得浑身跟火烧一样闹腾，每个细胞每条血管都颤抖地活跃了起来。不知道喝了多少，我觉得天昏地暗的，大脑里已经不再想事情了，最后只剩下机械的动作，举酒坛，仰脖子，喝酒……

我昏头昏脑地站在那里，在完全没有反抗能力的情况下被人拖下了擂台，我睁着眼睛也没看清楚是谁，刚才满腔的热火熊熊燃烧了起来。我气急败坏地嚷嚷，"谁啊？干什么？"那个人说："跟我走。"我冲着他吼，"你××谁啊？凭什么带我走？你把我的面试都毁了！"那个人气愤地说："那叫什么面试！比喝酒叫面试吗？你看不出来那个公司在利用你们的表演来宣扬自己的品牌吗？你被利用了！"我推搡他，"你管不着！只要我喝了……我就……就能找到工作！这，这都看着呢！他们一定不能赖账！一定没有内定！这都看着呢！"说着，我一阵恶心，张开嘴，大口、大口地吐了起来，一阵酸臭味让我的胃更加觉得不舒服。"喜芸……别喝了……这次听我的……说什么也不能让你任性胡来了……"说着，那个人竟然抱起了我，我依在他的怀里，还折腾呢，伸着两只爪子到处乱抓着、挠着，"放开我！我要面试！"他把我抱得更紧了，然后拦了辆出租车把我塞了进去。

在出租车上我还在东抓西挠的跟只活跃的猫似的，刚才喝进去的酒水这会儿水分估计都开始蒸发排出体外就剩酒精在身体里闹腾了。我觉得头晕眼花，眼前人影在那儿晃来晃去跟块布似的，就是看不清楚是谁。我挥舞着手臂复读机似的叫唤，"你把我的面试都毁了！你把我的面试都毁了！你……"说了半天就是不知道我说的你是谁，真蹊跷。后来车子颠簸了几下把我颠恶心了，一张嘴就开始吐，又酸又涩又苦，估计胆汁吐出去了一大半，苦得我直咧嘴。我这儿正痛苦呢，就听见那个司机跟只公鸡似的扯着脖子喊："怎么搞的？怎么搞的？吐了我一车呀。"然后我听见我靠着的那个人说："真对不起啊师傅。清洗车需要多少钱，我下车的时候一起付给你。"我听得心里特热乎，我听出来说话的人是杜松。我把头往他的怀里蹭了蹭，找了个舒服的姿势就找周公去了。我梦见和杜松手拉着手站在一片草原上看从地平线升起的太阳，绚丽的光芒映红了我们俩的脸，我们对望着笑。我笑得特快乐，特真实，特爽朗。杜松依旧笑得那么灿烂如朝阳般让人温暖惬意而舒畅。草原的那边还是一眼望不到边的草场，在阳光的照射下仿佛是一片金色的麦田，忽然不知道从什么地方响起了忧伤的音乐，阳光灿烂的天空忽然下起了淅淅沥沥的小雨。

我正梦得格外香甜，肆无忌惮地流淌着哈喇子，手机的铃音让我大为恼火。我挣扎着从口袋里摸出手机接了就骂："××的谁啊？"本来我以为吼出的声音怎么也是震房顶动地板的，结果跟蚊子哼哼似的，声音特别小。电话那边的声音显然比我粗犷豪迈，自信十足臭屁百倍："当然是人见人爱花见花开天下无敌可爱的文晴我了！除了我，你说还有谁会给你打电话啊？用脑干想想用脚趾头想想也是我啊！姐们，想我了没有？最近也不知道慰问我一下，都把我给忘了吧。"我一听，脑袋立马清醒了。我有气无力地说："算了吧，就我现在这副德性还慰问你？大小姐，这回该你慰问慰问我了，妹妹我这儿床上躺着头晕呢。"文晴一听就急了，"怎么了？怎么了？怎么了？你发烧了？你终于想不开自寻短见了？"我说："呸！我他妈是醉生梦死了，这回真把我给喝蒙了。"我就把去面试被酒厂利用了，喝了多少自己都没数，差点喝歇菜的事儿跟文晴说了。她还没等我说完就急了，嗷嗷得跟狗吠似的，"你脑袋毛病

了吧？哪有喝酒找工作的，你当自己是坐台小姐啊？你是怎么作践自己怎么来啊？怎么没喝死你啊？还真拿自己那点儿酒量当回事啊，喝够没，没喝够咱们下次赛着喝！喝死一方完事儿！"我听得都傻了，文晴还从来没跟我发过这么大火呢，我都怕她突然从电话里蹦出来扯我衣领掐我脖子。最后文晴吼了一嗓子，"太不让人放心了。我这就订下周回去的机票，回去找你算账！你给我好好在家里呆着！别给我到处瞎跑！"说完就给挂了，我眨了眨潮湿的眼睛，不是被文晴吓的，是她那么着急那么关心我，把我感动的。我一点都不生文晴的气，我要是生她的气，怪她吼我，我就真不能算人了。

23 傻瓜，你爱上他了

杜松那天去我面试的附近办事儿，没想到正撞见我在露天台子上豪迈地抡胳膊挽袖子在那里拼酒呢。杜松说他一眼就看见我了，说我当时举着酒坛子跳来跳去的跟活猴儿似的。我完全不记得当时都干什么了，这会儿酒醒了一半，脑袋还是晕晕沉沉的，我只记得自己蹦上台喝了第一坛酒，辣得我直掉眼泪，后面的记忆时断时续模模糊糊的，不过我还真是从心里感谢杜松及时把我拉走了，我心说我都开始跳猴舞了，谁知道过会儿会不会跟蛇"退皮"似的再把衣服都脱了啊。那我就真现了，没的混了。我特感激地看着给我端茶送水的杜松，然后为了表示感谢我决定关心、关心他。我仔仔细细观察了一会儿，皱着眉头特关心地问了一句："你脸怎么了？被猫抓了？"杜松一脸难以名状的样子看着我，然后长长地叹了口气说："我真是无语了。你自己抓的都不记得了啊？"我赶紧猛喝水，因为我恍惚记得当时他拉我走的时候，我不乐意，借着酒劲儿闹腾，又抓又挠的，估计就是那个时候在杜松脸上留下了伤。我心里埋怨自己，你说说，抓哪不好，非要抓人家的脸，把人家毁容了，估计这辈子都赔不起那么一张英俊潇洒的脸，想想又觉得自己简直傻透

了，问什么不好，非要哪壶不开提哪壶，非要问这件事儿。我当时就耷拉脑袋蔫了，杜松好像没有发现，还乐颠颠地给我削了个苹果，结果让我更内疚了。

酒醒以后，我发现自己好像还是没醒彻底，大白天的居然出现了幻觉。我躺在床上，瞪着眼睛，眼前全是杜松，左看看是他右看看是他。杜松露着整齐洁白的牙齿，笑得特灿烂跟朵花似的还发着耀眼的光，我大脑一定是出问题了，视觉中枢的线路搭错了出现了海市蜃楼的影像。我赶紧起来洗脸洗头，我断定是酒精还在那里顽强地迷惑着我的神经，影响我的思想。水管里的自来水特别的凉，冰冷的水顺着我的头发往下滴，我擦着脸上的水，望着镜子里面那张绯红的脸。我心说，疯了，疯了，我一定疯了。

下午文晴带了很多水果过来看我，用她的话说，她是一下飞机就奔我这儿来了，太想念我了。我心说这么想念我，怎么着见了我也该是抱头痛哭再痛诉对我的思念，结果没想到，她见了我就是一顿臭骂。文晴叉着腰吐沫星子喷了我一脸，活像鲁迅笔下的杨二嫂杨阿姨。她说："你活腻味了吧，把酒当白水这不是跟喝敌敌畏似的。要自杀也不用这样啊，去楼顶往下跳多痛快啊。再说了，你至于吗，不就是没有工作吗，用不着找死吧！"她劈里啪啦地喷口水，我在一边跟三岁小孩儿似的，缩着头任她训，我知道文晴是心疼我。那天接到我的电话的时候我知道她是真急了，声音直颤。我当时心里其实挺热乎的，我觉得有文晴在身边我真的是太幸运了，以后我一定对她特别、特别好，要不我真的得被一枪毙了。

文晴正说得起劲，一转脸瞪着我的脸一通看，然后奇怪地问：

"怎么了？你是不是发烧了？脸怎么这么红，跟番茄似的？"说着她伸手在我的脸上摸了摸，摸完手猛地贴在我的额头上，"还真有点烫啊。"我拍掉她的手说："去去去，我没事儿，估计是那点酒精还在那儿闹腾呢。放一百二十个心吧，我真没发烧。"

　　晚上我请文晴吃炸酱面，她还不知足，在那儿跟猪似的哼哼："喜芸，你真不够意思，就请我吃这面团子啊，没味道没营养的。我现在可是重点保护对象，我可是孕妇！请一孕妇吃炸酱面，你好意思吗？"我说："孕妇怎么了？不就肚子比人家大一圈么，还不能吃炸酱面了。"文晴挺生气说："你真没人性，给我吃这么难吃的面，连猪都不肯吃。"我心说除非是死猪，活猪看到这么美味的面条绝对狼吞虎咽吃得连娘都不认，这么好吃的面条，别人求我我还不给做呢。我忽然想起杜松了，想起他吃我做的炸酱面风卷残云的样子，边吃还边说好吃，竖着大拇指夸我是一流大厨，说得我连北都找不到，美得鼻子直冒泡。同样是一碗炸酱面，怎么从两个人嘴里说出来就变成一个天上一个地下了。我正在那里惆怅，文晴一巴掌打在我脑袋上，打得我直吐舌头。我说："你疯了？干吗打我啊！"文晴坐那儿装土地爷儿泥巴像，跷着二郎腿眯缝着眼睛看着我似笑非笑，摇晃着脑袋跟什么都没发生似的。我看文晴的样子就乐了，我说："你别以为你是个孕妇我就不敢还手啊。"文晴一听眼睛腾地亮了，她瞪着我忽然坏笑了一下，拿餐巾纸擦了擦嘴巴不紧不慢地说："苏喜芸，你给我说实话，你是不是恋爱了？"刚才我还怒火中烧，听完文晴问我的话，我立马像霜打的茄子瘪了。"啊？真的假的？你真的恋爱了？"文晴的眼睛是雪亮的，看到我

那副样子就知道我心里有鬼。我有气无力地摇了摇头，心脏跳得贼快。文晴困惑地问："没有？我不相信，你骗我呢吧。"我又摇了摇头。文晴嚷嚷了起来，"你怎么变得这么婆妈了，跟娘们似的。到底有没有啊？你快说啊！有就是有，没有就是没有呗！"我心说我不是娘们，还能是爷们啊？我说："其实我也不知道啊。我觉得我最近好像不太正常，大脑里老是有个人影在晃。"我一看文晴那眼神儿，我就知道她想歪了。

这姐们看着挺纯情的，其实脑子里跟杂货铺似的丰富，七扭八歪特复杂呢。我就把我最近的情况如实向文晴做了个简短汇报可没敢说对方是杜松，要不文晴非得帮我牵红线不可，本来不是那么回事也得被她弄出个甲乙丙丁来，我怕我和杜松根本没有那么回事，被她一闹腾给闹腾复杂了。文晴从来都喜欢管闲事，特别是我的事儿，她比谁都上心，高中的时候就开始大呼小叫让我找个男朋友，说什么到时候不愁吃穿不愁有车接送还有人寒嘘问暖生病了有人照顾何乐而不为，可惜我就是少了这么根筋，对男朋友不太在乎，我从小独立惯了，不想找人陪着。现在好不容易逮着机会了，用文晴的话就是，我好不容易开窍了，情窦初开瞄上的人她又认识，不去给我当媒婆才怪了，我可不想在我自己还没弄清楚状况之前就被她稀里糊涂地推进火坑当柴火给烧了。末了我补了一句，"行了行了，人你可不认识，别瞎操心了。"文晴一副很懂的样子，眯着眼睛哑嘴玩儿，想了半天最后颇有感悟地点了点头说："这事儿啊，问我就对了，我可是过来人啊。"看她那神情跟个恋爱高手似的。我没理她，没敢接她的话茬，不过我刚才劈里啪啦这么一说，心里倒是

痛快了不少。我扭了扭身子，找了个舒服的姿势坐在一边开始悠闲
地吃起了面条。"梦里会梦见他，睁开眼睛全是他，想到他心跳
会加快，看不到他会思念，不会错了，你爱上这家伙了。"文晴斩
钉截铁地下了结论。我觉得眼皮跳了一下，然后又跳了一下，我
打了个嗝，"你确定？"文晴点点头，"当然。这些全部都符合恋
爱综合征的病状。不信你到大街上随便找一个过来人问问，恋爱过
的有经验的，绝对都这么回答你。"我当时都木了，觉得耳朵嗡嗡
响，莫非我真的像文晴说的那样，情窦初开了？文晴特意味深长地
望着我说："唉。你真是比木头还木，比猪还迟钝。""你才猪呢！"
文晴问我到底是谁，她对我的私事儿从来都特有兴趣。我支支吾吾
地也说不清楚。文晴那个好奇啊，恨不能有特异功能会个读心术把
我前前后后看个透。结果晚上死活不肯走，非要跟我挤一张床上秉
烛夜谈，一晚上都没消停，跟我玩疲劳战术。我也不知道她哪来的
那么大精神头，一夜没睡早上还跟个活猴似的左蹦右跳，我可就惨
了，本来喝酒伤了身体，小身子正虚着呢，被她这么一折磨，早上
一照镜子以为自己见着女鬼了，再仔细一看，女鬼长得有点像我。

　　我站在洗手间里刷牙，文晴站在我旁边跟大话西游里的唐僧似
的喋喋不休地上嘴皮子碰下嘴皮子。我吐出一口水无奈地说："歇
歇吧您呐。"文晴特兴奋地说："没事儿，我不累。"我叫苦地说：
"大姐，我累了，快吐血了行吗？"我们正说着，门铃忽然响起来，
我啪嗒、啪嗒穿着拖鞋走过去开门，一看是杜松，我的心脏呼啦就
变得紧巴巴的。为了稳住心脏不至于给我歇菜了，我只好张着嘴开
始喘大气。"你感觉怎么样？还想吐吗？"杜松关切地问，说着在

我的额头上摸了摸，"你发烧了吗？脸怎么这么红？"我往后直躲，"我没事儿，我真没事儿。"我心里赌气，这张脸怎么就这么不争气啊，红个什么劲儿啊，又不是喝酒喝多了或者看到什么不堪入目的肮脏画面了，这不就眼前戳个人儿么，有什么好红的。"谁啊？"文晴真不把自己当外人，跟女主人似的在后面叫唤，还没等我反应，她已经一个脑袋挤出来要亲眼目睹了。我一闭眼，得，这回我是跳进黄河也洗不清了，她铁定得把我和杜松联想到一块儿去。果然，文晴看见杜松的时候眼睛瞪得老大，然后你、你、你了半天，跟复读机似的重复了好几遍。我当时就乐了，我心说，敢情最近都流行犯这种病。杜松好像也愣了一下，随即笑着点了点头："文晴，好久不见了，蜜月过得怎么样？"文晴说了句："呵呵，还不错。"然后就缩回屋里去了。我和杜松又说了会儿话才回去，回屋一看，文晴正盯着墙发愣。我本以为按文晴那性格一定得咋呼着问我杜松是不是就是我说的那个男人，可是没想到她转过头用逼问的口气问我，"怎么回事？你们两个很熟了吗？"我本来大脑就在迟钝又被文晴这句不跟套路的话一问，脑袋发蒙，舌头半天捋不直。我说："我们是邻居。他刚搬到我旁边住。"我想了想又说，"他说要我当他妹妹。对了，这事儿我还想问你呢。他对我特了解，你到底把我多少秘密都跟他说了啊？"文晴问："你当他妹妹？"我点点头，"对啊。"文晴一下子沉默了，搞得我一时不习惯。我说："怎么了？你还是说点什么吧，你突然跟沉默我还真不习惯。"文晴说："我忽然觉得不舒服，先回去了。"走的时候她望着我说，"你们……"话说一半又吞了回去，然后笑了一下走了，弄得我挺郁闷。

24 糟糕的圣诞节前夜

　　文晴走了以后，我就打开电脑浏览上次去游乐园拍的照片，一张一张，我看不到风景，看不到其他人，只看到杜松，看到他灿烂的笑，阳光倾洒在他半张脸上带着盛夏暖暖的味道。我正用手指胡乱地敲击着鼠标不经意瞥到旁边镜子中的自己，晕，镜子里那个笑得跟个傻子似的人是我么？

　　整个一天我都活在胡思乱想里，眼前漂浮着杜松那张耐看外加灿烂微笑的脸，为了给自己解宽心，我不停地告诉自己，对杜松有点小感觉是很正常的，就他那小样儿，就是 80 岁的老婆婆看了也能情窦复开了，更何况完全没有什么抵抗能力的我了。这种感觉真是要命，我坐也不是站也不是跟几百万只虫子在我心里爬一样，耳朵脖子烫得要着火似的，我长长地吸了口气，我想，我可能恋爱了。一想到我可能喜欢上了杜松，就觉得心里百抓挠心似的紧张、窒息、兴奋，然后我居然傻笑着拿头撞桌子，还好还算理智，知道掌握撞的力度。镜子里，我笑得特女人，我甚至臭屁地觉得，笑得特美特像童话故事里的公主。小时候我睡觉前总缠着妈妈给我讲故事，她给我讲灰姑娘的故事、白雪公主的故事、睡美人的故事，每次听到公主和王子幸福地生活在一起的时候，我都会高兴地拍着手，我问妈妈我以后会不会遇到王子。妈妈笑着说："你会的，一定会的。"我说："可是我不是公主啊。"每次这个时候，爸爸都不知道从哪里蹦出来，然后在我的脑袋上用手指轻轻弹一下说："你是公主。是我和你妈妈的小公主。"那个时候我很高兴很快乐很满足，可是一切都被那个女人毁了，那个狐狸精。我忽然浑身开始发抖，我不愿意去想这些事情，可是我知道逃避终究不是解决事情的办法。其实我明白，那个时候我还小不太明白，可是我现在明白了，只是我一直不愿意承认，一直不愿意承认是爸爸骗了我，是他不要妈妈了，是他不要这个家了，是他不要我了。直到后来我才知道，我错怪了妈妈，她是没有办法离开的，被逼走的，可是我明白的时候已经太晚了。我面对妈妈的时候只留下深深的愧疚、悲伤、遗憾、忏悔、难过、心虚和自责，我不知道该怎么面对她，我只能躲着她，远远地看着她，因为我不想摆出一副不卑不亢的扑克脸再去伤害她了。

那天文晴走了以后一直没有来电话，对于她的反常我倒是没有太在意，因为我听说怀孕的人都有产前综合征，我估计文晴正好处在犯病高发期。平安夜那天我早早就开始忙乎晚上要用的东西，准备和杜松两个人过一个难忘的节日。我完全没有想到文晴会打电话叫我到她家去玩，虽然和她过平安夜是我们这么多年来的惯例，不过那会儿我是一个人，她也是一个人，现在不一样了，她身边有个人，我还凑什么热闹。我忍不住在电话这边哈哈地傻笑起来，然后迫不及待地告诉她我要和杜松一起过了，"你就老老实实陪着你老公和你肚子里的 Baby 过吧。你再移情别恋的，小心你老公跟你撒泼啊！"文晴在电话那头沉默了好久才缓缓地说："你和杜松倒是挺好了啊。我听公平说了，他跟你闹别扭就是因为杜松吧？"我说："别跟我提公平，他没劲儿，小心眼子，提他我就有气。我可没做什么对不起他的事情，他自己要别扭，我有什么办法。平心而论，我对他真是特好，上次借给他的钱到现在还没管他要呢，那可是我的养老钱，你说我得下多大决心借给他啊。"文晴"嗯"了一声，跟闷雷似的。我说："总之，我和杜松一起过平安夜了，你就放心吧。哈哈。"

我放下电话的时候心早就乐开花了，看着日历 12 月 24 日上我画的大大的红心我就忍不住想笑。前一天我早就准备好了圣诞树还有圣诞挂件、花环、大袜子还有各种零食，我还是第一次过平安夜这么兴奋，我估计重见天日的囚犯都没有我这兴奋劲儿，快乐得像飞上云霄的鸟儿看到一群会飞的肉虫子。晚上我在厨房忙里忙外，中餐西餐做了一大桌，蜡烛摆好了，就等着杜松下班过来。我看着表盯着秒针嘀嗒、嘀嗒地往前爬，心里特着急，心说小样儿的，平时跑得挺快的，这会儿怎么学蜗牛爬上了。我正眼巴巴地看着表，忽然听见房间里有敲玻璃的声音，哐哐哐的震地有声。我顿时感觉脖子僵硬起来，一股阴风往我这儿吹，这屋里没别人呀，怎么会有敲玻璃的声音？我仔细分辨，听得出来，声音是从阳台那边传过来的。我第一反应就是，完了！阳台进小偷了！我僵直地转头朝着声源望过去，手里的闹钟差点摔到地上，我居然看到有一只红色的熊在我家阳台上冲我又是敲玻璃又是摇手臂。天下居然有红色的熊？真新鲜！再仔细一看才发现不是熊，是圣诞老人。我有点怀疑自己的眼睛，不过还是穿着小拖鞋吧唧、吧唧走过去把阳台门打开了，我和圣诞老人对视了2秒钟后说，"杜松，你是人是鬼啊？"杜松扑哧一声笑了，他说："你怎么每次都问这问题啊，咱们换点新鲜的台词行不行？"我听了想起来第一次在阳台对面看到他的时候也问他是不是鬼来着，我挠了挠头说："我当然知道是人了。可也不代你每次这么吓唬人的。你说你是从哪冒出来的，怎么跑到我家阳台的？你总不会是飞过来的吧？"杜松指了指他房间的阳台说："我从那边跳过来的。怎么样，崇拜我吧？我跟你说，我从小运动神经就好，这点距离对我来说不算什么。"说完他还用特自豪的眼神看我，还以为我真把他当英雄呢。我朝对面的阳台看了看计算了一下两个阳台间的距离，然后以迅雷不及掩耳之式一巴掌打在了杜松那笨重的圣诞老人的衣服上，杜松估计没有心理准备我会打他，身子不禁晃了三晃，吃惊地用眼睛横我，"你怎么了？"我咆哮似的吼，"你疯了？从那么远的地方蹦过来，你××不怕风大把你刮跑了啊？"我很少对杜松嚷嚷，这次我真的急了。

平安夜刮起了无名大风，光秃的树枝张牙舞爪地摇摆，不知道谁家挂的风铃在碎片般灯光闪烁着的影影绰绰的昏暗里丁当、丁当清脆地响着。杜松什么也不再说了，他举起右手，用手里的礼品盒敲了敲我的前额。他浅浅地笑了，然后自嘲地说："你说得对，我也觉得我是疯了。喜芸，圣诞快乐！"

圣诞树、蜡烛、圣诞老人，我觉得这个圣诞节过得真童话。杜松脱了厚重的圣诞老人服装坐在我旁边，我递给他一个盒子，他望着我问："是什么？"我耸了耸肩说："圣诞礼物啊！"我偷看杜松的表情，一幅傻呆呆的白痴状，半天才对我说："谢谢啊，我没想到你准备了礼物给我。"我仰着脑袋笑眯眯地看着他一副不可名状的样子感觉很满意。杜松送给我的是一颗水晶流星，他说对着流星许愿就能实现，说着不知道按了什么地方，水晶流星突然闪烁起五颜六色的彩光，他叫起来，"快！许愿！"我想也没想，赶紧闭上眼睛许了一个愿望，杜松一本正经地问我许了什么愿望，我说："我许愿今天能下雪。"杜松就笑了，笑得特漂亮。看着他的笑我心里就开始闹腾，七上八下的，我特想问问他对我是种什么感觉，除了把我当妹妹看，有没有一点点其它的感觉呢。我特想说，如果今天能下雪，我就对你说三个字，喜欢你。更或者，我爱你。

　　我正自作多情地自我陶醉在美丽的幻想里，门外忽然响起一阵急促的敲门声。我开门一看大脑就有点缺氧，外面站着一群人，有我认识的，也有我不认识的，为首的是文晴，打扮得花枝招展的还踩着高跟鞋。我心说这姐们哪有点孕妇的样子啊，挺个肚子还敢蹬着高跟鞋。我还没反应过来怎么回事，文晴就大手一挥跟那帮人说："各位兄弟，各位姐妹，就是这儿了，大家不要客气啊！尽情玩儿，尽情享受啊！请便！"她说完，那堆人根本无视我的存在，把我推到一边，跟打劫似的就往我家涌。我一把抓住文晴的胳膊，"姐们儿，什么情况？"文晴笑得特火热，理所当然地说："我找人过来一起过平安夜啊，人多热闹好玩，你不是也喜欢热闹吗？"我说："靠！这么一大堆人是热闹了，可这事儿你至少得提前告诉我吧，得跟我商量商量吧？"文晴眨着水汪汪的大眼睛特委屈地说："我这不是想给你个惊喜吗？咱俩可是一直都一起过节的，我都习惯了！今年

也不能例外！"文晴说完在我脸上亲了一口就飘进屋里去了。我心里冒火，又不好说什么，人家都说了是为了你才搞这么一出戏的，你总得给人家点面子不是。

公平也来了，他过去的时候连看都没看我，还真把我当透明人了，估计在他眼里我就是一堆空气。刚才我和杜松两个人甜甜蜜蜜的良好气氛完全被破坏了，涌进来的那帮人活脱脱跟八百年没吃食的恶狼似的，一桌的菜立马见了盘子底，恨不能舔完盘子再连盘子都给吃了。我开始在厨房忙里忙外端茶送水，用文晴的话说就是人都请来了，总不能怠慢了吧。其他的倒还好，让我最忍无可忍的是施璐璐也来了，穿着一件低胸短裙差点就袒胸露乳了，脸蛋抹的那叫一个光鲜，跟母鸡刚下来的鸡蛋差不多，一张红嘴唇在宣纸般的脸上引起强烈的色泽反差，这一切都还好说，长得难看也不能怪她，我就忍了，可是最让我受不了的是她居然觍着一张枯叶脸冲杜松抛媚眼，在那儿献媚。她左一个好哥哥右一个好哥哥叫得我心里的火扑扑往上冒。我刚想发作，文晴就先采取了行动，她冲杜松一笑说："杜松，你还在呢啊，明天不上班了吗？"这话说得真够婉转的，那意思傻子都听得出来，这分明是说，你明天得上班，快点见好就收，抬屁股走人吧。我当时有种奇怪的感觉，觉得文晴的话活像是老婆劝老公回家的时候说的。杜松特识趣，点了点头说："嗯，时间不早了，我也该回去了。"说完他走过来跟我告别。我心里哗啦、哗啦地往下淌泪水，我心说，本来是多浪漫多温馨的平安夜啊，怎么就突然变成这个样子了，怎么就变成这个样子了。

杜松走了以后，我就觉得没意思了。干脆瘫坐在角落的地板上喝闷酒，为了渲染两人浪漫气氛我特意买了一瓶高级红葡萄酒，结果现在变成我一个人喝的闷酒，真郁闷。我正喝得伤心，公平凑过来坐在我旁边。他显然喝高了，嘴里喷着酒气说："你真绝情。"我瞥了他一眼说："我没什么对不起你的，是你自己要跟我闹别扭。"公平夺过我的酒瓶灌了几口说："文晴说你喜欢那家伙，是不是真的？"我望着精心布置的房间，看着桌子上杜松送给我的水晶流星，我觉得自己醉了，我说："是啊。我喜欢上他了！我喜欢上他了！我真的喜欢上他了！"我说出来这句话的时候感觉痛快极了，原来承认喜欢一个人是这么的痛快。我特开心地笑了，我一巴掌捶在公平的后背上，"嘿！我真的喜欢上他了！"公平愣了一下，然后用力把酒瓶摔在了对面的墙上，酒瓶被摔了个粉碎，还没有喝完的酒水洒了一地，喷溅在我的脸上。在场的所有人都愣了，全都静止在那里跟雕塑似的，眼睛齐刷刷地对准了我们，只有音乐还狂躁地响着。公平神经质地大笑起来，然后拍了拍我的肩膀说："成啊！难得你能喜欢上个人儿！哥们儿我帮你啊！哈哈哈！"他一拍把我飞出去的魂儿拍回体内了，我腾地醒了，气急败坏地大叫起来，"公平，你个混蛋！你当这是酒吧随便让你发酒疯啊？你赔我的墙壁！赔我的地板！赔我的酒！"周围的人一看没什么事儿又继续他们的狂欢，平安夜就这么过了，我期待了那么久的平安夜，我哭的心都有。

25　家来俩腐败分子

　　第二天那帮人好不容易都走了，我以为终于可以消停会儿了，谁知道公平刚走没多会儿又折了回来，手里拉着他的行李箱。看着他滚着个大箱子挤进来我就急了，我说："你犯什么病啊？我这么小的房间哪容得下你这么一尊佛啊，赶紧给我出去！"公平估计把我的话当屁了，进屋后自顾自地打开箱子把乱七八糟的玩意儿往地板上一摊，然后笑得特贼地跟我说："昨儿咱不是说好了，我帮你追你隔壁那哥们啊？我给你计划计划，我在这儿方便沟通。"我怒吼，"方便个屁！我很不方便！快给我滚出去！"我正打算用武力把那个大得吓人的包扔出去，其实我也扔不出去，那么一大坨又不是塑料纸说扔就扔了？

　　我正咬牙切齿琢磨这小子受什么刺激，犯的哪门子的病，自个儿的大房子不住非挤到我这么一小破屋里窝着。公平的房子我和文晴都见过，当初每次过节都在他家里搞 Party，虽然不是复式楼，两室一厅一百多平方米也够地儿。那么大一房子他一个人住着特宽敞，我们几十个人连滚带爬带跑都够用。房间的风格是欧式的，一大红皮床，我和文晴站在上面踩啊踩的，公平就冲我们吼，"你们给我下来！都给我踩脏了！"我和文晴就不下来，赖在上面愣是睡了好几个晚上，把公平挤客厅去了。我当时终于明白，为什么那么多女孩要跟公平发生一夜情，估计都是恋上这张床了。我正磨刀霍霍向公平，门一开文晴粉墨登场，叫得比谁都热切，"亲，你门儿没关，我自个儿进来了啊！"我刚想说，你来得正好，快过来帮我把这头猪给扔出去。话还没说出口，我就注意到文晴身后的那个红格箱子。那个箱子还是当初我和文晴逛商店时我给她挑的，我说红格好看显眼，以后出去旅游托运行李不至于淹没在黑压压一片的箱子里消失不见。文晴立马赞同了我的观点多砸了一千多块拎了箱子屁颠屁颠地走了。当初看的时候那么好看一箱子，今天看起来怎么跟先锋艺术作品似的，怎么看怎么别扭。我声音都抖了，我说："你干吗？"文晴哐唧把行李放在地上说："我听公平说了，你真喜欢上杜松了？你难得喜欢一人，你说姐们我能不出份力吗？"我哐把门关上，按了大锁，真怕一会儿跟赶集似的再往这儿进人，当我这儿收容所啊？我说："你俩别闹了啊？这事我自己能处理好，你们赶紧的该哪去哪去啊！"公平也叫嚣上了："我昨儿可是跟你说好了帮你的，大丈夫一言九鼎驷马难追！"他说的大言不惭，好像是我对不起他似的。我心说你就这会儿驷马难追了，平时说句话跟放屁似的。公平接着说："不过文晴，你可是有家有老公有孩子的三有人士，别跟我们学。不好啊！"文晴脸一仰跟高傲的公鸡似的。我心说您再怎么仰也高不过公平，这姐们多少年没长大脑就光长腿了。文晴摇着头叫唤，"那不成！你住这儿，这叫引狼入室！我可不放心你跟喜芸两个人住。谁不知道你是出了名的花心萝卜，美少女杀手。我是喜芸的护花使者，

你要住，我也得住。要不咱俩都别住！"

俩人激烈地斗嘴，很快我这小屋就充满了火药味，我怀疑他们再这么吵下去，我这屋顶都能给吵翻个了。最后两个人达成了一致，就是两个人都住下来。我本来说什么也要把他们暴打出去的，不过文晴的一番话让我立马改变了主意。文晴提议："咱们住是住，总不能白住。喜芸挺不容易的，怎么着也得给人家点儿房租！"我一听激动得差点抱文晴大腿，心里大叫这个月的房租终于有着落了。我很慷慨地把他们接纳了，并完全没有不好意思地先要了房租，还多要了点当生活费。这俩爷都是有钱人自然不会跟我计较，我也乐在其中，谁会跟钱会过意不去啊？我正高兴地吧嗒、吧嗒数钱，文晴丢过来一句让我吐血的话，"我可是付了钱的，晚上我要睡床上。"我一听心里就回响着无数惨叫声，我还没说话。公平嚷嚷上了，"我也要睡床！我也付了钱的！"文晴说："我可是女的！我肚子里还有孩子呢！你有么？"公平翻了翻眼皮转过脸看我说："那我睡沙发。"我怒瞪着公平说："滚！你还欠我一沓钱呢，什么时候还了钱再跟我讲条件。"公平装傻地说："什么钱啊？我怎么不记得借你的钱了？"我过去踹了他一脚，"你就装孙子吧！你睡地板！"

这俩人不住进来不知道，一住进来我立马明白了什么是腐败分子。平时他们花钱大手大脚我也就流流口水睁只眼闭只眼不当回事，现在可不一样了，他们就住我边儿上，无时无刻不在我的眼前晃悠。看着他们往外掏上千上万的玩意儿我心里就跟猫抓似的。文晴用的牙刷是上百块的自动型的，又气派又个性，跟我地摊上买的几块钱的就是不一样。我流着口水这个摸摸那个碰碰，文晴把我从一堆稀奇古怪的玩意儿中间拉出来拖到公平旁边，然后俩人把我围在中间表情特严肃，跟开批斗大会似的，再挂个牌儿我都能去游街了。

公平干咳了一声，一本正经地说："苏喜芸同学，经过我们长期起来对你的观察和了解，我们断定，你已经进入暗恋阶段了。真不习惯这么说话。得得得，咱就打开天窗说亮话，我们觉得你现在已经蠢蠢欲动准备要告白了是不是？"我机械地点了点头，公平很满意地笑了，然后又一板一眼地说："不过我告诉你啊，告白可是一门学问，是有讲究的，不是你想什么时候告白就什么时候告白的。这种事儿要讲究氛围讲究时机讲究火候，反正讲究的事情多了去了。我总结归纳了三点，时间、地点、人物。懂吗？"我心说这不是小学语文写作课上老师强调的写记叙文的三要素么，再扯会儿估计都能把数学勾股定理给用上了。文晴等不及了，她迫不及待地宣布："我们的意思就是，我们觉得冬季是最不适合告白的季节。秋季最好。恋爱时节啊！"公平说："再说地点，至少也得巴厘岛啊。要不就巴黎也够味儿。不讲结果不讲效率咱也得讲个风景优美浪漫气息啊。是吧？啊？"最后两个人说来说去，下了结论，告白还是需要男人主动，最好是我等着杜松来跟我告白，我千万不能自己贴过去，否则我就掉了价儿了。

我怎么听怎么不对味儿，突然觉得自己是被骗了，他们哪是在帮我出谋划策怎么跟杜松告白啊，根本就是俩拆桥的，左一榔头右一铲子，把我和杜松阻隔在大河两端。看着他们眉飞色舞地说着，话里套话，天南海北，跟编故事似的。结果说着说着公平还真编上故事了，他一拍大腿兴奋地说："这种事儿要是没竞争对手可不行，

准没戏。我是男的我最清楚，男的就喜欢争来抢去的，争到手的才有意思有价值才够味儿。不过事到如今也真难给你找个追求者，干脆，哥们我就勉为其难地帮你假装一下得了。你别瞪我，其实我真不愿意，我怕我那帮子老婆吃醋。不过咱是哥们，我也就豁出去了！我这人够意思吧？"我本来对他们横在中间就满肚子的火，被他这么一说，我噌地跳了起来指着公平骂，"公平你现在就给我滚蛋！赶紧滚你老婆们那儿去！姑奶奶不用你做这种牺牲，谁稀罕啊！你还勉为其难。"我心里一个劲儿地委屈，这都什么人啊，还哥们呢，真敢觍着脸说。我心里怎么琢磨怎么觉得要是有这俩人瞎掺和，我和杜松铁定没戏了。晚上我还得给俩狗头军师做饭，敢情好，我请了俩大爷来，我就是个丫鬟外加小保姆。

吃完晚饭，公平趴在电脑上打网游，我窝在沙发上看电视。文晴过来一把搂住我的脖子，嬉笑地说："咱好久没一起住过了啊。"我乐了，我说："怎么听着咱俩以前同居啊？还好没别人，要是让人家听了，还当咱俩同性恋呢。"文晴在我脸颊上就来了一口，满不在乎地说："同性恋怎么了？咱俩不是说好了，要是30岁谁也没结婚咱俩就配一对么？"我瞥了她一眼说："得了。还30呢。您这都结婚的人了啊。去去去，你嫁出去了可以不在乎了，我可还是待嫁的人要注意形象呢。"

文晴和我还真说过30岁没结婚就住一起，那会儿文晴刚失恋，成天神经质地问我，要是没人要她了怎么办。我实在被她吵得没办法了，就说："那我们就拉拉呗。我当男的，你当女的。我要你成么？"她就特高兴地对着我的嘴亲了一下。我当时差点激动得哭了，那可是我的初吻啊！我的初吻就这么没了！不过从那时起我就奠定了大老爷们的形象基础，在文晴面前我一直都特坚强，一副威风凛凛什么都不惧的样子，好像是一座坚不可摧的大山。但文晴知道在我坚硬的外壳里面是非常脆弱的实体，她一直都知道。

我盯着她的肚子看了半天说："我说你是真的怀孕了吗？怎么不见你的肚子大啊？你不会是逗我们玩呢吧？"文晴说："我有病啊。谁能拿这种事情开玩笑的？"我想想也是，总不会有人傻到说自己怀孕了，然后嫁给一个自己不爱的人吧。想到这儿，我心里就像堵了块棉花，咽得慌，我知道文晴如果不是为了肚子里的孩子，说什么也不可能嫁给笑天，一个自己不爱的人。"你真的喜欢杜松吗？"文晴忽然问我。我完全没有想到话题会回到杜松身上，想都没想随口就说："是啊。喜欢。"等我意识到的时候，发现内心比自己的嘴诚实多了。原来看过一篇文章，说，人在5秒以内说出的答案是他内心真正的想法。文晴点了点头说："你还记得咱们原来总在一起看的漫画么？"我斜睨她，心说这姐们儿今天是怎么了，说话思维都是跳跃式的，这么一会儿怎么又扯到原来看漫画的事儿了。文晴好像是在梦呓一般地说："你还记得那会儿晚上咱们宿舍熄灯以后，拿着手电筒躲在被子里看漫画吗？那会儿可真够逗的。"我点头说："我记得。我还记得你在上课的时候看漫画，结果被老师发现了。你非说漫画是我的，结果我被老师大骂了一顿，你揭发成了功臣。"文晴一脸赖皮地笑着说："你可真记仇，我都忘了。喜芸，你从来都不跟我计较，从来都帮我，是不是？"我鼻子哼了一声说："那还用问吗？咱俩多铁多磁啊。"文晴哈哈地笑起来，我也想笑，还没来得及，就见她忽然脸一暗说：

"你还记得有本漫画叫'双生花'的吗？不记得？那书还是咱们一起去买的呢。讲的是两个特好的女孩同时喜欢上一个男孩的事儿，记得吗？那两个女孩从小就特别好，人人都说她们两个像双生花，同生同长同开花同凋谢，后来她们无可救药地爱上了一个男孩……"文晴嘴角微微地露出了笑容，眼里却荡漾着忧伤，海潮般涌上她的眼眶，她的眼睛蒙上了一层水汽。

说实话，我不记得了，那会儿看的漫画多了去了，主要是消遣看着玩的，也没仔细记着每本漫画的内容。"你还记得那个故事的结局吗？"文晴眼睛深邃得像黑色的水潭深不见底，她望着我。我摇了摇头，估计被文晴的表情传染了，我忽然觉得心里特忧伤，眼睛发潮发涩。文晴刚想说什么，就听见公平那边叫唤，"干吗呢？赶紧给我冲啊！完了，完了！文晴！你干吗呢？快点过来帮我打大怪！我快嗝儿屁了！"文晴听了眼睛一下亮了，吼了一句，"来了，来了！坚持住！"说完就屁颠屁颠跑过去，把她带来的笔记本往桌上一扔，特兴奋地摩拳擦掌准备帮公平打大怪。文晴和公平都是打网络游戏的高手，唯独我对网游一窍不通，主要是我没那脑子也没那耐心天天升级，级别特低就不愿意玩了。有一次我被公平闹得没办法登上去玩了一次，结果他就求爷爷告奶奶地说什么也不让我跟着他玩了，说什么我就是个灾星，走哪被哪灭，除了拖他的后腿什么用都没有。我过去看着他们在网游世界里飞檐走壁魔法棒一挥金光四射。我看他们玩游戏心里想的却是文晴刚才说的那番话，还有她特忧伤的眼睛。我总有种不好的预感，好像有什么事情就要发生了，将打破我们现在这种小有幸福的平静生活。

26 我错怪了公平

这些天杜松一直没有消息，也不给我打电话，也不给我发短信。我心里跟猫挠似的闹腾，有时候憋不住就拿着手机摆弄，心说，他怎么不联系我呢。有几次我想给他打个电话，刚拿起手机，就想起公平的谆谆教诲，这事儿，男的得主动，要不准没戏。我觉得他这话十分有九分道理，怎么说也不能我老是上赶着联系他啊，这叫什么事儿，真当我没人要非他不可啊，那我多没面子。想着，我又觉得愤愤不平，干脆把手机一扔不打了。我甚至冲着墙发脾气嚷嚷，"也不给我打电话，也不给我发短信，真不够意思，还说要当我哥哥，啊呸！就是朋友，怎么说也该问问我最近忙什么呢，过得怎么样啊。这么久都不联系我，我死了他都不知道。你妹妹死了！"

我忽然觉得特难受，我心说也许人家根本就没把我当根葱，我在这儿自己多愁善感的，真神经。可是平安夜的时候他做的一切，难道不是对我有意思吗？难道只是我一头热？他真的是把我当妹妹？我觉得脑子里跟乱麻似的，思绪像奔腾的野马，心里像煮沸的醋，从小到大我还真没这么闹腾过。终于熬不住了，我决定给杜松打电话。打了半天那边好不容易有声音了，说什么您拨打的电话已关机，我当时气得差点把手机扔窗外面去。正好公平在旁边玩网络游戏玩得忘乎所以，随口问了我一句，"给谁打电话呢？是不是杜松啊？"我脸烫了起来，"就是给他打！有什么不对啊？"公平头也不回地说："别打了。他接不了了。"我听了知道他这话里有话，蹦过去一掌拍在他的脑袋上，"你什么意思？你是不是知道什么事儿没告诉我？别玩了！跟你说话呢！"公平气愤地把桌子拍得震天响，"我×！死了！你……"他刚想把骂人的样儿摆出来，一看我脸黑得跟包青天似的怒视着他，就又软了下来，他一副瞧不起我的样子，切了两声才说："至于吗？瞧你那眼睛都快瞪出来了。我看你是鬼迷心窍了，还真拿他当自己人。那小子的手机坏了，你说他怎么接电话？"我冷嘲热讽地说："你对他了解得还挺详细啊，比我还门清啊。我都不知道他手机坏了，咱俩到底是谁看上他了！"公平听了就怒了，冲着我吼，"放屁！你××就会扭曲我的光辉形象。他上次过来找你，说他要出国进修，马上就要走，特急，还说手机坏了联系不上你。你当时洗澡呢，他就跟我说了，你当然不知道了。"我忽然觉得心空了，我阴沉着脸说："这是什么时候的事？怎么没告诉我啊？"公平没吱声，灰溜溜地坐回到椅子上，跟放完气的皮球似的瘪在那里。文晴正好从外面买了早点进来，一看我们俩的样子就问，"怎么了？我刚出去一会儿你们俩就吵架了？看看，果然是不能没有我吧。公平，说！你是不是欺负喜芸了？"公平大喊冤枉，"我哪欺负得了她啊？你没看到她刚才对我凶的样子，我真怀疑她要是只老虎真能把我咬死。"公平说着又冲我摇头，"你至于吗？不就是没把杜松那小子走的事告诉你么？你就冲我又吼又叫的？我看出来了，你现在心里有了他了，就没别人了！得得，看你那张脸拉的，跟死了人似的。文晴，这里交给你了，我得出去透透气了！"说完站起来就往外走。我大叫一声，"站住！"然后忍着气说，"你回来！把你的东西收拾好，给我走，赶紧从我的眼前消失，立刻马上从我的屋子里滚出去！Go Out！"公平愣在那里不知所措，文晴也吓坏了，没想到我会发那么大的脾气。文晴过来想劝我，我一摆手，"你什么都别说了。公平，你太过分了，就算你对杜松有成见，也不用这样吧。你不想让我跟他好，你直说，能不能别用这种小伎俩，我最讨厌了！"公平愤怒地看着我，一转身走到柜子前面把旅行箱拽出来，又七哩哐啷地把他那堆东西塞进旅行箱里，说了句，"走就走！我在你心目中就是一小人是吧？算了，咱们以后再也不是什么哥们，我不需要你这样的哥们！"说完就走了。文晴一跺脚说："你不该让他走。"我瞥了文晴一眼，"你也知道杜松去进修的事儿吧。你也不告诉我。你们到底怎么想的。说是想撮合我和杜松，其实根本是想阻挠我们。是不是吧？"我一屁股坐在地上，觉得心里特难受，谁背叛我，我也不相信文晴会背叛我。文晴叹了口气，坐在我旁边说："对不起。喜芸，我看是该把事情告诉你了。其实我们俩住过来，是我出的主意。不让公平把杜松出去进修的事告诉你，也是我的主意。你别怪公平。""你说什么？"我瞪大了眼睛，不敢相信一切都是文晴指使安排的。她皱紧眉头看了看我，然后对我说了事情的始末，让我大吃一惊。

　　她说平安夜的时候公平去找她，说他在外面借了一大笔钱，一时还不上结果被人跟踪了，他说这帮人都是亡命徒，很有可能对他下手，他不敢回家了，想在文晴家躲几天。文晴答应了，没想到她丈夫笑天死活不肯，还扬言如果公平再骚扰他们家的幸福生活就打110报警，公平一气之下就走了。文晴追出去给他出主意，让他来找我。他说我正跟他冷战呢不好意思过来，文晴就出主意，让他问我杜松的事情，然后借机住进来。文晴停顿了一下继续说，"说实话，我对公平还是不放心，怕他欺负你，所以也跟着住进来了。公平这几天都不敢出门儿，就怕被那帮人给找着。那天杜松过来说他要离开一段时间去进修，正好你在洗澡。本来公平想要告诉你，是我阻止了他。我对他说，你跟喜芸说杜松走了，你还有什么理由住在这里啊？所以，我们就没有告诉你。喜芸，我真的不是故意不跟你说实话的。主要是你的脾气，怕跟你说了，你又大大咧咧地去找追公平的人，跟人家去理论，再出点什么事情。你有时候搞不清楚状况也不知道事情的严重性，把事情都看得过于简单。不告诉你，是怕你吃亏。"我听了愣了半晌，然后蹦起来破口大骂，"我 × 你大爷公平！你个大傻冒！"然后掏出电话拨了他的电话号码，结果他关机。我红着眼睛望着文晴，"这么大的事儿你怎么不早告诉我啊？"说完我就跑出门去。街心公园，酒吧，KTV，马路街道，我像失去方向的苍蝇到处乱飞，公平常去的地方我都找了，就是没有找到他的影子。

一连好几天，我都在寻找公平，我甚至跑到警察局问最近是不是有打架斗殴被拘捕的人，可是都没有他。文晴也动用了一切关系到处打听公平的去向。我后悔极了，要是公平出点什么事情，我真的无法原谅自己。后来文晴总算打听到公平躲在一个朋友的家里，很平安，只是不想见我。我提着的心总算落了地。文晴扭捏半天说："他还让我给你带句话，他说你借给他的钱他还要过段时间还给你。他说一分不会少你的，大概就是这个意思吧。"我哇啦、哇啦叫唤起来了，"他还真把我当外人是不是啊！行！你跟他说，连本带利一个子儿都不许少我的，让他赶紧还钱！"我嚷嚷完冷静了一会儿，心软地对文晴说，"刚才我说的话甭跟他说了。你帮我转告公平，钱什么时候还还多少随便。重要的是，你让他记住有什么难事儿尽管来找我，因为他是我哥们，最好的哥们！"

公平走了以后，文晴也搬出去了，我也没有理由把她留下。看着厨房我们吃剩下的一大盘 Pizza，我忽然觉得房间里特冷清，静得好像医院里地下一层的太平间。原来自己住习惯了，也不觉得自己呆在家里有什么孤单，可自从杜松搬过来热闹过以后，我现在才真正体会到什么是形单影孤，晚上打开灯，墙壁上特大一黑影子晃得我心里特不舒服。我实在觉得闷得慌就出去敲了敲旁边的门，敲了几下才想起来杜松不在出去进修了。本来空落落的心一下子更空旷了，好像大得能装下整个宇宙，那种空虚感在无休止地膨胀，大得让我害怕让我惶恐让我拼命地想吃东西，好像只有把食物吃到肚子里才能填满那种空虚，缓解我的情绪。

在孤单的感觉完全把我吞没之前，我去了酒吧，里面疯狂的聒噪声、迷幻的灯光和杂乱的人群，纸醉金迷的一切，让我有了另一种充实感。施璐璐看到我就过来跟我打招呼，还是那副搔首弄姿的德行跟聊斋里妖精似的，声音细得让人怀疑她再多说几句就要断气。

施璐璐冲我眨着媚眼说："哎哟，这是谁啊？这不是喜芸吗？好长时间没看见你露面了。是不是跟那个杜哥哥混呢？混得都忘了还有姐姐我呢？"一口酒呛得我咳嗽半天，心说就你也敢说是我姐姐，说大姨妈还差不多。施璐璐赶紧拍我的背，"哎哟，慢点喝啊。是让我猜着了吧，姐姐我早看出来啦，你跟杜哥哥关系不一般。"我说："什么不一般啊？我们俩根本什么都没有，就是普通朋友。他住我边儿上，是我邻居，就这么回事儿。"施璐璐听了就咯咯地笑着跟公鸡打鸣似的，笑得我心里特不痛快，心说我疯了吧，我跟杜松一般不一般跟她有什么好解释的。心里实在不痛快，我一下子多喝了几杯。

　　从酒吧里出来，凉风吹得我胃里翻江倒海的，我忽然想起来杜松抱我的时候的温暖，又想起来那次醉倒了他背我回家，想起来他灿烂的笑容，想起来他和我去游乐场、去动物园，想起来我们一起看恐怖片，一口气我想起来好多好多我不曾在意的记忆，好像打开了装满礼炮的盒子，一打开礼花全部跑出来前仆后继地窜到天上。我望着天空傻笑，杜松什么时候回来呢？他会不会不回来了？我发现这种想法特别折磨人。

27 我妈喊我去吃年夜饭

杜松走了以后，我几乎每天都会到花店买一朵玫瑰送给自己，然后坐在马路上摘花瓣，他会回来，他不会回来，他会回来……他不会回来……摘掉最后一片花瓣的时候，我心里有点失落，看来杜松明天还是不会回来了。我觉得自己真的着了魔，每天惦记的好像就是去敲敲隔壁的门看他回来了没有。这样的感觉让我有点不知所措，我甚至会大白天突然觉得悲伤起来而流下泪水。我想我是不是真的疯了，从小到大，这是我第二次有种不安的感觉，第一次是爸爸没有留下任何的话带着后妈和妹妹离开去了美国，当时的感觉我记忆犹新，我不安得好几天都睡不着觉。现在，也像那次一样，却又有些说不出的异样，我呆呆地等待着，我企盼着杜松回来，又不知道他回来以后，我要怎么面对他，还是像原来一样装傻当他的好妹妹，还是……我每次想到这些事情，脑袋都疼，干脆就不去想了。

不知不觉，日子百无聊赖地滑了过去，眼看着新年来了，我却一点都高兴不起来。大年三十前夕，文晴过来找我，进来的时候，两只手拎了两个盒子和一个黑色口袋。我见了就眉开眼笑地迎过去说："噻。我说你也太假了吧！咱俩那交情，你还用给我拎东西来了？哎呀，既然你都拎来了，那我就勉为其难地收下了啊。"说着，我就过去准备拿手接她手里的塑料袋。"去，去。不是给你的，我就来给你拜个年，我一会儿回娘家，这是给爸妈带的东西。"文晴嘿嘿一笑，又说，"就咱俩，就不用这么假了吧。""你什么时候跟我假过！"我翻了个白眼，心说，你跟谁假也没跟我假过。文晴嬉笑着，就把口袋放在地上，盒子放在了桌子上。我过去翻看着盒子说："你买的这是什么啊？药啊？你爸妈谁生病了？"文晴听了就嗷嗷上了，"屁！孝敬爸妈脑××，你多少年不看电视了？这么著名的广告都没看过啊？"我白了她一眼说："我天天看电视，就是不关心这类产品。不好意思，咱没你那么好命，咱没爸妈孝敬！"文晴愣了一下，她一抿嘴，说了句该死，就把脑袋冲我伸过来了，就好像等着我下刀似的。我扑哧笑了，说："你伸脑袋干吗啊？头皮痒痒，让我给你挠挠？"文晴把头又抬起来了，她嘟哝着说："去你的！我这不是记性不好吗？一时忘了你们家那事儿了，说了什么不该说的话，对不住你！让你打一下得了。就一下啊！多打可不行！"我哈哈大笑起来，在她脑袋上拍了一掌，力度就像在拍棉花。结果文晴啊呀叫了起来，然后怒瞪着我说："你是不是真生气了？一点都不疼！你什么时候变这么仁慈了？甭给我来这套啊，使点劲儿！"我咧咧嘴说："要是仁慈了还是我吗？我这不是还没吃饭呢吗！饿的，手上没劲儿！"文晴点了点头，恍然大悟地说："我说呢！这还差不多！"我心说，敢情，我在她心里就那么一个老妖婆子形象，不折磨她她还不乐意了。话说回来，我要真是老妖婆，我早就给自己变盘炸鸡腿出来了，要不先把自己迷晕了，然后躺在高塔的阁楼上，再等着杜松过来亲上我一口。想着，我不禁笑起来了，笑得文晴直发毛，一个劲儿问，"你是不是饿疯了？"

为了表示歉意，文晴临走的时候把那个黑色口袋留给了我，说是滋补品，还说我最近瘦了，应该大补！我当时挺高兴，以为是人参药草之类贵重的补品，结果打开口袋一看我就乐了，里面竟然是一只宰好了的甲鱼。晚上，我正望着那只甲鱼琢磨怎么个吃法儿。说实话，长这么大尽跑到宠物店市场看满地的乌龟爬来爬去了，倒还真没口福吃过甲鱼呢。我正想着，手机响了，电话那边是妈妈的声音："喜芸。我是妈妈。"我不禁愣了，妈妈很少主动给我打电话，我用尽量平静的声音问，"哦，什么事儿？""明天过来吃年夜饭吧……"妈妈的声音还是那么淡淡的，没有任何味道和感情变化。"我不去了……你们一家人，我去算什么啊？"我咽了口口水，感到口水滑过嗓子的时候，嗓子刀割一般的疼。"不管怎么样我都是你妈妈。你乐意也好，不乐意也好，我都是你的妈妈。明天来吧，我想见见你。"妈妈声音忽然软了下来，变得柔和而温暖。"哦，那好吧。"我嗓子涩涩地说。

我挂了电话，长长舒了口气，为什么答应去呢？我该怎么面对妈妈呢？怎么面对我痛恨的继父和那个弟弟呢？我真的不知道，我只觉得有种神奇的力量推动着我，让我没有办法拒绝妈妈的要求。小时候的我一直都认为是妈妈离开了我，离开了她本该关怀的家，可是我错了，我知道了真相，知道了是爸爸离开了我们，可是我已经回不到原点了，我已经习惯扬着扑克脸面对妈妈，习惯冷冰冰地回应她的关心问候甚至说话都变得冷漠而麻木。妈妈好像也变了，

133

不记得从什么时候开始，她也用同样的方法面对我，不知道从什么时候起，这种淡漠成了我们之间交流的媒介，一种紧张冷淡而又带着淡淡的感情的气氛。什么时候，什么时候我才能说出对不起呢，说出这么多年我都错怪她了呢。

公平的信我是晚上出去的时候看到的，插在门缝里。我打开门，信封就掉在了我的脚边上。我疑惑地捡起来，打开，里面是一沓钱，公平只是简短地说他的生意做得很不顺利，先还这么一点钱，剩下的只能拖欠到明年了。我当时特别想骂他，但是我看到信的落款写着"你最铁的哥们儿"的时候，我鼻子一酸差点掉下了眼泪。公平换了电话号码，我听文晴说，他从那个朋友那里离开又流窜到另外的地方去了，现在是天王老子都找不到他。我想这么隐蔽也是一件好事儿，我们找不到他，那些找他麻烦的人自然更难找到他了。我只希望他能在某个地方平安地过生活，钱还不还我已经不是什么事儿了，至少对我来说，那已经不是事儿了。

28 你是我心上的一帖暖药

　　年三十，将近中午我才从床上爬起来，穿好衣服就准备去妈妈家过年。临走的时候，我忽然觉得什么也不拿不合适，就顺手把地上的黑塑料袋拎走了。进了四合院门口，妈妈风尘仆仆地走出来迎接我，看到我手里提的黑色塑料袋呆了一下说："你这是……"我挺大方地说："送你们的年货！"妈妈好像笑了一下，那笑容让我感觉意味深长，她仿佛在说我的女儿终于长大了。她把我让进了屋里，进屋的时候还在说："芸芸来了，还给咱们带了年货！"我已经很久没有见到妈妈笑了，这个时候看到感觉仿佛隔世一般。后爸和弟弟正在摆碗筷，听见声音就抬起头看我。弟弟的脸耷拉得跟长白山似的，走过来说了句，"真会找时间，蹭饭来了嘿？"我没吱声，其实我还挺理解他，就像我恨他，不喜欢他一样，他也有权力恨我，因为我确实或多或少夺走了妈妈的一些爱。弟弟把黑塑料袋接到手里，一边打开看，一边说："拿的什么啊？送礼给我们？不会做了什么亏心事儿吧？"说着，他打开了口袋看，一看不要紧，他眼睛瞪得比乒乓球还大，嘴成半张状，望着口袋里的东西发愣，然后近似崩溃地大叫了一声，就把口袋扔到了地上。

口袋里的那只甲鱼，从口袋里摔了出来，在地上滑了几圈才停了下来。"王八？你是不是骂我爸是王八？啊？你骂我是龟儿子是不是？？"弟弟剑眉倒竖，直勾勾地瞪着我。妈妈在一边，脸色铁青，什么也没说，只是呆站在那里，像尊泥塑的菩萨。我笑了，王八，龟儿子？我怎么就没想到这些呢？他联想力真不是盖的，再培养一下估计以后也是个惊世骇俗的作家。不过，我又一想，觉得他说的没错挺有道理，还真是这么回事呢，王八，龟儿子，多好的修辞啊，我都快激动得哭了，说得多对多形象啊，我都找不到这么好的词来形容他们。我说："我可没说你爸是王八，你是龟儿子，这可是你自己说的。敢情，现在还有人自己找骂呢！"弟弟呼地扑了过来，嘴里叫着，"×××！"我忽然笑了，我说："骂得好，我妈不就是你妈么？"我拉开阵势准备打架，心说这么个毛头小子，我还治不了你了，看我怎么收拾你。

啪，一声脆响，妈妈一巴掌打在了弟弟的脸上，把弟弟打得直吐舌头，白皙的脸上迅速红了一片。继父也瞪着眼睛骂他，"给我滚回屋里去！快点！"弟弟一跺脚指着妈妈嚷嚷，"你，你偏心眼儿！"然后又指着他爸吼，"你吃里爬外！"说完狠狠地瞪了我一眼转身跑出去了。继父叹了口气说了声你们先吃，说完就追了出去。我望着站在旁边发呆的妈妈，使劲咬着嘴唇。"你走吧。"妈妈终于说话了，声音好像深洞里沉闷的回声，无情地撞击着我的耳膜。我喉咙里好像堵了一团火一样烧得慌，眼睛好像被溅到了洋葱的汁液，辣得我睁不开。我面无表情地望着失魂落魄的妈妈，扭了一下嘴角，转身跑离了四合院，没有人追出来，我明明知道，可我还是忍不住回头望了一眼，空荡荡的街道。

出了胡同口，一辆鲜红的奥迪从我的旁边疯牛般开了过去，冲进不远的马路，在一片黑色银色的车海里格外地醒目。我翻着白眼骂了句，"四个圈就了不起啊？又不是卡迪拉克，法拉利的，牛什么啊！"要说这节日气氛也不能这么创造，喜气也不用飙车啊，又不是在赛车场，这开得叫人心慌的，后来转念一想，估计人家就想撞个人，撞碎了才好，不是有句话叫岁岁（碎碎）平安吗？那身鲜红的车壳，还不知道撞碎了几个人才能涂出来的颜色，红得耀人眼目。那辆奥迪车的颜色真是太红了，在阳光的照射下，刺得我的眼睛生疼，几滴泪水顺势跑了出去，我赶紧用袖子擦掉，可就是擦不干净，泪水不停地蔓延开去。街道上，不少人在放鞭炮，劈里啪啦的，我在炮竹声里想着回家干些什么。这次去妈妈家过年真不是个明智的选择，不但没吃到年夜饭，还赔了只甲鱼进去，少说也有几百块钱呢！唉，真失算了。

我在大街上晃了很久才回去，到处都洋溢着一家子一家子幸福的笑脸，兴奋快乐的尖叫，我忽然觉得和这个世界格格不入，我好像生活在另一个世界里，那个世界里只有我一个人，孤零零的，凄凄惨惨戚戚，要真是我一个人也就好了，可偏偏让我看到那些快乐幸福的人。走回家的时候天已经黑了，走上楼梯，我感觉身子特别沉，跟灌了铅似的重。我一进家门就躺倒在床上起不来了，耳边不停地回响着妈妈的话，你走吧，你走吧……那句话像沉痛的号角吹奏着悲伤的音符，我的眼睛又湿了，泪水不听命令地掉下来，妈的，我使劲擦眼睛，却没想到眼睛里原来储蓄了那么多的水，一揉哗地

全掉了下来。

说真的，我情愿和弟弟打一架，我情愿被我妈搧一巴掌，我情愿被后爸轰出门，什么都可以，我就是不愿意听到妈妈说的那句"你走吧"，仅仅三个字却好像千万根针扎在我的心口上一样。我迷迷糊糊地躺着，好像睡了一觉，朦朦胧胧听到手机铃响了。我条件反射似的接了电话，"喂？"电话那头叫了起来，"快到阳台上去！"我莫名其妙，脑袋晕沉沉的，也没多想，就跟士兵听到长官的命令似的机械地下了床拉开阳台门走了出去。一颗五彩缤纷的礼花在我的眼前炸开了，无数粉状的花火散落下来，像天空上掉下来的星星的碎屑，亮晶晶黄闪闪的。我还没有反应过来怎么回事，许许多多的烟花在我的眼前绽开，把天空照亮了一片，我愣愣地望着宛如白昼的天空，耳边响起了杜松的声音，"好看吗？喜芸，新年快乐！喜欢我送给你的新年礼物吗？"我的泪水跟蹦豆子似的，我向下看，仿佛看到杜松在下面朝我招手。我快乐得像冲出牢笼的小鸟，飞奔到楼下。杜松回来了？我兴奋得尖叫着。我幻想着跑到外面，然后给杜松一个大大的拥抱，我要告诉他，我想他，我一直都在想他，我喜欢他，从第一次见到他，我就喜欢上他了。

我跑出门，果然看到杜松在放焰火，我激动得张开双臂，按计划应该是送给他一个大大的拥抱，不过我的胳膊张开一半又尴尬地收了回去。我愣愣地望着杜松，还有他旁边挽着他胳膊的一个娇小的女孩。咦？那个女孩是谁？我舔了舔嘴唇，一股酸溜溜的醋味儿。

29 莫非猫精出现了

我最受不了有人吵醒我，特别是我正在做美梦的时候。我梦见我住在一座漂亮的海边别墅里，别墅里住着我和杜松还有一条哈士奇。白天我们一起飞奔在海滩上，留下一串时深时浅的脚印，傍晚，我们望着天空数星星，哈士奇在我们旁边舔着我的脸弄得我满脸都是幸福的口水。我睡得正香，突然手机铃音大作，立马把我从梦境里生拉硬拽了出来。我半睁着睡眼拿起手机顺嘴喂了一声。"你还没起呢？ Ann 起了吗？"我胡乱地"嗯"了一声，根本没搞明白状况，大脑一个劲儿地企图把我拽回那个甜美的梦境里。"她已经起了？叫她接电话。"我恍惚了一下，接电话？ Ann？这几个字在我的脑海里立马以宇宙速度做起了向心运动。当我意识到电话那头是杜松的时候，我的梦迅速瓦解得一干二净。Ann？对了！我噌就醒了，想起来昨天晚上跑出去迎接杜松的事情。

昨天晚上我飞奔到楼下本来要给杜松一个大拥抱，结果没给成。我看到在他旁边一个娇小的女孩挽着他。我当时就傻了，感觉脑袋嗡地大了，腿都不听使唤地直往后退。我还没来得及退到安全地带，杜松一下子把我给认出来了，挥着胳膊叫我，"喜芸！这边！"那

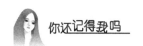

个女孩听到杜松叫我，刷地把目光投向我。不知道是心理作用还是她的眼睛不正常，我愣是看到她两只眼睛发着蓝色的光，跟猫眼睛似的。吓了我一跳，心说，得，这是遇到猫精了！我干笑着走过去，想了半天竟尴尬地把手伸了过去，杜松也真够配合，伸出手跟我握了握。我心里的眼泪跟小河似的往远处流淌，温暖的拥抱，甜美的Kiss，好不容易下定决心的告白，最后居然都化成了泡影，取而代之的是这么简单而生硬的握手。老天爷跟我有仇是不是？我好不容易决定要向杜松表白了，怎么也不给我们创造一个二人世界的机会？我强颜欢笑地说："你回来得挺快啊？我还当你要进修多久呢。"我说完恨不能把自己撕碎咬碎踩扁，这是什么话啊，挺快？怎么可能呢，我觉得他都快走了一个世纪了，我到底在说什么啊！我真的发现，在杜松面前，我越来越像爱撒谎的皮诺曹，鼻子越来越长。

"她是谁？"这回我比较实在，马上切入正题。我问完才意识到其实我的心里早跟堵塞的下水道似的憋闷了，再不捅开，眼看就要憋出人命。我心里不停地问，这个女孩到底是谁？还没等杜松开口，那女孩亮着猫眼儿特阴地笑了几声，笑得我浑身的汗毛全都倒竖起来了，要不是杜松在，我还真当在拍鬼片呢，这女孩都不用化妆，整个一贞子的活脱。"我是他的未婚妻。"那女孩说完两只眼睛盯着我，看得我浑身发冷。我真觉得自己好像一下子掉到冰窟窿里了，或者被雪掩埋了，本来零下几度的空气，我忽然觉得有股北风吹来，我怀疑掉下的眼泪瞬间就能冻成冰。这是不是现实啊，还是我在做梦啊？怎么出现了韩剧里那种情节啊，我 ×，上帝真玩儿我呢？

　　我当时的感觉真的是万念俱灰，整个身体脆弱得好像涨满氢

气的气球，谁轻轻捅上一针，都能要了我的命。我有气无力地
晃了几下，下意识地想往后面跑，我真怕那对猫眼睛射出来要
了我命的那根针。正在我精神恍惚的时候，杜松干咳了一声说：
"喜芸。"声音沧桑得让我觉得地球都快不转了。他说："喜芸，
别听她的，她跟你开玩笑呢。哈哈，我来介绍一下，她是我妹妹
Ann。""啊？"我立马睁大眼睛，好像刚被人打了支强心剂，呼吸
都痛快了，特大声地问："你妹妹，真的？"杜松笑着点头，我心
里一块大石头落了地。我心里又埋怨杜松，你怎么不早说啊，差点
闹出人命了，这要是出了人命，我冤不冤啊。那个女孩哈哈地笑着，
然后闪着猫眼儿对我特甜美地一笑说："我是妹妹。阿姨您好！"
我终于明白了，敢情，这丫头上辈子跟我有仇，这辈子让她找我来
算旧账来了。阿姨？叫我阿姨？我长得有那么蹉跎么？这脸蛋，这
腰身，怎么着也该是个姐姐吧。再说，怎么看我也跟她差不上几岁
啊，怎么这就当阿姨了。我特无奈地看杜松，以为他能解救我，没
想到这小子关键时刻在一边装傻，就知道傻笑，笑得那叫一个无辜。
还好他有点良心，说了句，"Ann，她是苏喜芸。你该叫她姐姐。"
我赶紧顺坡下，笑着摆手，"不用。你叫我名字就行。"Ann 听了
很高兴地"嗯"了一声，倒是不客气。

　　我们又放了一会儿烟火。趁着 Ann 专心看烟花，我把杜松拉到
一边小声问："你这是从哪儿捡回来个妹妹啊？别告诉我她是你亲
妹妹啊。中国的计划生育我还是知道的，多生那是犯法。"杜松哈
哈地笑了，他神秘地眨眨眼睛说："还真被你猜对了，她是我的亲
妹妹，如假包换。不过，她不是中国国籍，所以中国的法律对她没

有制约作用。"我还想多问，杜松装傻就是不说了。我只好自己琢磨自个儿推理，后来我想通了，八成杜松也不是中国国籍，这是刚回国啊。要是这样就对了，外国可没有计划生育，想生多少生多少。那真是他亲妹妹了？我说当初怎么非要认我当妹妹呢，一看就是在那边疼他妹疼惯了，跑到这里不习惯，找我当替代品了。一想到"替代品"三个字，我的心就像被谁踩了一脚凹下去了。

　　烟花放完，我们三个人回到楼上，Ann 忽然变得跟我特亲切，说要跟我一起住。我连想都没想，立马痛快地答应了，"成！"我心里忒清楚，我根本不放心这丫头跟杜松一个屋子，一想到他们俩在一个屋檐下生活我就闹心。虽然杜松说她是他的亲妹妹，可我怎么看她长得不像杜松，不像他们家的人，怎么看怎么是个小妖精，她要跟我住我真是乐不得，她就是猫精一口把我吃了我也认了，总比百爪挠心让我睡不着觉来得痛快。

30　公平害死人

　　"喂，喜芸？"杜松的声音把我拉出了回忆。我眨了眨眼睛，把电话伸到我旁边说："Ann，你哥的电话。"没有声音。我怀疑地掀开一边的被子，哪还有 Ann 的影子。我赶紧跳下床跑到厨房、厕所看了一圈，哪都找不到 Ann。我愣了半天，失声叫起来，"真××闹鬼了！"

　　杜松跑过来又是检查窗户又是检查门锁，还在房间的床上东找西翻的，一脸严肃，跟检查犯案现场似的。我说："你妹妹是不是属猴儿的？昨天晚上看烟火就跳来跳去的，今儿倒好，一眨眼就不知道蹦哪去了，连个招呼都没打。"杜松没理我，拿着张纸看得特投入，边看边点头，最后舒了口气说："Ann 留了便条，她说去故宫了。"说完把那张纸递给我。我接过来一看差点以为自己眼花了，这上面七扭八歪的都是什么啊，有中文字，有外文，还有画的小人。我特疑惑地看了一眼杜松，"这是什么啊？我怎么什么也看不懂啊？又是字母又是图的，什么乱七八糟的，外星语啊。"杜松笑着给我解释，"这第一个字是'我'，这个是中文没有问题，后面那个伸懒腰的图是说 Ann 起床的样子，再后面是'你'字，中文也没问题，

143

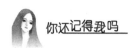

紧接着是一个女孩睡觉发出 ZZ 声音的图，这是说你还在睡觉。然后是'我去'两个中文字，跟着的是英文，是故宫的意思。连起来就是，Ann 早上起来，看你还在睡觉，没叫醒你，就自己去故宫玩了。"我听了特激动，觉得杜松简直是个天才，我佩服地竖起大拇指冲着杜松直点头，"高！实在是高！"

趁着 Ann 不在，我赶紧抓紧时间享受和杜松的二人世界。我刚想问 Ann 的事情，杜松却先开口了，他问我他不在的这段时间我有没有找到工作。我说："没有。"我瘪了瘪嘴，提高了声调抱怨，"现在的工作比金子都难挖，该挖的都被人挖走了，尽剩下些土渣滓。"杜松若有所思地问，"是不是你要求太高了？"我差点没哭了，"我，就我还要求高？我上哪要求啊，我要求谁啊？我哪敢有要求啊？得，得，得，你真把我当人物啊，还整天抱个法典给人提要求。"我笑得都岔气了，可我知道，我笑得有多苦多悲哀多无奈。我咳嗽了好久才觉得心里好过了一些，我说："得，别提找工作的事儿了，一说我就跟怨妇似的满腹牢骚。不说我了。你进修得怎么样啊？怎么把你妹妹弄来了啊？我先声明啊，我知道她是你亲妹妹，没有半点儿怀疑。可是，这也太巧了吧？"杜松瞪了我一眼说："你还是不信呀？你的话里漏洞百出，拐来拐去又拐到这个问题上来了。"我瞪了他一眼："我就是觉得不对劲儿，我觉得 Ann 跟你长得一点都不像，驴唇不对马嘴。"杜松扑哧乐了，"你这是什么比喻啊！"我一琢磨也跟着乐了，我说："我觉得这个比喻恰当极了，我真是天才！"

杜松说他出国进修的地儿，正好离 Ann 上学的学校近，她就跑去找他玩。杜松说："Ann 很小的时候就离开中国了，她印象里的中国是听我们说的，看书看电视看到的，听故事里讲的。不过她一直对中国很憧憬很向往。这次拉着我问了好多关于中国的问题，还非要跟我回国来看看。她早说要去故宫，现在就在眼前了，我想她是等不及了才没顾得上跟你打招呼就自己跑出去了。还有这张便条。她从小在美国，中文会说，字可不怎么会写，就画上图了。呵呵。你别看她打扮得成熟，其实才 14 岁，满脑子都是小孩的想法呢，你别怪她。"我看着杜松一脸心疼地说着 Ann 的事情，心里多少有些空落。等他说完，我愣了一会儿问："你去哪儿进修了？"杜松顿了顿说："美国。"我忽然觉得心被人用针扎了几下，美国，那个让我痛恨让我悲伤让我想忘却忘不掉的国家，小时候，我爸带着后妈和妹妹去了那里，此后我再也没有见过我爸，他病死在了那里，彻底地离开了我。妹妹，我恍惚地想，她也该和 Ann 一样大了吧。那个女人的孩子，死了才好。我又想起那个该死的弟弟，我在心里低吼，死了才好，都统统地死掉吧！我心里的痛恨纠结在一起，我难受地皱了皱眉。我却不知道我到底在难受什么，就好像有一个永远的结，在心里的某个地方，像杂草一样顽固地生长，根越扎越深。

后来，Ann 捧着一堆纪念品特高兴地回来了，兴奋得手舞足蹈，又蹦又跳的。后来几天她缠着杜松到处跑，我本来也想跟着跑，可惜身不由己。文晴打电话过来说在 SS 展览馆将要有个大型冬季招聘会，是难得的找工作的好机会。文晴在电话里千叮咛万嘱咐："一定要认真对待，早早准备，该出手时就出手。最后还不忘补了一句，姐们，这次你要再找不到工作，就真玩完了。"我呸了一声，"滚！

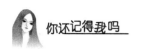

你就不咒我好吧！"

为了这次招聘会，我是铆足了劲儿头，早早开始着手准备简历，普通型的简历复印了几百份，精装版的特意彩打了十几份，又买职业装又买化妆品的。我心说这可砸了我所有的银子了，我也学学项羽来个背水一战。文晴说得好，该砸钱的地方就不能省着花，舍不得孩子套不着狼。我当时听了特有感触，"不愧是要当妈的人啊，说出来的话就是跟我们这帮没孩子的小年轻不一样。"文晴说，"要套拿你孩儿套去，我的可是宝贝！"我心说，我也得有孩儿啊，别孩儿了，我这儿连伴儿都没有呢。想到伴儿的问题，我又在想杜松，本来说好跟他一起带着 Ann 到处玩玩，结果因为招聘会的事情，我只好作罢了。杜松挺理解我，他鼓励我，说我这次一定没有问题。我看着杜松和 Ann 离开的背影，心里终于明白，当生活清贫到无米下锅的时候，爱情只能靠边站了，解决吃饭问题才是首要的大问题。我现在只能全力以赴地展开双臂奔向冬季招聘会了。

我本以为我能在风平浪静的日子里踏着正步走向招聘会，然后抱着我印的简历发传单似的往外撒。没想到好不容易挨到了日子，招聘会却取消了，据文晴的小道消息称，参加的人太多，只能等重新选到更大的会场再办。我当时特沮丧，感觉就像蹲监的囚犯在数释放的日子，好不容易等到日子了，被通知被改判了无期徒刑。我啃着馒头生气，现在我真是可怜到没米吃只能啃馒头的份了，不过 Ann 倒是很喜欢吃，她觉得馒头根本就是一种甜点，是美味，天天说，"我要是回美国了，还能吃这么好的东西该多好啊。"我就特想跟她说，干脆咱俩换换，我现在做梦都想吃汉堡、薯条、炸鸡腿呢。

杜松对这个妹妹超宝贝，为了陪 Ann，愣是休了年假，天天带她到处跑。我心里不平衡，当初要认我当妹妹的可是他，现在亲妹来了，我这个冒牌的就靠边站了啊。

　　我给他打电话的时候他正和 Ann 去香山的路上。我心里赌气，在电话里说的第一句就是："我要喝酒，你陪不陪吧？"电话那边沉默了好久，静得让我觉得害怕，我忽然特后悔问了这么一句话，这么任性这么霸道，带着命令的口气，我算是哪个葱啊，人家凭什么要过来陪你啊？要是杜松拒绝了我，我该怎么办？在我的心里，好想和他说，你来陪我吧，招聘会被取消了，我准备的一切都泡汤了，我现在心里特难受。你来陪陪我好不好？我求你，你来陪我吧！我觉得奇怪，明明心里是那么想的，明明想那么说那么做，可为什么要强装坚强，强装无所谓，强装欢笑，整天顶着张脸嘻嘻哈哈的，即使心里装满了眼泪也不让人知道，背着坚硬的外壳，防刀防枪防弹防人心。文晴说："你难过就哭出来。"我说："我是贱，我就是喜欢自己跟自己过不去。真贱！"过了好半天杜松说："你在哪儿？"我松了口气说："我在公共汽车上，我去咱们常去的那个酒吧。"说完，我停顿了一下说："我等你。"挂上电话，我望着车窗外的世界，觉得这个世界很简单又很复杂，很轻松又很沉重。我望着远处静止的一切觉得很安静又很烦躁，真想什么也不想。我闭上眼睛挣扎，等我再睁开眼睛的时候发现已经到站了。

　　白天并不是酒吧营业的好时候，施璐璐的妈也就是酒吧的老板娘是个特牛的女人，白天把酒吧布置得像个西餐厅，不浪费任何可以做生意的机会。我进去的时候，里面人并不多，零零散散的，我找了个靠窗的位置坐下，望着街上形形色色走动的男女，体会到了孤独的味道。我刚坐下，椅子还没暖热，就听到角落里一个男人的骂声："你讹我！"话音刚落就从角落里蹦起个男的，把桌子拍得震天响。我正琢磨呢，这声音怎么这么熟悉啊，再扭头一看那人的背影，我说呢，蹦起来的男的不是别人正是公平。这小子神龙见首不见尾的，怎么跑这里来了。听得出来公平是真急了，扯着嗓子喊："你要是不给。对不起。货你××想都别想！"坐在他对面的是个漂亮女人。那女人估计把公平当猴子看了，她望着公平在那里跳脚不但不生气不着急，反倒笑得很妩媚很冷静，笑得胸有成竹。她笑着说："货到底在哪儿啊？"公平哭笑不得地站在那儿干瞪眼睛。我知道公平从来不打女人。我挪了挪身子，想挺身而出替他揍那个欠扁的女人，我可不管，女人男人我一样打。

我正要站起来，没想到刚才还人模人样零零散散坐着喝酒喝咖啡喝果汁吃点心的人都站了起来，清一色的大老爷们，个个摩拳擦掌地露着凶悍的模样。我就没敢动，我心说，得，那女的不是把公平当猴看，她根本就不把公平放眼里。这明显是有所准备带了打手来的。就我还教训人家，我歇了吧我。我坐在那里低着头喘大气，琢磨给110打电话合不合适，我明白要是警察来了，公平也得吃牢饭没得跑。我还攥着手机忖度呢，就听见身背后砸东西的声音。我偷眼一看，刚站起的那堆人全跟饿虎扑食似的往一个地方涌，公平已经跟几个交上手了，后面的眼看又要到。我×！好汉难敌四手，公平又不是哪吒，还能生出三头六臂来？他打架打得再好，也拼不过这么多疯狗啊。我急得手心往外渗汗，再看的时候，公平已经挂彩了，被一堆人堵在墙角又是踢又是打的，这小子就顾着护他那张脸蛋了，其他地方全大方地暴露给别人当靶子。我当时脾气就上来了，文晴他们都知道，我这人头脑一热就不管不顾，跟疯了似的。我从椅子上跳起来，大吼了一嗓子，"都××给我住手！"然后冲过去顺手拿起旁边桌子上的一个酒瓶，冲着最外围的一个人的脑袋砸了下去。哐啷，酒瓶砸了个粉碎，红色的血水迸了出来，我就傻了，我最怕血了。公平看见了我，扯着嗓子叫，"喜芸！你赶紧跑去叫人啊！"

公平一叫把我给叫灵光了，我转身就往门口跑，然后听到后面有人叫："别让那小妞跑了！"我估计是那个被我砸了的那位，早知道他喊这么一句，我就再砸狠点，把他砸晕了多好。我刚跑到门口，门就开了，Ann 活猴似的蹦了进来，后面跟着杜松。我一个没控制好脚下抹油跟刹车失灵的火车似的撞在了 Ann 的身上，我俩后退了好几步，差点没摔地上。杜松估计反应过来是怎么回事了，就冲我和 Ann 喊，"快出去，报警！"他刚喊完就被一群人围在了中间，拳头跟雨点似的。我一下就红眼了，我刚想冲 Ann 喊让她叫人去，我去帮杜松，没想到这丫头的嗓子这么厉害，啊啊啊啊地尖叫起来，高八度的海豚音。我着实吓了一跳，在场的所有人都愣住了，齐刷刷地往这边看，我突然想起河东狮吼的武功，我看八成今天见到武功的传人了。正在紧张关头，外面响起来警车鸣笛的声音。施璐璐她娘也不知道从哪冒出来的，扯着嗓子喊，"别打了！警察来了！快走后门！"这一叫不要紧，那群人估计都有前科特怕警察找上来算旧账，全部掉转头潮水似的往后门涌。公平也顾不上

伤爬起来也往外跑，我过去一把把他拉住，瞪着眼睛喊："你也跑？你××的到底干什么了？什么货？你给我说明白了！"公平红着眼睛特忧伤地看着我说："对不起，喜芸，你要保重啊。再见了！"我听了脑袋就有点缺氧，手一松，公平就像离弦的箭似的随着其他人冲了出去。我傻愣愣地呆在原地，然后转过身看到了杜松同样忧伤的眼睛，问："他刚才说什么？"杜松说："他说……对不起，要你保重。还有……再见。"我的眼泪刷地流下去了，跟公平认识这么久，打打闹闹骂来骂去这么多年，他从来没跟我说过什么"对不起，保重"。他在我面前永远是个玩世不恭游戏人生的草根皇帝，我从来没有见过他露出过那么认真那么忧伤的样子。对不起，保重？这是什么意思？你个混蛋！我用手捂着眼睛，泪水从手指的缝隙里往外流。我感觉到杜松走过来抱我，他拍了拍我的背："哭了？"我说："没有。就是觉得悲伤。"他说："为什么悲伤呢？"我说："不知道。可能是公平的悲伤传染给我了吧。"杜松不说话了，把我抱得很紧，我却觉得越来越悲伤了。

31 让悲伤逆流成河

　　杜松的伤势不重，背上有几块淤青，Ann 倒像死了人似的眼泪流个没完，死活要杜松到医院里检查。医院门诊室外面，我安慰 Ann："你别急。他没事儿。你放心，他要有事，我比你急。我向你保证……"我还没说完，就觉得脸上发热，回想了一下才明白过味儿来，我刚才被 Ann 搧了个嘴巴。要是平时，我铁定跳起来跟丫玩命，搧我？敢搧我？这世上配搧我的人还没出生呢！不过我看到她通红的眼睛，满脸的泪水，我就不说话了，我心里明白她在怪我，我也知道，杜松受伤都是我害的。Ann 沙哑地说："我哥从来没有跟别人打过架。他受过良好的教育，跟你这种整天无所事事混酒吧跟人打架的人不一样！"我望着 Ann，心想，我怎么也是个大学生啊，怎么算是没受过良好教育呢？我是无所事事混酒吧了，但我也没想打架也不想杜松受伤啊。Ann 忽然从背包里拿出一张照片递到我的眼前，照片里是一个笑得特别漂亮的女孩，有一双漂亮的大眼睛。我疑惑地望着那张照片，不明白 Ann 是什么意思。她吸了吸鼻子，有些兴奋地说："我决定了，我要站在妈妈一边。这是妈妈给哥哥找的未婚妻菲奥娜，是出身名门受过良好教育的女孩。她才配得上我哥！我本来支持哥哥找自己喜欢的女孩，也讨厌妈妈这种安排，可是现在，从现在开始，我要站在妈妈那边，我觉得如果是你的话，倒不如让哥哥娶了菲奥娜！"刚才那一巴掌打得我有点头晕，我愣在那里没有完全明白 Ann 的话。杜松检查完出来看到我和 Ann 剑拔弩张的样子问，"你们怎么了？"Ann 哭着说："哥，我们回去吧。你别在这里呆着了好不好？跟这种人呆时间长了会变坏的。我们回去吧，妈咪很想你呢。"杜松皱着眉头不说话，Ann 又说："我知道你有重要的事情要办要做，可是我觉得你根本就是在这里浪费时间。你跟妈咪说你在办公事，可我觉得你留在这里根本是私人原因，我觉得你根本就是喜欢她！"看到 Ann 的手指指向我的时候，我的心差点跳出来，Ann 后面说的话我一句也没听见，我的思维开始像失控的火箭炮到处乱窜。我涨红着脸特想问一句，真的吗？还没等我问出口，Ann 突然一跺脚，"你不回去我回去！我不要管你了！"说完就跑了。杜松看了我一眼就追了过去。我忽然又悲伤起来了，然后觉得脸上被 Ann 打的地方火辣辣的热。

其实我不恨 Ann，我反而挺喜欢她，跟她生活了一段时间，我发现她很调皮很可爱很爽朗很简单活得很快乐。我羡慕她，羡慕她想哭就哭想笑就笑，羡慕她想说什么就说什么从不遮掩，羡慕她可以爱谁恨谁说得那么明白，她是那么真实、实在地站在那里，让你知道她的坚强、她的脆弱，她的一切，她的心里仿佛敞开了一扇窗，让你看到那阳光铺满的整个心房。我很想像她一样，敞开紧闭的心，很想告诉杜松，在看到他的那一刻，我感到一缕阳光射进了我心里那片潮湿阴暗苔藓丛生的地方，那层坚硬带刺的外壳变得脆弱而慢慢融化。我对他有种特殊的感觉，在看到他第一眼的时候，我就偷偷地喜欢上他了。

晚上我没有回家，直接去找了文晴，跟她说了公平的事情。文晴听了也特惊讶："货？什么货？从来没听他说过啊。妈呀，我怎么听着这么瘆人啊，那家伙不会在做什么违法的事情吧？"我叹了口气说："我不知道，我头疼。"我躺在松软的大沙发里，又想起公平说"对不起，保重"时候的神情。我伸了个懒腰说："你老公这么晚了都不回来？"文晴说："嗯。他忙，今天可能不回来了。你在我这里睡吧，正好陪我说说话。"我说："他也真忍心把你这么个孕妇放家里啊？要是我可舍不得。要是我媳妇儿怀孕了，我怎么着也得请假早晚请安关照着。"文晴嘿嘿地笑着说："得了吧你。你要是男的，估计早就天南海北找不到你了。其实他不在我倒觉得好，舒坦。省得他在我眼前晃，眼烦。"我们正说着，文晴的手机响了，她接了脸上就光彩了起来，然后又是啊又是好又是对又是点头的，还不时用眼睛瞥我。挂了电话就兴师问罪地奔我过来了："是杜松！他找你找不到打到我这里来问你。你手机关机啊？"我说："我手机没电了。"文晴瞪大眼睛盯着我看，看得我直发毛，"他说你这么晚也没回家，他怕你出了什么事情。他……"文晴轻轻地缓了口气说，"他是不是喜欢你啊？"我眨了眨眼睛忽然笑了，我说："他喜不喜欢我他没跟我说，我不知道。但是我很想知道，你喜不喜欢他。"文晴脸色一下子跟涂了层白漆似的变得惨白，她愣了半天说："你说什么呢？"我就知道文晴得跟我装傻，我晃了晃脑袋说："你不说我也知道。你喜欢的那个玉树临风的海龟就是杜松吧？"文晴站起来倒了杯水咕嘟、咕嘟地喝了，又走回来，她笑得很灿烂，"没错！就是他！哈哈！怎么样？帅吧？

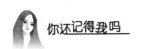

其实我早想跟你说了，结果没机会，这一拖，我发现你对他有意思，就更没机会说了。我跟你说啊。我真特喜欢他，结婚那会儿我就想，就当我是跟他结婚了。哈哈。你别那么看我，你看你那眼神，什么意思啊？你以为我会在意你跟他好啊？我早就想把他介绍给你，肥水不流外人田么。真的，我没事。你们俩好我最高兴。哈哈。"文晴一边说一边笑，活像马戏团里的小丑。我说："行了，行了。别演戏了，我还不了解你。"文晴听了就不笑了，叹了口气坐在我旁边闷闷地问："你怎么知道我喜欢他的？他跟你说的？"我摇了摇头，"其实我早就隐隐约约地感觉到了，你看我们的时候眼睛里都是悲伤，你有话却又欲言又止的样子，你跟我说原来看的双生花喜欢同一个男孩的漫画的话，你千方百计阻止我向杜松表白的行为，我一直都怀疑，直到我知道他归国的事儿。我就肯定，你说的那个人就是他。"

　　文晴呵呵地笑着点头："对啊。我喜欢他，向他告白，被他拒绝了，他说他回国是有事情要办，办完还要回去，没有想过在这边谈恋爱。可我觉得他好像挺喜欢你。说实话，我吃醋呢。呵呵。"文晴站起来又倒了杯水喝了，她笑着说："我其实挺后悔的，不该给你捣乱。我看明白了，爱情这种东西本来就不好说，有些人有缘在一起，有些人没缘分。我现在真的没事了，我现在觉得我肚子里的孩子最重要了。"我说："那如果我们在一起了，你会祝福我们了？"文晴沉默了好久，淡淡地笑着说："我，还是不愿意啊！"说着，两行泪就掉下来了。

　　我正要开门，杜松就从他屋里冲了出来，劈头盖脸地问我跑哪去了："我跑回医院找你，你不在了。给你打电话居然关机。"我听了觉得好笑，我说："我有病啊？你们都走了，我还在医院里呆

着干什么？我没想关机啊，手机没电了。"杜松皱着眉头说："真
急死我了。我还以为是你遇到什么麻烦了。你还是不要和公平有瓜
葛的好，上次酒吧那帮人不是什么好惹的。"我忽然有点生气，
我说："我认识公平很久了。从高中我们就是哥们，要不要有瓜葛
不是你说了算的。不用你多管闲事。"杜松也生气了，他说："我
是在担心你！而且，你了解公平吗？他是什么人，是干什么的，都
跟什么人来往？"这句话倒是把我问住了。说实话，我一点都不了
解公平，对他的家庭，他的工作，他来往的朋友，我全部不知道。

　　我的心里刮起来一阵小风，凉飕飕冷冰冰的，我淡淡地望着杜
松说："我不知道。我也不想知道。我从来不问别人的事情，也不
问他们的过去，我只在乎站在我面前的他。同样的，我不愿意让别
人知道我的事情，我的过去。同样的……我也没有问过你。我想每
个人都有不愿意告诉别人的过去，每个人都有权利选择告诉或者不
告诉别人他的事情。如果一个人愿意告诉别人他的事情，不用问，
他一定会主动说出来，如果他不愿意说，那么又何必去问，去听呢？"
我看到杜松眼里渐渐溢满了忧伤，长而密的睫毛下，海蓝的眼睛里，
紫黑色葡萄般透明的眼珠渐渐深邃下去混浊而看不清，仿佛从清澈
见底的小溪融化成一口不见底的深井。杜松沉默了很久，什么也没说，
回过身开门回去的时候说了句，"Ann 回去了。"我正一脚门外一
脚门里往屋里走，听到杜松的话，停在那里，跟被按了定格键一样。
我还以为杜松会说 Ann 说他喜欢我的事情，可惜没有，杜松说完"早
点休息吧！"就回去了。我愣了好一会儿才进了屋。我没有提 Ann
说的那些话，是因为文晴。我想杜松没有提可能也是因为文晴吧。

32 招聘会在冬季

日子像小溪慢慢流淌过去。我和杜松恢复了他去进修之前的样子，我会屁颠、屁颠跑到他那里拽着他看恐怖片。他总是问："你看这些不会害怕吗？"我就特乐呵地说："这有什么叫怕的，我一点都不怕。"说完就拉着他的手攥得特紧，看到恐怖的地方赶紧把头埋在他的肩膀上然后问，"恐怖镜头过去了吗？鬼还在吗？"杜松就说："还有呢。""还有吗？""还有呢。""还有吗？""还有呢。"我等不及把眼睛睁开一看，哪还有恐怖画面，转头看杜松，他眼睛闭得比我都紧，跟黏上了似的。我就使坏过去把他眼睛扒开往里面吹气。

杜松也会拉着我看喜剧片，我看着、看着就睡着了，他会轻轻地拉我的耳朵把我叫醒，我抗议的时候就会把糖塞到我的嘴里。我们去动物园、去电影院、去KTV，杜松的声音特好听，我当时差点以为错开了原声，后来非要他清唱才肯定那就是他的声音。我特崇拜地说："噻，你够厉害的啊，这声音赶上信乐团了啊。"他听了特得意地扬扬头，一脸不算什么的样子。我就笑着把他的那个样子用手机照下来，拿来以后取笑他用。和杜松在一起，我往往不用操心钱的事情，他从来不肯让我付钱，我甚至一度怀疑他是个大款，做着他是某集团总裁的公子的春秋大梦，不过后来我打消了这种念头。我去过他的单位给他送盒饭，证实他确实是那个小公司的一个小头头。我每次去送饭的时候都会冷嘲热讽："施璐璐还说你是个有钱人，我就知道不是。她那对儿眼睛从来就是歪的。"杜松每次都不理会我，自顾自地吃盒饭，然后继续埋头疯狂地工作。

我很欣赏他工作时候的样子，特别投入特别认真。我有时候看痴了，要不是他同事叫我，我都回不过神来。其实无论他是什么样的人，地球人也好火星人也好，我都喜欢他，好像从什么时候开始，他就成了我生活里的一部分，少了会有缺了盐的感觉。不过我可不愿意老吃杜松的，我想赶紧找个工作也让他吃吃我，后来我拼命在网上投简历，可全部石沉大海，没办法我只好又操起了老本行，在网上开了家店铺有了点小收入凑了点钱，就买了块手表送给他。看到他特高兴当宝贝似的戴在手腕上，我有点心虚，那表是我淘的地摊货，特便宜。结果从那天起杜松就戴着我送的表，还老报时，跟电报大楼的时钟似的，不过没过几天就不报了。有一天我们出去，我问他时间，他开始在包里找手机。我就挺奇怪地问他手上不是戴着表呢？他支吾了半天，先头不肯说，在我的威逼利诱下才说了实话，原来我送的那块表没走几天就光荣下岗了，换了电池也不好使，就是罢工怎么着也不干活了，去修，人家告诉他这表已然是寿终正寝了。我当时把那个小摊贩的八辈子祖宗都骂上了，买的时候跟我说怎么着也能走三个月。一个月都没走完呢，这是表还是萤火虫啊！

就在我对找工作不抱希望的时候，文晴打来了电话告诉我，她刚探听到，冬季招聘会明天就开。我听了还以为这姐们没事干跟我开玩笑呢，我调侃地说："成了，成了，你就在那儿喊狼来了吧。多少次了，你就逗我玩吧，这回我才不信呢。"文晴特诚恳地说："真的！这回是真的！"我乐呵呵地还是不当回事。我刚想挂电话，文晴那边嗷嗷上了，"我向毛主席保证，明天真的开冬季招聘会！要不是，我就是猪。"我说："那你生的也是猪了。"文晴吼起来，"生的也是猪！"我愣了半晌，吼得声比她还大，"你怎么不早告诉我啊？这都什么时候了？明天，你这是想把我逼死啊？"文晴哭丧似的说："这可不能怪我。这次消息封锁得可严密了，就这样，据说人也少不了。"我挂上电话就开始翻箱倒柜找简历，正装，高跟鞋子，等我准备齐全的时候已经是半夜12点多了。我躺在床上折腾了好半天才睡着，做了个梦，梦见好多人都请我去当领导，薪水长了翅膀似的铆足劲往上飙，我躺在钱里滚来滚去，四面八方围绕着我的，飘来飘去的，哪哪都是红票子。

早上5点多我就醒了，翻来覆去怎么也睡不着，我就瞪着眼睛望着昏黑的天花板，看得直眼晕，感觉好像有个巨大的漩涡要将我吸进深不见底的黑洞。我干脆闭上了眼睛，我思量这回说什么也得找份工作了，像爸爸说的那样，找份正经安稳的工作，过正常人的日子。其实自从大学毕业，我就努力想找一份工作，工资不用太高，只要能让我独立地过生活，想吃的时候买吃的，想喝的时候买喝的就成。省得我天天琢磨着蹭吃蹭喝，我也想请请别人，摆摆酒席。最重要的是让我妈看看，我，苏喜芸不是她想象中那样没能力的人，我也是社会上一奋斗小青年。

我想，要是我找到一份不错的工作，我妈也会很高兴很欣慰吧。

想着、想着又睡着了，等我醒的时候已经8点多了。我心说，得，9点半开门的招聘会，铁定晚了。我雷厉风行地下地穿衣洗漱，然后也顾不上化妆梳头了，披头散发地飞奔出去。我站在马路边上喘着大气伸手招呼出租车，结果不是满员，就是被前面站着的上班一族捷足先登。我咧着嘴站在后面又是蹦又是跳，现在这个时间段打车都这么费劲啊！最后实在没办法，我决定学电视里的那招，三十六计中的美人计。我刚把大腿伸出去，一辆出租车嘎地停在了我的旁边，我那叫一个乐，正想上车，旁边一个黑影不知道从哪里蹿了出来，跟忍者似的，钻进了出租，顺手把车门关上了。我一看，一个画了浓妆的女人，安稳地坐在出租车后座上，要是再戴个凤冠，整个一慈禧。是我叫的车！她怎么进去了？我还没做出什么反应，出租车放了个屁，飞似的远去了。经过你争我夺的一番争抢，我总算坐上了一辆出租车，我坐在车上喘着粗气，在家待得时间长了，胳膊腿都锈了，优胜劣汰，我估计要成为达尔文进化论里的淘汰者。前段时间，文晴叫我去健身俱乐部活动，锻炼身体，我还说什么不用，我身体倍儿棒，吃饭倍儿香，如今看来，老胳膊老腿，不行了。

我冲着司机大哥一抱拳，刚说了句，"我参加招聘会赶时间……"还没说完，眼看着这位大哥的脚死命地冲着加油板踩了下去，车子以飞行速度就冲出去了。车停的时候，我仍死命地攥着安全带，我擦了擦头上渗的汗，心说这可比看恐怖片惨烈多了。心跳差点突破120。我下车的时候，司机大哥特有感触地对我说："现在工作不好找吧，看你憔悴的样子，刚下岗吧？"我当时激动得差点掉眼泪，我心说，大哥，咱这还没上过岗呢！

33 狼多肉少僧多粥稀

　　我赶到的时候离会场开门还有 5 分钟，招聘会场外早已挤满了人，人山人海跟菜市场有的拼，一眼望去全是人头，一个个都恨不能削尖了脑袋往前钻，你推我搡地拥挤在一起，好像一锅乱七八糟的豆子煮的粥。我忽然想起一句话，职场如战场，晚起的鸟儿没食吃，八成大家都是抱着这个信念才赶早市般赶到一起的。在一群歪瓜裂枣的兄弟姐妹堆里，我伸出了脑袋呼吸，好像身子陷在一片泥沼里，只好伸出脑袋来苟延残喘。我心里暗骂文晴，还说这是封锁了消息的，就跟我封锁消息了吧？

　　"各位！各位！"忽然一个女孩尖声尖气地叫了起来，周围虽说乱糟糟的，她的尖嗓子还是顺利地占领了一圈人的耳朵。"我……我的鞋被谁踩掉了？有没有人看到我的鞋啊？"女孩声音羞涩地叫着。这一叫不要紧，一圈男士开始低头找美眉的香鞋，人群中的空间马上被一个个大脑袋占光了，显得更加拥挤。"开门了！开门了！"不知道哪个不要命的，居然在一堆饿狼面前喊白送肉包子之类的话来，于是乎，一群恶狼本能地做出了反应，也不管香鞋臭鞋了，乌拉拉全部抬起头来，朝着招聘会场的大门一通生挤，我晕头转向地也跟着往里涌，我感觉自己是河流里的一粒小沙，随着河流涌向了宽广的大海。"挤死了！""踩死人了！""救命！""哎呀！""死了，死了！"我的耳边很不吉利地响起了 N 多个"死"字，要是换成别的场合，我一定会在地上吐口水，然后再转几个圈，去晦气，可惜，现在的我连吐口水的意识都没有了，就像被洗了脑的植物人，只顾着跟着其他植物人们一起统一行动，机械地涌进了招聘会现场。

人群里我左晃右晃，伸着脖子瞪着眼睛除了人头看到的还是人头，我努力踮起脚尖，寻找着我适合的公司。偌大的会场铺满了各种各样的公司，外企、私企占据了多数。我抱着一打厚厚的简历，左挤右挤，这家公司扔一份，那家公司给一张，跟发传单似的，很快手里的简历就见了底。最后愣是投得头晕眼花，也不知道是什么公司，要什么人，要求是什么，就挤进人群递一份简历过去，有的连挤都不挤，直接一个 3 分球投篮式，把简历投进去了。

投简历的时候认识了个女的，也跟我似的在那儿三分投篮，我就跟她说，胳膊要再抬高点才能中标，她听了果然把胳膊抬高正中靶心。找了个没什么人的地方一聊才知道，这女的可比我牛多了，她是个"博士猴"。我当时特惊讶，不禁问了好几遍，"你是博士猴？"她笑得挺含蓄，纠正我说："是博士后。"我说："我噻。像您这样的人物也要参加招聘会吗？像您这种稀有动物也来跟我们抢碗喝粥吗？像您这样的人才难道不是八抬大轿抬着，山珍海味喂着？"她一脸无奈地说："现在不比从前了，博士后多的是，竞争也激烈了。像我们这种人如果不想搞研究就得出来参加招聘啊。现在找工作可不看你的学历，就看两点，第一，你有没有钱，有钱，那就好说了，你自己都能当老板了还找什么工作，吃好喝好省得给别人打工受气。第二，你有没有关系，有关系，那更好办了，随便找个企业托托人就进去了，还是个好位置，人家都不敢惹你，最轻的工作给你最多的工资你拿着，喝喝茶水看看报纸何乐不为呢？我有个朋友，大专毕业。学的是物理，现在在一知名银行里当产品经理呢。我当时觉得真挺不可思议的，后来一打听，人家爸爸是银行行长的铁哥们，关系当当的。人家反正是招人，要你是要，要人家铁哥们的孩子也是要，肥水不流外人田，干吗要你啊。管你是薄（博）士还是厚士的，跟人家有什么关系啊，要招也是招自己人啊。你说，我分析的对不对啊？"我听了竖起大拇指，"分析的是，分析的极是啊！不愧是博士猴啊！"她谦虚地笑笑说："是博士后。"她刚说完就听到那边的人群有人喊，"还有没有投简历的了？"她就钻进人粥里不见了，我心说，这可真是博士猴了。

后来我细细品味她说的话，觉得她说得真的是太对了，至理名言啊！我现在混得这么惨，就是没有钱没有关系！越想我越觉得是这么回事，不禁深感找工作无望了，看着眼前的人，我忽然觉得眼晕。又在招聘会场晃了几圈，觉得头疼肚子疼哪哪都疼，干脆把剩下的简历放在一角落，爱谁拿谁拿，爱怎么用怎么用，我就当贡献纸张了，然后打道回府。我回到家躺在床上就起不来了，觉得身子跟铁铸的一样沉，太阳穴的地方针扎似的疼。我刚要睡着电话就响了，是杜松。他问我晚上要不要一起吃饭，他买了鸡翅，可以给我做可乐鸡翅。我有气无力地说："不用了。我要睡了。"说完我停了一下说，"你说，我是不是特别没用啊？"杜松挺奇怪地说："不会啊，你怎么这么想？"我就把招聘会的事情说了："你没去看，那人多的真跟蚂蚁似的，要是打仗呢，那导弹别往别的地儿投，就往那儿一放，中国人口立马递减了。没想到啊，没想到我大学上完还是找不到工作。那我当初干吗上大学啊，我扫大街好不好，说不定现在还是个劳动楷模呢。没钱没关系，反正我是要什么没什么，工作找不到，在家里呆着，靠山吃山靠水吃水，去酒吧，喝酒打架，我就是个没文化没教养没用的废人。我干脆找根绳子自己解决得了……"我乱说了一通。杜松估计是没太明白我说的是什么，在电话那边一句话没说就光听我白话，其实我自己也不太明白自己在说什么。说了半天我觉得口干舌燥，叹了口气说："不说了，我累了，睡觉了。"杜松沉默了好半天说："喜芸，你没问题的。相信自己。相信努力一定会有回报的。你找不到工作只是暂时的，一切都会好的。晚安！"我攥着电话傻呆呆地发愣，过了半天听到杜松问我，"你怎么没挂电话？"我这才发现每次都是我先挂的电话，我回了回神说，"你觉得这次会有单位叫我去面试吗？"杜松扑哧笑了，说我怎么像个小孩儿似的，然后特坚定地说了句"会的"。我放下电话的时候，心里特踏实。

也不知道是不是杜松那句话有什么特异功能，第二天就灵验了。一早就有两家私企打电话过来叫我去面试，一个是在第二天上午面试，那家公司招聘秘书，一个是在下午，招聘的是行政助理，我感觉俩职位都差不多。挂上电话的时候，我整个人都快飞了，整整一天人都轻飘飘的，跟充了氢气似的。我给文晴打了个电话说接到两个面试通知。文晴在电话那边嗷嗷得比我还欢实，跟捡了根金条似的。"真的？成啊！这都得感谢我啊，要不是我告诉你有招聘会，你能接到面试通知吗？我是大功臣啊！说吧，怎么感谢我啊？"我唏嘘不已，"是，是。等我有工作了，请你吃饭啊！"文晴嘿嘿地笑着说："成啊，金钱豹，说定了！"我说："屁！你真张得开嘴，就知道讹我。还金钱豹……干脆请你驴肉火烧得了。"我们瞎贫瞎斗了一会儿我就要挂电话，文晴叫唤了一声，"等等！"我说："你又怎么了？还有什么指示？"文晴一本正经地说："我给你提个意见啊。我太了解你了，你面试的时候肯定是一副不冷不热不屈不挠不温不火的样子。我跟你说，这可不行。我一姐们跟我说了，现在考官都喜欢热情似火，善于交际，能侃能贫的人。她就是特能侃的那号人，那热情的样子真以为把你当妈呢。"我说："你那姐们聘的什么啊？"文晴大大方方地说："她是一陪聊。"我眨了眨眼就吼上了，"滚！那还用聘啊？往人家大腿上一坐不就得了？"晚上我跑到杜松那儿去吃了顿晚饭，他一听说我要去面试就主动请缨要送我过去。我说："不用了。我又不是三岁小孩儿了，还要人送来送去的。你姐姐我有两条腿能走。"杜松还想坚持，我一挥手说："你准备庆功宴就成了！"

34 牛掰的面试经历

第二天，我起了个大早，躲开上班高峰期，出租车果然好打了。我拦下一辆车就蹦了上去，车上我盘算着面试的事情，忽然想起来文晴说要表现得善于交际，热情似火，虽然她说的姐们是干陪聊的，但是我觉得她说的还是有几分道理。我决定先拿司机师傅开练，培养一下能贫能侃的技巧。一阵寒暄外加臭白话之后，司机很乐呵地在桥上转了好几个圈，才把我拉到目的地，转圈的时候还特实诚地告诉我，"不好意思，我又绕远了，主要是你健谈啊，我都舍不得让你下车了。"说归说，下车的时候，我的腰包一下子瘪了不少，我刚才的胜利感全部消失殆尽，我白花花的银子啊！

到了面试地点，已经有不少参加面试的人在那里填表了，我也忙不迭地拿着几张表格在那里填。主要是一些个人信息，还有调查你性格特点的问题，最搞笑的是最后的一道开放性试题，你认为美是什么。我当时就蒙了，美？招聘秘书还得学美学啊？我想了想，大笔一挥，就写了一句话，美就像爱情，俗话说，爱没有理由，所以，难道美就有理由吗？写完，我还觉得自己写得特经典，满意地偷乐。

接下来我们坐在一个小房间里，等待面试，那感觉跟医院挂了号等着医生叫号似的。应聘者全是女孩，大家你看我，我看你，谁也没说话，但都有种同命相怜的感觉。叫到我的时候，我起身就朝面试的地方去了，我旁边的一个女孩轻轻地对我说了句，"Good Luck！"当时我挺激动，不得了，藏龙卧虎啊，这还没面试呢都开始扯英文了。进了面试的房间，里面端坐着一个胖男人，我立马觉得是不是错进了屠宰场了。桌子那边的"肥猪"见我进来，眉开眼笑地让我坐下，笑得眼睛眯得跟缝隙似的，立马给我一种把那道缝儿缝上的冲动。他看了看我的简历满意地点了点头说："你善于沟通是吗？"我赶紧点头说："这话您问到关键了，我这人绝对善于沟通。"我心里乐呵，心说，成了，文晴说的话还有管用的时候，真是按照她说的套路走呢。

他端详着我问："小姑娘，你是南方人北方人啊？"我立刻脆声说："北方的。"肥猪不可思议地张大嘴巴，"啊？真的吗？不对吧，我看你细皮嫩肉的，很像我们南方人啊！"我赶紧跟上话，"啊？这都被您看出来了？哇噻！您眼力可真不错啊！我其实就是南方人，我爸妈是南方人，可是我是在北方出生的，我有时候就冒充北方人，其实要从我祖宗八代来算吧，除了我，其余的都是在南方出生的。我们家族里的人都是细皮嫩肉，长得都可水灵了，南方水土养人啊！就说我姐姐吧，那就是个美人胚子，那皮肤晶莹剔透的……"我哇啦、哇啦地说得正高兴，却被他一个 Stop 的手势给刹了车。我干咳了一声，不好意思地笑了笑。"嗯，不错……口齿伶俐啊。"他嘻嘻地笑着。"那是啊！我简历上都写了，为人热情，开朗大方，善于交际，不露两手给您看看，那还有脸往上写吗？我这人敢作敢当，是写了就能做到的主儿，我说一不二，我君子一言驷马难追，我一颗吐沫一个丁，我……"我正面红似火地一通白活，他又一个Stop，我都没刹住车，还在那儿贫呢，"我闭月羞花沉鱼落雁，我小葱拌豆腐一青二白……"直到他嚷嚷着拍桌子，我才醒悟过来闭上了嘴，他很无奈地摇了摇头，然后遗憾地告诉我，他本来很看重我，只是文秘这个职位不太适合我。还没等我问为什么，他就起身送客了，连握个手的机会都没给我。我垂头丧气地转身离开的时候，听到他自言自语：真够能贫的。我肚子里的火腾就烧起来了，我心说，这叫什么啊，我不是为了符合现在招聘人员的口味吗，不是简历上没有"善于沟通"之类的话，就没有工作的机会吗，那"善于沟通"既然白纸黑字地写出来了，我能不卖命表演吗？迎合他们的胃口，到是我的不是了，现在做人怎么这么难啊，给爱吃蛋糕的人三块蛋糕，本以为对了胃口，正了门路，没想到人家还嫌蛋糕太多了，吃着腻嘴了。真是没的活了！

第一个面试一结束，我也顾不上吃饭，马不停蹄地直接奔向下午面试的地方。长途跋涉，到了面试的地点KK大厦。找到公司的办公室，进了门，填了一堆表，回答完表格上的问题，我走进房间。面试官坐在一张长条桌后面，人很瘦，一张枯黄皱巴的面孔，与上午的面试官的模样形成了鲜明的对比，我立马在脑子里给他起了个外号，瘦干狼。他的鼻子上架着一副大眼镜，占据了脸部的三分之二，一副老学究的样子，很有教授范儿。瘦干狼扶着眼镜把我从头到脚仔细打量了一遍，然后对着我连说了三个"好"，我心说好什么？我刚坐下，还没说话，就好了？那招个哑巴来，不就更好了？

　　瘦干狼用柔和的口气问："你是大学生？""是……"我刚想长篇大论，忽然想起上午的面试就是因为多说话吃了亏打了败仗，赶紧就闭了口，然后在心里默念，沉默是金，沉默是金……金……金……"毕业有段时间了啊？""是。""毕业之后有没有找过什么工作？""没有。""有过实习经历吗？""没有。""你性格怎么样？""还可以。""还可以是什么？""……就是还可以""……你简历上写的是，性格开朗大方，善于与人沟通是吧？"瘦干狼说着就往我简历上寻摸，特意把眼镜扶正，努力地看着我简历上的那几个字。看他那辛苦的样子，我恨不得拿个放大镜给他照着看，看来简历用小四号的字实在是失算，字太小了，以后估计得用1号字，才够味道。"嗯。是。"我答应着，一边克制着自己的嘴巴，沉默是金……金……直到瘦干狼亲自站起来，热情地跟我握手，然后说了句"拜拜"，我还在那儿心里默念呢，沉默是金，沉默是金……是金……金……

　　啊？我机械地转身离开，出了门，走到楼梯口，我才反过味儿来，明显工作没戏，黄了。我正感伤，突然觉得有点不对劲，刚才被他用命令的口气给轰出来，大脑一恍惚，包没顾得上拿就出来了。我赶紧转身回瘦干狼办公室拿包，走到门口听到他在讲电话，"你说刚才那个面试的？不行，人样子长得是挺好的，可是人傻呆呆的，看着像二百五……不行……"我哐就把门打开了，冲进去指着那个目瞪口呆的瘦干狼喊了句，"你大爷！你三百六！"然后不等他做出反应，就拽了放在地上的包，转身跑了出去。我心里那叫一个气！真他妈窝囊，开朗了不是，不开朗也不是，左也不是右也不是，这也不是，那也不是，我他妈到底要怎么样才行？我到底……我下楼梯下得太猛，一脚踩空，就从楼梯上滚了下去，也不知道我怎么滚的，愣是滚出了一脸的泪水，躺在地上我还在想呢，多亏是滚出了一脸泪水，要是滚出一裤子尿水，那就现了……

我在冰冷的地上到底躺了多久我自己也不清楚，手表没了。从楼梯上滚下去的时候，手表的带子断了，那表就干脆来了个抛物运动，离开了它心爱的主人我，摔到了某个角落，唉，我带了它这么久，它说走就走了，真是没有良心！楼道里安静得出奇，掉根针都能听见，两个人从楼上下来的时候，好像在我的旁边停了3秒钟，我隐约中听到以下对话：路人甲："这人怎么躺在这里啊？"路人乙："小声点，别让她听见，可能是个疯子。"路人甲："真讨厌！怎么也没人过来管管？"路人乙："现在这世道，谁管得着谁啊？"路人甲："走吧，走吧，这么年轻的女孩，可怜。"路人乙："可怜！"

他们走了以后，我又在地上躺了一会儿，最终还是躺得烦了，就自己爬了起来，掸了掸衣服，倒是没有哪里摔伤，就是头晕乎乎的，八成是刚才撞到脑袋的余震。我抹了抹脸上的泪水，跟跟跄跄地离开了KK大厦，打了辆车回家。车上，司机师傅好心地问我，"姑娘，你脸色怎么这么不好啊，是不是晕车啊？"我摆了摆手，说话的力气都没有了，只觉得天在旋转。刺眼的阳光从车窗外折射进来照在我的脸上，我感到有种潮湿的感觉，睁大眼睛看到的轮廓一片模糊，我想可能外面在下雨，车窗被雨水打湿而看不清外面的景物了。回到家就开始不停地呕吐，我怀疑自己得了重感冒，就从

抽屉里翻出一些感冒药来胡乱地吃了，找水喝的时候才发现买的矿泉水早就喝得见了底，只好晃着身子去煮水，走到厨房门口就走不动了，头晕！没办法，药只好生咽了下去，噎得我直打嗝，我赶紧用手拍打胸部，希望自己好过一些，一拍不要紧，哇啦，一肚子不知名的东西连带着刚送下去的药，一并吐了出来。我正吐得天旋地暗，手机响了，我晃悠着走到床边，拿起手机，接了。"喂，是我。面试怎么样？顺利吗？"杜松的声音很清澈地响了起来，就像清凉的风，从耳畔轻轻地吹过……

迷迷糊糊地，好像是睡着了，似乎还做了个梦，梦见小的时候发烧，爸爸背着我跑了很多家的医院，医生说是得了肠胃炎，妈妈眼睛红得跟小白兔似的，还一个劲儿地抹眼泪……那个时候，吃药好像都是甜的，真的。

撞门的声音特别的大，我猛地睁开眼睛，眼前有许许多多的小星星在跳舞蹈，我勉强撑起身子，下了地，摇摇晃晃到了门口，把门打开，然后，我看见了杜松，满头大汗地站在那里。我说："你干吗啊？打劫啊？"杜松长长地出了口气，一屁股坐在地上喘气半天没说话，跟刚跑了马拉松凯旋归来的运动员似的一脸的沧桑。杜松喘了半天才用颤抖的声音说："吓死我了！你怎么说完你病了就突然不说话了，最后电话自动断了。打过来你也不接！我还以为你晕倒了！你知道我从单位赶过来有多远吗？这种玩笑你以后千万别开了！"我特想嘲笑他一下，可是怎么也笑不出来。我本想大摇大摆地走过去拍拍杜松的肩膀，再跟他贫会儿，我苏喜芸是谁啊，还晕倒，哪那么脆弱啊！可没想到，不走不知道，一往前走，我才意识到身体里已经一星半点的力气都没有了，脚下软绵绵的好像在踩棉花。我跌进杜松的怀里的时候，顺势把头靠到他的肩上找支撑，然后轻轻地闭上了眼睛，我发誓我可不是想闭上眼睛找什么浪漫感觉，实在是眼皮特别的沉，跟灌了铅一样。我靠着杜松，忽然觉得一颗悬着的心放了下来，身子也轻松了很多，一颗眼泪大胆地从眼睛里滑了出去落在杜松宽大的肩膀上。在我晕过去的前一秒钟，我在想，得，刚才还特想说自己多坚强呢，真是打肿脸充胖子。

35 我只把你当哥哥

　　我住院了，医生说我脑震荡，然后跟个了解案情的警探似的拼命问我："是不是有人用木棒子打你脑袋了？"问的时候，特别在"木"字上加重语气，以证明经过他在我的头部的调查，应该是用木棒打的，而不是铁棒、塑料棒。医生见我不吱声，还不死心，进一步引导我，"是不是有人欺负你，要不要报警？"我可不想把事情闹大，总算是睁开了眼睛说了句人话，"不是。是我自己，找不到工作，撞墙玩来着。"医生听了，还特意找了个心理医生过来开导我，他第一句就问我有没有钱交治疗费，我当时差点一口气没倒过来翻白眼蹬腿，也不知道哪来的力气，举起旁边桌子上的铁盆就拽过去了，"滚！"

　　在医院里我住得挺踏实，主要是杜松充大头，把我的医药费、住院费全部包揽了，我一分没掏。我睁开眼睛看见的第一个人就是杜松。当时我正做着春秋大梦，梦里，我当了金领，发达了，抡着斧子砍一辆奔驰车，旁边红着眼睛讨钱的是那帮子该挨千刀万剐的面试官，他们嘴里还叫着，我们当初是狗眼不识泰山啊！您绝对是才高八斗学富五车，国家的栋梁之材啊！我正梦得高兴，就听见有人喊我的名字，跟催命似的。我不耐烦地向着声源地转头去看，一转头，竟然醒了。我睁开眼发现自己躺在病房里，杜松红着眼睛，一脸紧张地看着我。他看我醒了才松了口气说：“我真害怕你再也醒不了了。”我什么也没说，实在是疲倦得张不开嘴，不过在心里早把杜松骂了十万八千遍，说什么不行，就不说我好，狗嘴里吐不出象牙来！

在医院住的日子真的是挺滋润的，杜松下班就来陪我，陪到很晚才回去，每次都不会空着手来，拿来的都是我爱吃的东西。我每次还都耍小性子，叫他买这买那，头天写上一大张单子，叫他买了给我。他每每都出色完成任务。文晴来看我的时候，特邪乎，进来冲到我的病床前一阵抹眼泪，跟哭丧似的。然后指着自己拼命地问，“还认识我是谁吗？我是谁你知道吗？”为了配合文晴演戏，渲染气氛，我眨了眨眼，点点头，一行泪先从眼眶里流了出来，我哽咽着说：“大姐，你是哪位啊？”没想到哐就给了我一巴掌，跟拍西瓜似的。我当时头一晕就叫了起来，“我这是头不是球。你再给我拍傻了，拍傻了你养啊？我现在是病人你知不知道！也真下得了手！”文晴一听就乐了说：“成了，我还以为你傻了呢！没事儿就好！”我心说没事也得被你拍出事来了！后来施璐璐听说我住院了，也跑过来探望我，来得可勤了，恨不能天天跑我这里搜刮营养品。她挂着慰问好姐们的牌子，一会儿说：“哎哟，生病不能吃油炸食品”，说完就把炸鸡腿帮我消灭了，一会儿又说：“哎哟，水果吃多了会浮肿”，就一口气吃掉了3个火龙果。我心说这到底是谁慰问谁啊。

躺在病床上什么也不想，日子过得安稳而舒畅，不像在家里躺着的感觉。在家里躺着，我总觉得自己在虚度年华，浪费青春，找不到工作，在家待业，想着就一肚子的烦躁。我时不时还要拿枕头、杯子撒撒气。现在躺在病床上，我竟然思考起人生来了，想想我真算得上是个牛人吧。人生的思考是由一个人死去引起的，死的是谁我不知道。当时我正在睡觉，两个护士进来做记录。其实我并没有睡着，只是闭着眼睛养精蓄锐，无意中听到她们两个在聊天。护士A说："那个人死了。"护士B说："啊？什么时候？"护士A说："昨天晚上，可不安分了，临死还叮嘱来的人，把葬礼弄隆重了呢。"护士B说："唉，那么有权势的人也会死啊。"护士A说："可不是。谁能不死啊？不过，人家至少还有过风光的时候，死了也够本了。像咱们，一辈子就这么默默无闻，多没劲啊！"两个护士说着离开了我的病房，我听完她们的对话居然感慨万千。那护士说得太对了，人谁能不死啊！可是有些人，死之前风光无限，活得有滋有润，备受尊重，活得够本啊，可有些人活着，吃苦受冻，受人鄙夷，活着都觉得没意思。

想着，又想到人活着为什么，思索了很久，我得出结论是，为了乐呵，怎么才能乐呵呢，有钱。说什么也得有钱啊，也不能白来这世上一次吧！我想着，忽然高兴起来，以为自己参透天机，有人生努力的目标了。我正为自己能想出这么深奥的问题而沾沾自喜，杜松风风火火地就进来了，手里端着个饭盒。"吃吧。"杜松把饭盒递给我。我打开饭盒，里面装着饭和菜，看着挺丰盛。"是我做的。"还没等我问，杜松就猴急地说。我扑哧就笑了，"成啊。除了可乐鸡翅、鸡蛋西红柿,你还会做别的菜了?"杜松干咳了一声说:"我买了本做菜的书,照着做的,你尝尝,看好吃不好吃。"我愣了一会儿,拿起筷子夹了一口放在嘴里嚼。杜松在一边问:"好吃吗?我的手艺怎么样?"我没说话,吃着吃着,眼睛就湿润了。我心说,这饭,怎么这么好吃呢?

忽然我又笑了,笑得直岔气。杜松在一边紧张地看着我不知道发生了什么事。就在刚才,我眼前浮现出他拿着书,一边看一边手忙脚乱做菜的样子。那情景实在太好笑了,我笑得眼泪全都出来,最后居然笑得呜呜哭起来了。杜松莫名其妙地拿过毛巾给我擦眼泪,"你这是怎么了?一会儿笑一会儿哭的,你别吓我啊。"我咧着嘴说:"我才没吓你。我没事。就是……你干吗对我那么好啊?你干吗对我那么好啊?你干吗对我那么好啊?"我一口气问了三遍,心里有种说不出的惆怅。杜松说:"我把你当妹妹,当然要对你好了。"我听了心里难过,哭得更大声了,"你干吗要把我当妹妹啊?我不要当你妹妹!"我刚说完,忽然觉得眼前一黑,嘴上像被果冻碰了一样。

杜松亲了我,他望着我,眼里写满了说不清的东西,深邃而又透明,"那把你当女朋友,你愿意吗?"我觉得我的血压嗖就高上去了,而且还在一路狂飙,我终于享受了心脏要跳出嗓子眼的感觉。我傻愣愣地呆在那里,觉得整个世界都安静了,静得掉滴水都能听见。因为太静了,所以文晴说"你们"的时候,我感觉一特大的喇叭冲着我的耳朵吼,把我吓得浑身直痉挛。在杜松背后站着文晴，手里拎了一大包的东西，她诧异地望着我，我忽然觉得从她那里传来的悲伤能把我淹没在18层的地底下。我哈哈地笑了起来，特重地拍了拍杜松的肩膀，我说："你别逗我了。"杜松说："我没逗你。"我心说，这小子也太不会看人眼色了吧。我这挤眉弄眼让他看后面真是白忙活了。我干脆不理他直接招呼文晴，"文晴！你来了啊？快过来！"文晴站在那里，冷嘲热讽地说："我是不是来的不是时候啊？"我赶紧说："是时候。怎么不是时候啊？是吧？杜松？哈哈。"我特夸张地笑着，笑得脸直抽筋。杜松紧皱眉头沉默了一会儿说："你把我当哥哥吗？"我望着他忧伤的眼睛点了点头，"对。我把你当哥哥。"杜松沉默地走出去的时候，我忽然觉得有什么不对劲，他有什么事情要说却又没说的感觉。我想问，可是文晴在旁边，我只好闭嘴了。因为那天，我承诺文晴，我现在不会和杜松好。我会等，等到文晴愿意祝福我和杜松为止。我那时候完全考虑的是文晴的感受，我最好的姐妹的感受，可是根本没有想过杜松的感受。我一厢情愿地说会等，却从没有想过杜松会不会等，我根本没有想过。

　　没过多久，我就出院了。出院后，我生龙活虎地大摆宴席，请文晴他们大吃了一顿。杜松没有来，他推脱说他最近太忙了。那天杜松离开以后就没再来看过我，我打电话过去抱怨，他只是说最近有个项目要完成，晚上也要加班，甚至会睡在办公室里，一点时间都挤不出来。后来托他的同事来看过我几次，还带了好多东西，我也没多想。不过我还是每天动不动就打个电话骚扰杜松，向他吐了不少口水，表达了一下思念之情。说心里话，很想念他，很想念他，恨不能飞奔过去抱住他，不过我还是忍了，我告诉自己为了文晴，必须等。这次他不来参加我的宴席也没什么，因为这顿饭的目的跟他没来挂不上钩，这次不为别的，主要是我定了人生目标，想听听大家的意见，看怎么赚钱比较快。

大家一听说我想赚钱就七嘴八舌地说开了。什么做倒爷赚钱快，什么做鱼虾买卖好，什么干脆去偷去抢，杂七杂八，就是没有一个正格的。特别是文晴，扯着个破铜锣嗓子在那里吼，说什么女孩嫁个有钱人就行了！说完还现身说法，说起她老公笑天能赚钱来。听来听去，我觉得还是施璐璐的有点水平，她说："哎哟，亲爱的，要说挣钱，那该玩股票啊。现在正好是牛市，买哪支股都赚！纯挣啊！"股票？我眼前一亮，电视上、网上，没少宣传股票，我也听到过一些人玩股票玩成了千万富翁，今天施璐璐一提醒。我立马有了人生规划，找什么工作啊，给人家打工，当牛做马的，还不如去玩股票，来钱也容易。主意打定，我就开始琢磨起炒股。我用了一天的时间，东拼西凑找了些股金，决定先拿出 30% 来试试手。又用了一天彻底规划了一下，想想觉得怎么着都应该先考察一下市场。

36 糟糕的股市行情

隔天，我就跑到了施璐璐向我推荐的 SB 证券交易所。交易所里面什么人都有，男的、女的，老的、少的，一个个虎着脸，都忙忙叨叨的，谁都不理我。混了几天，好不容易找到一个和我差不多大的女孩，一问，人家早已是老股民了。她特谦虚地告诉我，别看她玩了那么多年了，都是跟着别人屁股后面跑，自己从来没自主买过股票。然后特诚恳地对我说，你要是想买赚钱的股票，就去找股神、股仙、股圣，等等股市牛人就成了。他们说买哪只股，就跟着买哪只股！准赚！又说，咱这儿就有个股仙。我问哪位是股仙？女孩冲一位老太太一努嘴说，"她就是！"

老太太穿着小花棉袄，小头梳理得平平整整的，闭目养神，手里拿着串佛珠，嘴里喃喃自语振振有词。我想，这小老太太八成在念佛经呢。"大妈！"我走过去特亲切地叫了一声，叫亲娘也就这味儿了，没想到人家老太太不理我，连头都没抬，还在那儿念经。我眨巴、眨巴眼睛，干咳了一声，清了清嗓子又叫了一声，"大姐？"老太太这才睁开眼睛扫我，"什么事啊？"跟个老佛爷似的，我在她面前一站就像个低三下四的奴才。好不容易对上暗号了，我赶紧问，"听说您是股神？"老太太立马不乐意了，纠正道，"股仙！""对，对，股仙！"老太太这才很受用地眯缝着眼睛笑起来，然后不自觉地晃起了脑袋，跟刚抽完大烟似的，乐逍遥。"大妈，不对……大姐……股仙大姐！您真的那么准吗？那些对于您叱咤股坛的传言不会是夸大其词吧？"我嘿嘿地笑着试探，不知道这传言是真是假，别就一传说。怎么看这个老眼昏花的大妈也没有股仙范儿啊，要说仙，那酒仙李白是何等的风度翩翩，仙气环绕，再看这位半入土的大妈，就真的别仙了，连人都快不是了，黄土都埋脖子了。老太太一听我话里有话就睁着满是皱纹的眼睛瞪我，然后掏出块手帕擦了擦嘴角流下来的一串哈喇子，唼了唼牙花子说："嘟，你个黄毛小丫头，太不会讲话了。准不准不是我说的算，是别人说的。股仙的名号不是我自封的，也是别人说的。你不懂，不懂啊……看你年轻，我也不和你计较了。"果然有一套！一看她那老佛爷般镇定的样子，我就折服了。

"愿听大仙指教！"我赶紧一抱拳，满脸堆笑地鞠躬弯腰，就差跪到地上去磕头了。"嗯……我问你，来股市多久了？"我不好意思地说："刚进来，初来乍到。""那你知道这股票的跌涨都和什么有关啊？"老太太正说着，一串口水又流了下来。我心说，原来听人家说过，股票的价值和公司的价值有关，和每年的盈利什么的有关系。于是就说，"和公司好坏有关。""错！""啊？"我挠了挠脑袋，等着大仙的下文。"和机构庄家有关……只要他们买了哪支股，哪支股就涨！卖了哪支股，哪支股就跌！懂了吗？我儿子就在机构里工作，消息灵通，所以，我买的股票只涨不跌，我是

股仙，嘿嘿……"老太太一笑，嘴里的假牙扑哧就掉到了地上，没了牙的那张嘴还在笑着，笑得阴森恐怖，哈喇子流了一地。

我忽然想起鲁迅笔下的人吃人的世界来，要是这个世界上，没有牙的人都能吃人，那是多么可怕的事情啊。"大仙！那您能不能给我点个股？我最近真的是太缺钱了！"我咧着嘴用手纸捏着掉在地上的假牙递给了老太太，结果没想到这马屁没拍到屁眼上，不管用，老太太坦然地从我手里接过假牙擦也没擦就直接放到嘴里去了，然后摇了摇头，"天机不可泄漏啊！阿弥陀佛！"我翻了个白眼，真他妈一个铁公鸡，一毛不拔啊！"大仙啊！您可不知道啊！我现在正缺钱呢！我命苦啊！"我胡说乱说了一气，什么3岁死了爹，7岁没了娘，自己摸爬滚打，混到现在没有工作，然后说着、说着自己的眼圈也红了，为了渲染气氛，我又得瑟了一条，"我还有个不争气的哥哥，在外面欠了账，还要我卖身还债，我是走投无路了啊！大仙！救命啊！"没想到眼前这老太太竟然一点悲伤的表情都没有，甚至还坐在那里乐呵呵的，然后一会儿竟然打起呼噜来了。我心说我还扯什么啊，人都睡了，浪费口水。"大仙？大仙？"我摇来摇去，一阵狠命地摇，只要不摇死就行。"大仙，股票！""啊？啊！小姑娘，说得好啊，接着说，接着说。"我心说，我这是给她唱催眠曲来了！我说："您还信佛呢，怎么就没有同情心啊？""不是没有同情心啊，这年月，我听得比你惨十倍的故事那都多了去了……唉，不好使了。""得！"我心里难过，看来我是道行不够啊，学艺不高啊！现在连老太太都骗不了了，我还能骗谁去啊？我干脆就找块石头往脑袋上一碰得了！我心灰意冷转身要走，脚下一滑，正踩在老太太喷的到处都是的口水上，咔嚓，我就像被砍了腿的雕像，倒在了地上。这一下出其不意，老太太吓了一跳，她连说："你这是干嘛啊？小姑娘，无需行此大礼啊！"老太太嘴张得大了点，假牙扑哧又掉了下来，连带着银白色的口水，我差点就吐了。

看来股仙是请不动了，现在人也太自私了，党的政策不是说得挺好的，要共同富裕，可如今政策定得好，就是没有出力的，其实她股仙只要动动嘴，说个绝对赚钱的股票出来，大家往里面一投资，那红票子还不跟雪花似的就飘下来了？这么简单的事情，为什么她就不愿意干呢？我真是越想越想不通，干脆就不想了，又想找什么股神、股圣的来拉我一把，人家股市上的老资格的告诉我，那叱咤风云的一帮子人更不亲近群众，一个个都进证券所 VIP 间，自己享受包间了。唉，看来只能靠自己了，自力更生，自生自灭。后来在股市混得久了，才慢慢知道点头头，一个股市元老解开了我当时初入股市时的谜团，人家要是告诉你哪个股票涨了，要是大家都投资都赚钱了，都发家致富了，她还赚谁的钱啊？原来如此！

一开始玩股票的时候，我缩手缩脚的，不敢把大把的银子扔进去，就买个几百股玩玩，练练手。后来，几次盈利，吃到了甜头，也敢大把、大把把银子往里扔了。杜松对我这个做法特别不赞同，他在电话里说："你这样不行。现在市场不景气，风险太大，快把股票卖了。"我说："卖了？你懂什么？现在正是好时候，坐着都赚钱呢。"杜松赌气说了句"不管你了"，就把电话挂了。我忽然觉得特生气，他从来都是等我挂上电话了才挂，不过是买了几个股票，用得着犯脾气么？我刚进股市的时候，杜松就左挡右挡的，说

什么风险大，说我不适合玩。我就是不听踢着正步就跨进股市了，进去了就开始赚钱，那钱就跟下雨似的往下砸，现在正是利好时节，他居然让我把股票都卖了，他脑袋是不是被门挤了。我总觉得杜松这段时间不对劲，家也不回，有时候电话也不接，感觉好像在躲着我，我想是不是那次亲我的事情抹不开面儿了，还是我说当他妹妹他灰心丧气了。其实我早就想跟他说我喜欢他了，不过我要等文晴愿意祝福我们的时候再告诉他，反正他喜欢我，这就让我踏实了。我想到杜松喜欢我的时候，我会偷偷的乐，跟三岁小孩儿看到糖果蛋糕一样高兴。我还想过，等我玩股票赚够了钱，我就买套正儿八经的西服送给杜松，干脆再买辆车给他，看他天天坐公共汽车怪辛苦的。不过，天往往不随人愿，有些事情，谁也说不清楚，就像玩股票这事儿，当初我不敢买，买几百股玩，结果天天一根红线往上升，把我的心钩得痒痒的。我看着不费吹灰之力赚到手里的钞票，心里那个乐。赚了，慢慢胆子也肥了，把所有积蓄都换成了股票，天天做梦梦见一根鲜红的线垂直往上升，然后我就埋在一堆红票子里手舞足蹈。本来想得挺好，赚一笔我就跑，可是看着线往上升，就是舍不得抛出手，结果股票砸在了自己手里，没几天就跌了个垂直线，没盈利，反倒赔了。

37 乱七八糟的一团麻

"这叫什么事儿啊？一半都赔进去了，还让不让人活啊？"我把桌子拍得啪啪响。坐在对面的文晴特同情地看着我，一边品咖啡一边点头。文晴滋溜、滋溜地喝完咖啡，看我贫得差不多了就说："谁叫你听施璐璐的话的，她的话你也能听。"我说："可我开始倒是赚了的啊。"文晴撇了撇嘴说："可惜，你进的时候不行，还没乐几天就正好赶上了坏时候。不过话说回来，谁能像你似的，不干别的只玩股票，你以为玩股票真能玩出个富翁啊？要我说，还是该找个稳定工作，正经挣钱。"我特神奇地看着文晴，真不能相信这串话是从一个全职家庭主妇嘴里说出来的。文晴摇头晃脑大谈理论，最后说的话倒实实在在触及到了我的神经乃至浑身的每个细胞。她说："我说你找个工作怎么这么费劲儿啊。看看人家施璐璐。看看人家，都没找，工作自动送上门了。现在她可不得了了，人家现在那是模特了。"我掏了掏耳朵说："你刚才说什么？"文晴轻笑着摊了摊手说："你没听错，施璐璐，就是酒吧老板娘的女儿，她现在是模特了！前几天他们酒吧来了个拍摄组，要拍他们那个破酒吧的一角。她就帮着跑龙套。你猜怎么着，他被人家看上了，去

当模特了，还上杂志封面了呢！"

我当时差点没把自己淹死在咖啡里，就施璐璐？就她？就她那长相，那身材，那打扮。"真的假的啊？就她那个样子也能上镜头？"文晴不屑地说："对了。人家说了，就是看上她那干瘪没肉的身子，枯黄擦多少粉都不管用的脸了，就是要这艺术效果。不懂了吧？"我拼命地摇头，"不懂。"望着咖啡厅外面，忽然觉得这个世界真的太可笑了。我想如果有一天天上掉下个馅饼砸在我的头上，我估计会被砸死而没有福气享用。我想，有的时候人的运气真是个不能解开的谜题，有些人就是有运气，从出生开始就含着金啊玉啊的，出生之后又是大富大贵一路平坦大道走过来，最后不愁吃不愁穿踢着正步向着光辉岁月走过去。而有些人，就像我，就从来没这运气，从小家里就闹离婚，好不容易爸爸在美国发达了寄来生活费了，没多久还病逝了。苦读了半天大学，毕业了投了几百份简历还是连工作也找不到。我忽然觉得自己真的应该认命，干脆剃了头发当尼姑算了。

股票赔了以后，我倒是诚心躲着杜松了，真怕他问我股市的事情，怕他说我不听他的话赔钱了吧。结果怕什么来什么，杜松打过来电话没说几句就扯到股票上了，他说："股票赔了吧？"我当时一愣，心说他怎么什么都知道，人啊还是神啊。我嘴硬地说："没有。我是谁啊？苏喜芸啊，我买的股票能赔么？那都是股圣、股仙买的股票，上哪赔去啊？"杜松说："新闻都说大盘缩水了。你买的股票没受到冲击？"我挺了挺腰板，"没有！你别瞎操心。哈哈哈。"杜松听了就没再说什么。我本来特想问问他最近为什么都不回家了，然后抱怨我都没有人欺负了，都没有人陪我吃饭看恐怖片了，周末也没有人陪我出去玩了。

　　我特想问他，你至于忙成这样么，天天都见不到人，只能靠手机联络感情了？我特想说，我特想你，思念你，想见你，特想抱抱你。可是直到杜松说"再见"的时候，我都没有说出口。我没办法说，换谁也说不出口。当初人家问你要不要当女朋友，你非要跟人家扯亲戚关系认哥哥，你说你又不是女朋友，操那么多的心算怎么回事啊。我每天跑到股市去盯着大屏幕，带着面包水壶，整天两只眼睛不看别的，就看股票，整个人都木讷了。文晴后来见着我就说："你最近这是想当模特开始学施璐璐了啊？怎么人都比黄花瘦了。我看你再过段时间还真能跟她有一拼。"我差点没躺倒在马路牙子上，我再怎么糟践自己，也不能学施璐璐啊。她那干瘪得跟枯木似的，感觉风一吹就摧枯拉朽了。我还想多活几年呢。

　　话虽那么说，可看到一本本杂志上都是施璐璐搔首弄姿的恶心样子，心中还是愤愤不平的，甚至拿出笔在买回来的封皮上乱涂鸦。涂完又觉得自己幼稚可笑，真小孩儿。后来我干脆天天跑到大街上闲逛，指望着星探能看上我把我挖走，结果证明，这样的几率简直低得像瞎猫碰上死耗子，我估计是没多大戏碰上了。不过正当我对命运对工作对生活不抱指望的时候，仿佛幸运一下子就光顾我了，让我措手不及。我居然接到了可口可乐公司的面试通知电话。我当时不敢相信地又问了一遍，"请问……您说的是哪个公司？"对方的女声很温柔，"可口可乐公司。"我听得浑身麻嗖嗖的。又问，"是那个，咱们老喝的，那个美国的，那个可口可乐？"对方肯定地

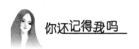

回答，"是！"挂上电话的时候，我相信了那句话，天上是会掉下馅饼的。

给文晴打电话的时候，她刚在医院做完B超。她特兴奋地对我说："我就要当妈了！"我比她叫得还兴奋，"我接到可口可乐公司的面试了！我牛吧？"文晴显然不信，特大声地问，"什么？"我说，"别叫了，跟驴似的。我接到可口可乐公司的通知了！我下午就去面试。哈哈。我们这叫双喜临门吧？"电话那边叽咕、叽咕地响了一阵，然后是文晴更大声地问，"你说什么啊？"我说："成了。咱终于千里马遇到伯乐了，可口可乐公司就要把我这条大鱼给钓走了。我挂了啊，孩儿他妈。"文晴立马嗷嗷上了，"你别傻了！可口可乐是什么公司。不可能！你这是想工作想疯了。"我说："屁！你才疯了！"她说："你是当事者迷，我是旁观者清。不可能是可口可乐公司。姐们，弄清楚了再去啊。不陪你了，我这儿有大事儿！"我嚷嚷，"去吧。我就知道你狗嘴吐不出象牙。"挂了电话我又想给杜松打。

没想到，我还没拨电话，杜松的电话就打过来了。我心里乐呵呵地想，这不错啊。心灵感应啊。杜松的声音有点沙哑，好像感冒了。他慢悠悠地说："喜芸，我有话要告诉你。"还没等杜松说完，我早已忍不住内心的狂喜了，跟机关枪似的说："你先听我说。我今天接到面试通知了，一会儿就去面试。你知道是哪儿吗？你肯定猜不出来。我都不相信。真的，当时我听到公司的名字的时候吓了一大跳。我噻。那可是一特牛的公司。你猜得出来吗？世界500强靠前的公司。猜不出来吧？别猜了，你猜不出来。

我告诉你吧，可口可乐公司！你能相信吗？你相信吗？我真觉得不可思议。那是多么历史悠久，多少人盼着想着两眼望穿秋水的公司啊。别说面试了，就是能收了你的简历那也是个不得了的事情。我居然被通知去面试。我，我苏喜芸，居然被通知去面试！"我特激动地慷慨陈词。我说完了等杜松祝贺我，没有，什么也没有，电话的那头沉默得像个坟墓。

我憋不住问，"喂？杜松？你有没有在听啊？喂？"杜松"嗯"了一声，他并没有祝贺我，也没有像我一样高兴，而是不冷不热地问，"你确定是可口可乐公司的面试吗？你什么时候投的简历？招聘会的时候？"我不耐烦地说："有可能是招聘会上，那时候人太多了，我根本不知道自己投了哪几个地儿。哎呀。管那么多干什么。重点是，可口可乐公司通知我面试。是可口可乐公司！"杜松声音闷得好像在敲鼓，"嗯，问题是，现在有好多骗子公司，打着大公司的名号招摇撞骗。你最好弄清楚，我怕你上当。"我听了特生气，明显他是不信任我啊。可口可乐公司通知我面试就是骗子公司骗我呢，凭什么啊，我就没这本事让可口可乐公司通知我面试？我心里的火一下就上来了。我说："反正你不信，我也没打算让你信。但是，你也不用给我浇冷水吧？你就不能鼓励鼓励我？算了，算了。我要走了。不说了。"杜松忽然叫了声："等等。"我以为他要说一些抱歉的话再鼓励鼓励我。没想到他沉默了良久才："我要回美国了。今天晚上的飞机。"

38 不是拐卖是传销

挂上电话的时候，我觉得自己麻木了，刚才的兴奋窃喜都云消雾散，我就像刚跑完 1000 米的长跑又加了个 50 米冲刺，浑身都没了力气。出门的时候，我强迫自己忘记杜松要走的事实，我告诉自己，如果这次面试成功了，我就去告诉他，我喜欢他，我不想让他走。我就要告诉他我真真实实的感受，求他不要离开，只要面试成功了，我就能挽留他。晚上的飞机，绝对来得及对他表白。我想到这里的时候，心里忽然又踏实了，像腾空的身体终于落了地。我想杜松之所以要走，是因为我没有给他回答，没有答应做他的女朋友，对这里，他没有什么好留恋的，所以他可以一走了之。但是如果我告诉他我喜欢他，我愿意和他交往，我愿意嫁给他，他一定不会走了吧。想着，我忽然觉得阴霾的天空云渐渐散去，几丝阳光射下来。我打了辆出租车，把从网上下载下来的地图递给司机，直奔要去的地方。这次面试太重要了，只许成功不许失败。我在车上又是攥拳头，又是傻笑，又是自言自语，"加油！加油！"司机师傅估计被我弄毛了，一脚油门把车开得飞快。

出租车拐来拐去，拐进了一个胡同，在一座破楼前面停了下来，司机告诉我到地儿了，然后迫不及待地让我下了车。我下了车，看着眼前的建筑物心里有点打鼓，可口可乐这么大个公司，怎么在这种破楼里面试？后来一琢磨，估计这里是临时站点，我忽然觉得自己可笑，都怪杜松电话里说的那些话，我都被他弄的神经兮兮的，光天化日之下，还能出的了事？进到楼里，接待我的是个汉子，挺朴实的，冲我乐了乐。我说是来可口可乐公司面试的，他点点头也不说话，就把我带到了一个房间前面，用手指里面，示意我里面就是面试的地方。我心说，这楼真是有点诡异，接待人怎么是个哑巴？顾不了许多，我压抑着心里的兴奋和紧张，敲开了面试的房间，里面迎出来的是个刀疤脸。我心里动了一下，总觉得眼前的刀疤脸怎么看都不像是面试官，倒像是电影里打家劫舍的大哥大。还没等我做出反应，门被后面进来的那个哑巴汉子给死死地关上了，后路没了。

　　"就来了她一个。"那个哑巴汉子居然说话了！"嗯。妈的，现在弄人也不好弄了！"刀疤脸说。我一看那架势就知道自己上了贼船了，不是被拐卖到红灯区当妓女吧？现在是叫天天不应，叫地地不语啊！看着两个大男人张牙舞爪地冲我奔过来，我就腿软了，险些没跪到地上去。"大哥！大哥啊！我不是干这行的！真的！我有病！我有艾滋病！有，有梅毒！还有……""行了！行了！"其中一个刀疤脸不耐烦地说着，然后扔给我一个小册子。掉到我脚底下，我没敢拣，估计是什么黄色刊物，我心里那个抖啊，抖得我都快吐血毙命了。"谁管你得了啥病？干咱这行得啥病都没关系！"那个看似老实的汉子，没想到说起话来那叫一个没人性。再怎么说也得有点职业道德不是？我当时差点没厥过去，看眼前这俩大老粗，估计连艾滋病都没听说过。我干咳了一声，耐心地说："大哥，大哥哥？我真有病，您不信带我去医院检查、检查啊，艾滋病，您知道吗？那病可不得了了，是要死人的！""娘的，你个小丫头还考起老子来了。俺们村几十个都是这个病，俺还能不知道？"汉子嘟着嘴说。"啊？真的假的？怎么都得这病啊？您不会说笑吧？"我鼓着眼睛转移话题，那汉子还真上套，马上跟了一句，"都娘的卖血卖的！"我还在那里高兴把话题转移了，没想到那刀疤脸不吃这一套，又把话题转移了回来，"行了，行了，赶紧的来正题！"刀疤脸不客气地说，然后冲我脚底下一努嘴，"把册子拣起来！"我心里正琢磨着是咬舌自尽还是直接撞墙，宁为玉碎不为瓦全，想来想去我还是下不了狠心，我心说，还是好死不如赖活着，走一步算一步吧……我心里难受，唉，你说我这是不是傻啊，真是白长了个脑袋啊，就是用脑干想想，也知道可口可乐公司怎么能找到我啊，这天上掉馅饼能砸到我脑袋上的几率根本就是零啊。我当时真是鬼迷心窍，让高兴冲昏了头脑！现在说什么也不顶用了，悔之晚矣！我忽然想起了杜松，想起他说要我小心，说不要被骗了，我骂他不信任我……我真是个大傻冒！我正难过，刀疤脸吼了起来，"快点把册子拣起来！"我哆哆嗦嗦地弯下身，把册子拣了起来。"看看我们的公司简介和产品！"刀疤脸命令着。我心说，别逗我了，还有公司？不就是淫窝吗？产品？那不是一个个可怜的姑娘们。说得那么好听有个屁用啊，不还是变汤不变本，驴粪蛋外面光？一想到自己要变成产品，心里就不舒服，我可没有那好身条，也没有大胸大屁股的，在这个行业里混，估计也打不出什么品牌，没有出头之日了！我心里酸溜溜的，打开册子，一看，我神经质地干咳了几声，心到放下来了，只是顶了一脸的问号看那两个汉子。"大哥……大哥哥……你们这是干什么的啊？卖化妆品的？"我看着册子上一个个五颜六色的化妆品，皱着眉头咽口水。"你仔细看！有说明！"刀疤脸用手指着册子上的一堆小字不客气地说。我点了点头，认真仔细地读了起来，当年高考，考阅读的时候，我都没有这么仔细地读过文章。读完，我抬起头，一脸疑惑地说："你们搞传销的啊！""好像有人是这么叫的，反正就是发展下家。"刀疤脸含糊其辞地说。"传销……那，那可是犯法的。"我哆嗦着说。"娘的！啥法？卖东西咋就犯法了呢？"在一旁一直没说话的大汉接了一句。"行了、行了！什么法不法的，你也别乱扯。我就给你个明白话吧，反正你干也得干，不干也得干！"刀疤脸恶狠狠地说，"明白了吗？"我使劲点头，"明白，明白！"其实我心里倒是喘了口气上来，传销总比当妓女强吧，刚才真是吓死我了，七魂六魄得被他们吓掉了一半走。

　　我擦了擦额头渗出的汗水，唉，现在连拐骗人都变花样了，用招聘的方式拐人真是个好办法，现在那待业的人马可庞大了，想找工作的人前仆后继数都数不完，怎么也能网着几个像我这样期待天上飞馅饼的不现实的傻子。我真生自己的气，也不掂掂自己几斤几两，还找工作呢，就我，要是别人把我卖了估计我还吧嗒、吧嗒地给人数钱呢。我心里生气归生气，转念又盘算着怎么逃出这个狼窝。刀疤脸估计看出了我心里有小九九，一撇嘴伸手对我说："你别瞎打主意了，一会儿就有卡车来接你，想跑，没门。手机拿来！"我

心往下沉，唉……果然是惯犯，想得周密啊！连手机都不放过！得，想给外面通风报信是不可能了，这回算是栽了。我忽然大叫，"大哥！我命苦啊！其实……"我还没往下说，就被那个大汉给噎回去了，"娘的！小丫头别演戏啊，不顶用！你前面都命苦了7个了，第一、二个俺们还觉得可怜，放了回去，你是第八个了，没用了。认命吧！"我差点当场气绝，我心说现在人是怎么了，演戏你就演吧，别把戏都给演绝了，演得天下无双了，那后面的人怎么演啊？这也太有挑战性，难度系数太高了吧，也得为后面的人想想，给后面的姐妹点活路不是？忽然想起小品里的那句话，这个世界太疯狂了！

我被关在了小黑屋里，心里难过。我第一个想到的就是杜松，想起他说怕我受骗，让我问清楚。可是我就是不听，死拧、死拧的。又想到文晴说我当事者迷，说她旁观者清，心里就不是滋味，跟吃了黄连似的苦。唉，俗话说，听人劝吃饱饭，我怎么就这么糊涂，可口可乐是什么公司啊，人家那么牛，怎么能找上我啊？清华北大还一堆堆牛人往里扑呢，前仆后继的，我算哪根葱啊，根本就是癞蛤蟆想吃天鹅肉。我越想越难过，愣是掉了几滴眼泪，又想到我要是被大卡车拉走了，股票没人管了，再把我老本都给跌进去，那我真的没活路了，出门找棵歪脖树，挂根绳上去再把脑袋往里一套，就完事了。

也不知道待了多久，我坐在冰冷的地上一个劲儿地委屈，觉得自己真是命运不济、命途多舛。从小就没遇到过什么好事儿，从我记事起，爸妈就开始不断地吵架，最后闹翻了脸离了婚。后妈对我冷嘲热讽的，我一直退让忍耐，最后还是被我爸抛弃了。高中就开始了自力更生孤单的生活，靠着我妈给的一点生活费勉强支撑着，好不容易读完了大学，以为自己可以找工作养活自己奔向小康生活了，没想到却找不到工作。我真恨不能把自己明码标价卖出去！我又想起来找工作以来的磕磕绊绊，一路的艰辛，心里很不是滋味。本以为自己接到了可口可乐公司的面试机会，是否极泰来，时来运转，要过上好日子了，怀着兴奋、激动的心情过来一看，没想到却是个骗局。真他妈够狠！连点预兆都不给，骗你没商量！想着，我就骂咧咧地站起身来，在一片黑暗里使劲地骂，使劲地喊，好像要把一肚子的怨气全部散干净。闹累了，我坐回到地上，闭目养神。本来什么也不想，脑袋空空如也，过了一阵，记忆却层出不穷地涌了出来，翻箱倒柜。

　　我想起小的时候，我爸妈带着我去公园玩，我不愿意走路，一定要我爸背我。我爸就把我放在肩膀上。我两只小手抱着他的脑袋，小腿挂在他的肩膀上，笑得特欢。我妈在一边也是眉开眼笑，眼睛亮亮的，特别好看。妈妈曾经对我说，我的眼睛特像她，又大又黑又亮，很漂亮。我就跑去问爸爸，我和妈妈谁的眼睛最漂亮。爸爸狡猾地说："你们的眼睛长得一样所以一样漂亮。"我又想起初中那会儿，和文晴一大帮子朋友整天一起捧着漫画看，沉浸在虚幻世界无法自拔。我们曾经用纸做了好多漫画里人物的武器和头饰，拿在手里，戴在头上，扮卡通角色玩。后来，文晴不知道从哪里学会的一套江湖理念，非要大家一起结金兰，不过没有成功，因为大家针对要不要喝血酒这个问题僵持不下，最后只好作罢。想一想，那

个时候，虽然爸爸、妈妈离婚了，跟文晴一起叱咤江湖，还是幸福而快乐的。

爸爸去世以后，我想我的心已经彻底封闭了，我把自己关在带刺的外套里面，我怕，我怕我付出爱然后他们一个个再离我而去，像缥缈游走不定的烟雾，我觉得它在我的手里，可是却又从我指间缝隙飘走了。妈妈有了自己的家，爸爸有了自己的家，我的家又在哪里呢。我想着，心里隐隐作痛，那个时候，我真的紧闭自己的感情，不想让任何人碰触到我那颗早已千疮百孔的心。恍惚间，我看到杜松的笑脸，那一刻，我不知道是不是一见钟情，早已冰冷的心居然感到春风盎然，眼前一片阳光灿烂。我扑哧笑了，我想起杜松穿着短裤背心过来给我修水龙头，想起逼着他跟我看恐怖片他一脸不满的样子，想起我拽着他去游乐园玩过山车，去 KTV，我躺在他肚皮上听他唱歌。我忽然有种错觉，好像听见杜松唱的歌……可是……他晚上就要飞回美国了。本来我想这次面试成功以后我就要向他坦白一切，坦白我对他的感情，这次面试只要成功了，我就有足够的勇气，我就有理由去坦白了。可是，我现在改变主意了，我想即使这次面试不成功，我也会告诉他我的感受，告诉他我喜欢他，告诉他不要走。可是，没有想到，我再也没有机会说出这句话了。我想着、想着，眼泪一下子就掉下来了。今天，是最后的机会了，我们以后再也见不到了，再也见不到了么？

39 冬天来了春天还会远吗

　　回忆不绝如缕，我坐在地上，眼睛发干发涩。不知道过了多长时间，外面是天黑了，还是天黑了又亮了，我一点都不知道。门被打开的时候，我知道自己要被扔上卡车了，心口仿佛堵了块沉重的石头。外面突然跑进来的阳光刺得我眼睛生疼，眼泪就哗哗地从我的眼眶里流了出来。当我看清楚冲我跑过来的人时，我就真的哭了。杜松站在我面前看着我，他苍白的脸上渗出了汗水，眉头紧锁成了疙瘩，像系了一个死结。他望着我，忽然一把抱住我，声音哽咽地说："你没事吧？"我点了点头又摇了摇头，呆呆地说："你没走啊？"杜松拼命地摇头。我忽然生气了，我捶打着他嚷嚷，"这下你满意了？你说得对！我没有那个命，我哪有可能哪有资格接受可口可乐的面试啊。我是什么玩意啊？你走啊！你怎么没走啊？你走啊！你来干什么啊？"任凭我怎么捶打杜松，他就是不放手，把我抱得更紧了，然后一使劲，愣是把我抱了起来，抱着我，走出了那间充斥着我的回忆的小黑屋。我也紧紧地抱着他，眼泪哗啦、哗啦地往下掉。

　　我又说谎了，我真恨自己，为什么总是不能将心里的话说出来，

总要说一些让人难受让人不舒服的话呢？我其实要说的是，杜松，你说得对，都怪我没有听你的劝告才落得这种下场。你别走了，好么？我不想你走。我刚才好怕啊，好怕见不到你了。你来了真的太好了。我不许你再离开了，别再离开了。还有，我喜欢你。我趴在杜松的怀里睡着了，等我醒来的时候看到文晴哭肿的眼睛还有白色的四壁、白色的天花板，闻到医院那股特有的消毒水味儿，我琢磨八成我在医院的小房间里躺着呢。文晴见我醒了立马脸上就灿烂了，她伸手拍了拍我的脸刚想说话，被我抢先堵住了，我说："我没事，我知道你是文晴，我没失忆也没傻。你赶紧告诉我杜松呢？"文晴没好气地说："好啊。人家那么担心你，你心里就一个杜松啊？"我说："赶紧的，他人呢？"文晴撇了撇嘴一脸难过地说："他回美国了……""什么？你说什么？回美国了？不可能！"我噌地就从床上蹦到了地上，鞋都没顾得上穿，光着俩脚丫子啪嗒、啪嗒就跑出了病房。

我还没想好往哪个方向跑，就看到杜松靠在旁边的墙上，若有所思地望着对面的一张医疗图。我觉得头晕了一下，腿直转筋。我站在他的面前的时候，眼泪不争气地往下掉。我说："我以为你回美国了。"他点了点头，"本来是想回去。"我说："那你怎么还在这儿？"他轻笑了一下，过来抱住我说："喜芸，你说你对我施了什么法术，让我拿起了就放不下呢？我担心你，牵挂你，想念你，我放不下你，所以我没有走。我想再照顾你一段时间，等你好了再走。"我说："不要走！"我紧紧地抱住他，然后猛地抬头望着杜松那双困惑的眼眸，"一个星期！你给我一个星期的时间！"说完，我从他的怀抱里挣脱出来跑回了病房。病房里，文晴正望着窗外。我啪嗒、啪嗒跑回床上，倒在床上说："你真不够意思，这时候也骗我。"文晴似笑非笑地说："你才是个大骗子呢。"医院窗外有一颗巨大的树，树枝上隐约泛出了绿色，我想是不是春天已经快到了？

为庆祝我成功逃出虎口，文晴举办了盛世空前的大聚会，把我认识的，我不认识她认识的一大帮子人全部叫了过来，过狂欢节。聚会上，我红光满面地大放厥词，甚至细致地描述我是怎么智斗歹徒，怎么和他们周旋直到警察来解救我，最后我说着、说着越来越不着边际，就朝着《金银岛》的故事情节发展下去了，什么不但获得了最终胜利还抢到了金银珠宝云云。听得那些人一个个目瞪口呆，嘴巴全部张成 O 型。我知足地找我的结束语："我苏喜芸是什么人啊？老江湖了！嘿嘿！我哪能被那些人给骗了啊，我就是去做卧底的！"其实事实当然跟我说的不一样，事实是杜松不放心我，他赶过来的时候正好看到我打车走，他也打了辆出租跟着我的车去了招聘地点。他在外面等了半天见我不出来，给我打手机关机，他就偷偷地从后门溜了进去才知道出事了，就赶紧报了警。警察叔叔们通过武力最后解决了问题。

文晴知道真相，所以看我的时候满眼写着同情，还总说一句，"没事，坚强点，大难不死，必有后福！"看她那样子，我就想哭，好像我被怎么了似的。闹得差不多了，我把文晴拉到角落里。我哼唧、哼唧了半天惹得文晴直咂嘴，"什么事啊，你什么时候变这么婆妈了？"我说："我是怕你挺不住。"文晴嘿嘿一笑，"什么

事儿我挺不住啊？哈哈，天塌了不是还有你给顶着呢吗。没事儿，我坚强着呢，你说吧！"我干咳了一声，"我决定和杜松交往了。"文晴愣了一下，然后摸了摸肚子笑了，"嗯。其实你们早就开始交往了吧？"我赶紧举手发誓，"绝对没有。"文晴笑得特别欢实，她说："你真迟钝得让我没话说，你们两个形影不离的当我不知道啊？你以为就是说出来'我们交往吧'那才算交往啊？根本不是，你们早就开始了，只是你没发现而已。哈哈，算了，反正祝福你们。"这时的文晴肚子已经弯出了一道美丽的弧线，她让我把手放在她的肚子上，然后咯咯地笑着说："感觉到没有。我儿子踢我呢。等以后，你就当他干妈啊，杜松当他干爸。好吃好喝好穿的可都想着点你干儿子。"我听了就哈哈地笑着说："这干儿子果然不是那么好认的啊。"文晴眼里融化出一团温柔，她轻轻地拍了拍肚子像在拍小孩子的后背一样。她说："我现在真的什么都不在乎了。只在乎他了。"

我们早开始交往了？我脑袋有点乱，恍惚地走在街上。文晴本来说让她老公开车送我被我拒绝了，我说："我想走走，让我这个还能自由运动的人代替你轧轧马路吧。"文晴听了特感动，为了表示感激愣是抄起她脚上那双价格不菲的鞋子中的一只把我砸了出去。我边走边想，想起这段时间和杜松一起的日子，快乐、温暖、阳光而幸福。也许文晴说的没错，是吧？我们早就开始交往了，也许从杜松替我挡酒的那刻起，亦或者在我和他一起的生活岁月里。我忽儿感到和他在一起的点滴让我特别怀念，是那么幸福那么让我留恋。

我笑着抬起头望着蓝天白云，瓦蓝瓦蓝的天空隐约印着杜松的笑容，我闭上眼睛呼吸，满满的阳光的味道。其实我觉得经历了这么多事情以后我开始有点不正常，所以当我发现我站在杜松的房间门口发愣的时候，我怀疑自己是中邪了。"你在干什么？"杜松从楼梯下面走上来，特奇怪地看我。"我，我……"我心说，得，不是中邪是中风，这会儿舌头都捋不直了。杜松看我一脸窘样儿就笑了，他过来掏钥匙把门打开做了个请进的姿势。我扭怩了几下，像下了很大决心似的攥紧了拳头，我抬头望着杜松的眼睛说："你当我男朋友吧？"我说得特快，跟谁拿着枪逼我必须在1秒以内说完似的，说完偷看他的反应。杜松的表情还真不知道怎么形容，有点发傻。冷场了半分钟，他终于说话了，"你刚才说什么？"我听了差点没摔出去，刚才白紧张了，闹了半天人家都没听清楚是什么。我稳了稳狂跳的心小声说："当我的男朋友好吗？"

杜松扔掉了手里的包过来一把抱住了我，抱得特紧，我怀疑他真把我当枕头了。我坐在沙发上特尴尬，我眨了眨眼对坐在地上看了我足有几个钟头的杜松说，"你不腻啊？"杜松摇头。我干咳了一声说："我都腻了。"杜松哼哼地笑着说："我也奇怪，看你怎么看不腻呢？"我大言不惭地说："我美吧？"他点头，"美！""我哪美啊？""眼睛美！""我就眼睛美啊？""鼻子也美，嘴巴也美！"我扑哧笑了，我说："你什么时候变得这么油嘴滑舌了？"杜松灿烂地笑了，然后深情地看着我认真地说："我说的都是真的，你哪都美。"我站起来，走过去，然后是长时间的魂牵梦绕浪漫醉人的Kiss，我当时差点以为自己要窒息而亡了。我发现这个世界太美妙了，不用控制自己的感情，真诚坦白地面对自己的心太美妙了。

40 你是我生命全部的重量

按文晴的说法就是，我和杜松在以宇宙速度发展，宇宙速度是个什么速度，我就从来没弄明白过，就知道是很快、很快、超级快的那种速度。她甚至非常肯定地说我们俩上辈子就是一对，这辈子是续前缘呢。还编了个故事，说什么之前我们俩偷偷恋爱结果家里不允许，千方百计把我们给拆散了，我们俩对爱情坚贞不屈，一起殉情了，最后变了两只蝴蝶，说完文晴饶有兴趣地唱起了"两只蝴蝶"。我说："这故事怎么听怎么像梁祝里的情节，得，敢情我们上辈子都变蝴蝶了。这么说，你估计就是我身边那个丫鬟，叫啥来着。"文晴呸了一声说："我说错了，你上辈子估计是头猪，杜松把你当菜了，这辈子给你当牛做马给你赔不是来了。"我听了差点拿拳头搋她，没想到她一挺肚子，我拳头就软了。

现在文晴是重点保护对象，怎么着也是两条命呢，不是闹着玩的。说上辈子的事儿的时候，文晴说了句，"你说公平上辈子是什么？"我愣了一下，这个名字我觉得仿佛有很久没有听到和提起了，如今听到好像隔世一样。我眨了眨眼睛，没接文晴的话茬，我说："公平他最近怎么样了？上次见过他以后就联系不到了。后来打电话，竟然是空号。最近我忙得都忘了，他怎么着了？"文晴瞪我说："这就是见色忘义啊。"她刚说完，我冲着她的脸就呸了过去。文晴抹了抹脸骂道："真够恶心的。"然后说，"我也不知道他怎么样了。前不久他来过一个电话问问咱们好不好。然后问我你和杜松的事儿来着，我跟他说你们好得跟两块儿牛皮糖一样，整天粘在一起。他当时特替你们高兴，说什么上次总算没白费力气，把你们给捣鼓到一起了。"我哼哼了几声颇为不满地说，要不是你们俩那会儿捣乱，说不定我们都有孩子了。文晴大掌一挥就拍我脑袋上了，"我觉得你特傻。真特傻。"我被文晴这么一句不知道哪来的话砸得晕头转向，还没弄明白怎么回事呢，她又莫名其妙地说了句话，"公平上辈子估计是颗倒霉的草儿。"

　　杜松向我求婚的时候我倒没有觉得有什么突兀，不像文晴听了大呼小叫的样子。我当时还特镇定地问了句："怎么才说啊？"杜松拉扯着我的脸说："我不要听这句。"我瞪了他一眼说："那你要听什么？"我刚想再挖苦、挖苦杜松，服务生走过来把甜品放在我们的面前。我看到有甜食了，也就舍不得再贫嘴，拿起来就往嘴里塞，咬了一下吃出了异样。好家伙，这一口差点把我牙给搁崩了。我咧着嘴叫起来，拿着从嘴里掏出来的戒指瞪着杜松，"你也不提醒提醒我？"杜松笑得直捂嘴巴，还强词夺理地说："你不用这么着急吧？我连提醒你的时间都没有。看你这么爱吃东西，我真担心娶了你以后你就变小猪了。因为我的使命就是带着你吃遍天下所有美食，把你吃得白白胖胖的。"我心说，我也在电视上看过这镜头，怎么人家那么浪漫，到咱这儿就彻底变味儿了。我还没来得及多想，杜松把戒指拿到手里忽然就单腿跪到地上去了，"Will you marry me？"我的天，我心脏差点就爆炸了。这可是豪华空中旋转餐厅，吃饭的人都人模人样的，一个个中规中矩，个个身上都围绕着压迫人的气息。这场景怎么能有人做出这种动作啊，我忽然觉得有个特大的聚光灯把光照到我的身上，所有的人都屏住呼吸等着我的回答。我深吸了一口气说："Yes，I do。"瞬间周围爆发出热烈的掌声，我感觉自己好像在演戏，演出结束观众们鼓掌向我祝贺。杜松站起来把戒指戴在我的手上，然后坐下来，长长地松了口气，周围恢复了安静。我奇怪，刚才的一切是真实的还是虚幻的？我摸了摸手指上的戒指，忽然觉得真实。杜松笑着说："我还真怕你会拒绝我呢。"我哑吧、哑吧嘴巴说："你刚才说的那句英文是什么意思啊？没听懂。"杜松听了眼睛瞪得比铜铃还大，"你不知道？你不知道怎么回答Yes，I do？"我特自豪地甩了甩头说："你忒小看我了吧，我听过这首歌。那个词不就是，Will you marry me？Yes I do么？"看着杜松越来越灰的脸，我哈哈地大笑起来，"我骗你呢！我愿意！笨蛋！"

　　和杜松在一起的日子过得美好而欢畅，我甚至觉得老天对我还是很好的，我的命也还不错。本来想就这么一直美好下去，没想到杜松猴急地要和我结婚，他每次都拿文晴说事儿，看看人家都要有宝宝了。我以后想要个女孩，跟你长一样就行。我撇撇嘴巴，"我还想要个跟你长一样帅的儿子呢。"杜松见我上钩就会马上把话题转到结婚是件幸福的事情上去，最后被他灌输的，也就有了结婚的想法，所以他向我求婚的时候，我想都没想就答应了。不过答应以后又有点小后悔，我跟文晴发牢骚，"你说我，我怎么就这么一软就答应了？我的青葱岁月啊，就要这么没了？我就要从女孩变成人妇了？"文晴嘎嘎地笑跟鸭子似的，她说："还女孩呢？你再不嫁出去，就成剩女了，还当自己年轻啊，奔三的人了。"我摇头叹气，"人家都说，结婚是爱情的坟墓，我怕啊。"文晴拿出革命老前辈教训小辈的口气说："结婚生活是需要经营的，你们俩没问题，我看好啊，绝对绩优股。"我马上灰了脸，别跟我说股票。听了这俩字儿就闹心！

　　现在的股票市场动荡得好像在大海里颠簸的小船，忽上忽下，上蹿下跳的，我干脆也不管那些股票了，任由在股市里闹腾，我现在有更重要的事情要费脑细胞，那就是结婚。结婚说说好像挺简单的，其实特麻烦，我们俩又没有结婚的经验，整个云里雾里不知道从哪里下手，该做什么，从什么事开始做，完全摸不着门道。还是文晴经验丰富，说了句让我们折服的话，"怎么着你们俩也该先见见双方父母吧？又不是干地下工作的，还偷偷摸摸不声不响地结了？"我们俩一听都觉得有道理，对望了一眼却又都沉默了。说实话，我倒真不想让杜松见我妈，我从来没有告诉杜松我们家的事情，他也从来没有问过，他父母的事情，我也摸不清楚，只知道都在美国，他还有个妹妹。晚上我们坐在楼顶平台上望天。沉默了好久，杜松忽然闷闷地说："我们去美国吧？"我恍惚了一下，"什么？"杜松定定地望着我，"跟我去美国吧？"我摇了摇头，"得了吧，就我那快归零的英语水平，还美国？我跟人家怎么交流？总不能天天画画吧？"杜松哈哈地笑了，他说："我教你英语啊！你聪明，一学就会。"我赶紧摇头，"我可傻了。别，我最烦英语，我这辈子就不是当叛徒的料。"我想了想又说，"明天你跟我去见见我妈吧？我有个妈改嫁了，我爸已经不在了。我觉得文晴说得对，父母还是要见的。"我停顿了一下继续说，"原来我没跟你说过我们家的事，是说不清楚，特乱。本来我想反正那些都跟咱们没有关系，都是父母的事情。咱们两个谁也别问谁，谁也别知道对方家里的事儿，这样公平。不过现在我改变主意了，我想告诉你，告诉你我们家发生过什么，我原来的事情，我童年怎么过的，我的委屈，都想告诉你。"我想那一夜对我和杜松来说都很长，他耐心地听我说一些陈芝麻烂谷子的事情。我的声音很低沉，靠在他的肩膀上，进入半梦半醒的状态，说出来的事情真好像在讲故事。等我说完的时候，我都没有听见杜松说话，我以为他睡着了。我用手戳了戳他的下巴。杜松问，"干吗？"我扑哧笑了，"你还活着啊？"杜松伏下身吻了吻我说："我心里难受，觉得你活得又辛苦又坚强。以后我要把你抱在怀里，帮你遮风挡雨，让你成为这个世界上最幸福的女人。"我笑了，从心底笑了，我发现杜松的眼睛亮晶晶的，像天上的星星。我想，就算那一刻死了，都是美好的。

41 **我就是个大傻**

本来说好要去见我妈，杜松临时又改变了主意，说要有一天准备时间，隔天又说工作太忙没有时间，过了几天干脆说要从长计议，一拖就拖了好久。幸福来得太快让人会产生不安，越幸福我越觉得害怕，怕一切都是幻影。这会儿，我倒是急着要结婚了，生怕杜松反悔，就催着他去见我妈。每次他找理由搪塞我不去的时候，我都会故作生气地问他是不是反悔了。"你是不是不想结婚了？那你赶紧地说。"杜松估计是被我问烦了，每次都拿吻回答我，我发现他的吻有一种神奇的力量，我一下子就被制服了。

这件事拖了好久，后来总算被我逮到一个机会，我把他骗出去，直接拉到妈妈住的四合院。我们还没敲门，门自己开了，两个人说说笑笑地走了出来。我定睛一看，心情马上低落了几层，出来的是我那个弟弟和一个女孩。我把目光停到女孩的身上的时候，我吃惊地张大了嘴巴，都快忘了呼吸了。没错，那个女孩是，Ann？不是吧？只是长得像 Ann？我不能肯定。就在我脑袋乱成一团的时候，Ann看到了我们，她欢快地向杜松招呼，"哥！"我的脑袋一下爆炸了，像被病毒攻击了的电脑，所有程序都乱成了一团。我转过脸看杜松，

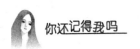

在他的脸上我找不到惊讶，这是怎么回事？我不想去想，也不敢去想。

我们坐在咖啡馆里八目相对，不安、怨恨、难过、吃惊、疑惑各种各样的情愫汇聚到一起，搅乱，像一锅黏稠的糨糊。我用尽量平静的心坐在那里，假装若无其事，可是内心深处的排山倒海，让我有种气胀的感觉，好像什么东西就要膨胀出来。我回想着刚才杜松跟我说的一番话，可怎么也理不清思路来。他刚才说什么？好像思路是，Ann 没走，但是不想见我，所以杜松就没有跟我提 Ann 还在中国的事情。但是她怎么在我妈妈家里？对了，他说 Ann 是我妹妹？就是我爸爸和后妈生的那个小妖精？有点乱。我皱着眉头，闭上眼睛，一切都让我觉得窒息。我的爸爸就是 Ann 的爸爸，Ann 的哥哥是杜松。怎么回事？杜松说他的妈妈是 Ann 的妈妈。嗯。就是后妈没有嫁给我爸之前有个家，在美国，有个儿子，就是杜松。后来杜松的亲爸去世了，后妈正好回到了美国，就把儿子接到家里，组成了新的家庭。

乱七八糟的事情翻来覆去地翻滚在我的脑海里，尴尬的冷场，没有人说话，却又感觉到什么，是一种血液的亲情扭结在一起么？我不清楚。我想了很久，唯一想明白的就是，杜松和我绝对没有血缘关系，不会像那些电视剧里的无聊情节似的，我忽然就觉得美好了。走在街上的时候，我和杜松什么也没说，并排向前走着。其实从进了咖啡馆到从咖啡馆出来，我就一直保持缄默，我在想事情，突然觉得自己的大脑不够使了，整个一发锈的机器，眼看就要报废。我们走着，快到车站的时候，我停了下来，杜松愣了一下，也停了下来。我干咳了一声说："我总算想明白了。当初你爸妈离婚了以后，你就和你爸住在美国，你妈就回了中国，勾引了我爸，把我们家给拆散了。后来你爸死了，你妈就千方百计跟我爸说要去美国，所以后来他们就带着 Ann 回了美国，把我一个人丢在中国了。这一切，都是你害的！如果不是你，他们根本不会去美国，我也不会被抛弃！要不是你妈，我爸妈也不会离婚，我会过得比谁都幸福！杜松！"我说着眼泪就流下来了。我转身就跑，不知道跑向哪儿，只想跑，杜松喊着我的名字过来拉我，我挣扎着推开他，又跑。我们在拉扯的过程中，杜松好像在解释什么，可是我听不见。

　　我冲着杜松吼："你让我一个人静静！"吼完，我就跑掉了，杜松没有追过来，我知道，因为我只听见耳边风飞驰开去的声音。跑到一个什么地方，我一屁股坐在花坛边上，其实我没有特别生气，也没有特别难过，只是有种奇怪的感觉，一种震惊让我有点不知所措。我根本不会想到杜松会是我后妈的亲儿子，可以说，是我的哥哥。我喘息着，忽然又觉得脑袋变得异常清醒，想起杜松说要把我当妹妹的事情，又想起他对陌生的我一直照顾有加，我甚至想到他亲近我是不是就因为他知道我是他的妹妹？这世界太疯狂了，这种事情会在现实世界里发生吗？我表示怀疑，可它确确实实发生了，就在我的身上。我想着、想着又气愤起来了，很明显，这件事情杜松自己明白，Ann 知道，弟弟也知道，就我不知道，为什么杜松不跟我说呢，为什么他不把真相告诉我呢，难怪他从来不问我家里的事情，原来他都门清了，难怪他不说他家里的事情，原来还有这么多沟沟坎坎呢。我真够傻的，要不说文晴说我傻，我就是个大傻。

酒吧里我喝了好多酒,施璐璐当模特有钱了,财大气粗特别摆谱,免费给我置了一桌子的酒,更让我觉得这个世界疯狂得黑白颠倒了。既然有人请客,我自然也不客气,几杯下肚就觉得浑身热了起来,再看周围,旋转欢腾的人群像撕扯的彩色布条,连贯模糊的轮廓。然后,我看到一个似曾相识的人影,恍惚中,我好像回到了高中,回到了听到爸爸离世消息的那个晚上。我含糊地叫了声,"公平,你在这儿啊。你从哪冒出来的?你还没死呢?"公平在我旁边坐下,夺过我手中的酒杯,一仰脖喝了。我眯缝着眼睛笑得特开心,拍了拍桌子说:"来,来,来!我今儿请客。随便喝!你不是老说我从不请你,不够意思么?这回,你随便喝!"我说完拿起另一个杯子晃晃悠悠倒了杯酒,还没沾到嘴边又被公平抢过去喝干了。我干脆拿起了酒瓶,公平又过来夺,我躲闪着,手一滑,酒瓶落在地上摔了个粉碎,整整一瓶酒水天女散花般洒得哪里都是。

我站了起来,指着公平骂:"你犯什么病?今儿个姑奶奶是来喝酒的,你不喝滚一边儿去!"公平不紧不慢地端起酒杯继续喝起来,好像什么也没有发生过一样。我头晕了一下,栽倒在沙发上,我使劲睁着眼睛,感觉眼前有无数彩环在快速旋转着。然后我听到公平的声音,熟悉而陌生:"杜松呢?"我说:"别提他,他是个骗子。你×× 相信么?他是我哥!是我哥。真他妈可笑。你相信么?"公平沉默了很久问:"你哥?怎么回事?"我半梦半醒似的说:"他是我后妈的儿子,是我哥。他妈在美国抛弃了他跑中国来祸害我们家,把我们家弄散了,带着我爸还有他们生的小妖精回了美国。呵。Ann 原来是我妹妹,我说怎么第一眼看她就觉得亲切呢。原来就是那个小妖精。妖精就是妖精，长多大都美得让人心烦。唉。他是我哥。他知道，Ann知道，连我弟弟都知道，就我不知道。就我傻蛋！是我哥，不过没有血缘关系，结婚不算犯法吧？"公平估计被我说晕菜了，半天才问了句，"你还想嫁给他？"我扑哧就笑了，我说："我从来没这么贱过，我就死心塌地地喜欢他，我没辙。不嫁给他，我就没法呼吸了，我是不是疯了？我是疯了，疯得掏心掏肺掏肝的，恨不能把自己整个喂到他嘴里。我赤裸裸地站在他面前，他却在周围挂了10层蚊帐，模模糊糊的坐在蚊帐里，让我看得清又看不清。"我说着，眼睛湿成了一片，泪水顺着脖子往下流。我深吸了口气说："我是不是傻了？"公平说："你就是个傻冒。"我笑着睡过去了，心里特高兴，还是那个公平，我的好哥们，没变！

　　梦里，我梦见我穿着美丽的白色婚纱，在翠绿的草坪上快步走着，教堂乳白的墙壁在阳光的照射下晃我的眼睛。我感觉仿佛在哪个电影里见过这个场景。我未来的丈夫，新郎身着一身漂亮的白色礼服背对着我，望着蓝天白云。我高兴地奔跑过去，我轻轻地叫他，"杜松！"他转过身来，冲我微笑，一排闪亮的牙贝。不是杜松？我愣住了，我看到公平冲着我灿烂地笑着。我一下子醒了，睁开眼睛，周围一片安静。我起身揉了揉眼睛，酒吧里是清晨的狼藉。我朦朦胧胧地推了推躺在我旁边睡着了的公平，真的好像高中时候那个晚上，我想起他也是像这次一样陪了我一个晚上。

　　公平被我推醒了，正过脸来看我。我一下子愣了，我看到眼前的人不是别人，竟然是杜松。我有点迷糊，根本不知道自己是在做梦还是清醒的。我梦呓般问，"你是杜松吗？"杜松皱了皱眉头，

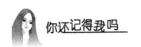

过来紧紧地抱住了我："对不起。"我明显还没有反应过味儿来，只是回问着，"对不起什么？"杜松说："对不起我没有告诉你我早就认识你的事情，我没有告诉你 Ann 是你妹妹，我是……你哥哥的事情。"我直起身子，把手捂在他的嘴巴上，我故作生气地说："你××别胡说八道，谁是你妹妹？你够资格当我哥哥吗？我才不要你这个哥哥，我要，一个男朋友！我要一个老公！懂吗？"我亲吻着他，我其实一点都没有恨他，只是太震惊了，太生气他没告诉我实话了。我根本不在乎他是谁，囚犯的儿子也好，皇帝的儿子也好，我根本不在乎。杜松望着我说："你不生我气了？"我摇了摇头，"算了。我爸妈的事情也不能怪你，那是他们老人自己的事情，你没告诉我事实我也不怪你了，其实，我倒不想知道这个事实呢。"杜松还想说什么，我使劲捂住了他的嘴巴，我说："别说了。我不想听了。就这样吧。"

走出酒吧的时候，闻到一股泥土的清香，是雨过天晴的早晨。我问杜松，"你怎么蹦过来的，我明明记得昨晚跟我对酒当歌的是公平啊，莫非我出现幻觉了？"杜松说："昨天我接到公平的电话，说你在酒吧里撒酒疯让我赶紧过去。我到的时候你已经醉倒了，我不忍心叫醒你，就陪了你一个晚上。"我点了点头，心说昨晚见到的果然是公平，我问，"公平呢？"他说："不清楚。我到的时候就看到了你一个人。"我心说，公平小样儿的，什么时候这么神神秘秘的了，说来就来说走就走，跟魂儿似的。也不给我留个电话号码。

42 必胜！攻破各个堡垒

　　文晴听说我和杜松的复杂关系以后，居然第一个蹦出来反对我们俩结婚，她嗷嗷得跟牲口似的："你们这是乱伦啊！"我一巴掌拍在桌子上："屁！我们俩没血缘关系！我俩根本不是兄妹，这叫什么乱伦？"她歪着脑袋不服气地说："反正就是不正常。"我很豪迈地一挥手，"我们觉得正常就成。"

　　结果反对我们的大军明显比我们想象的要强大，就连 Ann 和我弟弟都反对我们俩的婚事，更别提我妈和他妈了。我万万没有想到 Ann 和我弟弟站在一个战壕里，两人拉起人墙死活就是不愿意我们结婚，很有跟你们死磕到底的架势。我很豪迈地拍拍手，"无所谓。我们俩乐意就成了！"弟弟一拍桌子喊，"那是乱伦！"我差点栽到地上去，我心说这小子懂什么叫乱伦么。Ann 显然不懂什么是乱伦，颇为疑惑地看着一脸自豪的弟弟。我也懒得解释："这不能叫乱伦。"弟弟又拍桌子了，"你们俩这样，让我们的面子往哪搁？"Ann 显然明白面子是什么意思，跟着拼命点头，还追加了句，"这是道德品质问题。"杜松坐在我旁边正喝水，一口呛得咳嗽了半天，我看得出来，他又想笑又笑不出来。弟弟听到有人给他

助威，更加放肆了，居然开始指手画脚地高谈阔论，转来转去就是反对我俩结婚。Ann 在一边敲锣边儿地点头称是。

我慢悠悠地拿起左边杜松的杯子，右手拿起我面前的杯子，以迅雷不及掩耳的速度把杯子里面的水分别泼向 Ann 和弟弟。估计在座的没有人想到我会做出这种动作，全都呆愣在原地至少有半分钟，然后就听见 Ann 的海豚音似的尖叫。Ann 站起来转身就跑了，弟弟追了过去。杜松想站起来追，我一把把他拉回到座位上。杜松生气了，"你这是干什么？他们还是孩子呢！""孩子？他们都不小了。该为自己的话负责任。从小长在蜜罐里的孩子，懂什么叫面子吗？懂什么叫道德吗？在那里胡说八道，不怕以后下地狱阎王给剪了舌头。"我心里堵得发慌，他们懂什么？跟我说道德，当初我爸跟别的女人跑了生了个小妖精，我妈改嫁也有了新家，我跟谁去讲道德去？跟我说面子，后妈打骂我的时候我跟谁去说面子，他们去了美国我寄人篱下我跟谁说面子，上学向妈妈要学费，我又向谁说面子。他们知道不知道，我这个小小的幸福多么来之不易，他们知不知道，我和杜松结婚根本不用得到他们的允许，他们算哪根葱啊。要不是杜松非说他们是家人，希望得到他们的赞同和祝福，我才懒得理他们。结果这俩还真拿自己当人物儿，居然还这个那个的。真他妈不知道自己几斤几两。我越想越生气，我对杜松说："算了吧。你也别见我妈了，我也不想见你妈。咱们就弄个秘密结婚算了。"杜松笑了，他掂掂我的额头说："你还真沉不住气。"停了一会儿又说，"你跟我去美国吧？"我斜睨他，轻轻摇了摇头。

文晴生了个小子，据她描述，一开始看见的时候怎么看怎么觉得像只猴子，后来怎么看怎么漂亮。我看到的时候，小家伙头上已经长绒毛了，我心说，怎么看还是像只猴儿。我说："儿子像妈，这孩子长得像你，小眼睛大嘴巴扁鼻子，没一地儿好的。"文晴听了拿起旁边的水杯就往我这儿砸，还好她还没什么力气，身子虚，杯子在离我很远的地方自由落体了。我把不锈钢杯子捡起来放在桌子上，然后在她眼前蹦来蹦去，"嘿嘿，不行了吧？你这力气还想砸我，勇气可嘉。"文晴瞪我一眼说："你等着，等我孩儿长大了，我娘俩联手灭了你。"我听了就哈哈大笑起来，我说："成，等我生个丫头，把你儿子拐跑了，看他向着谁！"文晴撇嘴说："我可不指望了，你那孩子什么时候能出炉还没谱呢。"

给孩子起个名字成了文晴最关心的事情，之前他老公笑天早就把名字想好了，叫笑星。文晴不干："笑星！这是名字么？这名字以后还不被人笑死？"我赶紧点头，"我看应该叫笑料或者笑话。"文晴拿眼睛横我，"你就贫吧。"我们俩从名字说着、说着说起我们原来的峥嵘岁月来，文晴颇有感触地说："我觉得最快乐的时光是和你还有公平的日子。那会儿自由、洒脱、无拘无束，想干什么就干什么，真好！"我听了傻笑着点了点头。文晴望着我说："后来和公平有联系了吗？"我摇了摇头，"真不知道他想什么呢。自从那次他从我家跑了，就没正经见过他，每次都是晃一下就没了。也不留个电话号码，我看是不把咱当哥们了。"文晴听了沉默了一会儿又问我和杜松的婚事，我说："都怪你们，都反对。我现在的任务就是踢石头，把你们这群绊脚石一块块都踢走。我告诉你吧，谁也别想把我们拆了。"文晴特诧异地看我，"你还真是死心塌地啊。

我还从没见你这么坦白过呢。哈哈。成。这回我放心了，我看也就杜松配得上你了。我同意了！"

文晴、Ann、弟弟、我妈和后妈是一个个堡垒，我和杜松需要一个个攻破，其实我们完全可以绕过这些堡垒过我们幸福的小日子，可是我们还是希望努力一下，争取得到我们所爱的人的祝福。在我眼里，后妈是一个又臭又硬又庞大坚不可摧的堡垒，攻破任务自然落在了杜松的肩上，他好像也有点犯难，总是希望我能和他去趟美国。他说："不管之前有过什么不愉快，她毕竟是你的后妈，是我的亲妈，怎么说也该一起去见见这个妈。"说实话，我从心里就反感这个未来的婆婆，我甚至预感到未来婆媳关系一定紧张得要命。后来我计划还是先让杜松见见我妈，先把我妈这边搞定再去说后妈那边的事儿。杜松也同意了，他说他和我妈曾见过一次面，她人很好。

43 世界开始崩塌了

为了我们结婚，杜松特意买了辆车，油光锃亮的黑色大众汽车。按杜松的说法就是，拜见岳母大人，怎么也得有个样子。我当时挺吃惊的，我问他："你还会开车吗？我怎么都不知道？"他笑着吻了我的脸颊说："是你又让我可以开车的。"隔周我们选了个好天，他开着车载我去妈妈住的那个胡同。我跟他说："见了我妈大概说说就成。我跟她都没有什么可说的，你估计更没什么说的了。"杜松点头赞同。他还没开多久，我就觉得手痒痒了，抢着要开他的车。杜松特吃惊地问我："你还会开车？"我特自豪地说："当然。我苏喜芸是谁啊，开车算什么，小菜一碟。"要说车本儿，大学一毕业我就拿下来了，本来想买辆车开开，可惜一直没找到工作，吃饭都没了着落更别说开车了，也就放弃了这个想法。也不知道今个儿我怎么心血来潮，死说活说非要开车。杜松怎么劝我就是不听，我说："怎么了，你刚买的车你心疼啊？让我开开怕什么，我学过，有本儿，不会给你撞了的。"杜松无奈地说："不是。我怕我刚办的本就被你给毁了。"我哈哈一笑："你个小心眼。你放心！没问题！"我把胸脯子拍得啪啪响，特有自信。坐在驾驶座位上我就

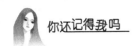

兴奋了，一踩油门，大众车蹭就飞出去了。我边开边叮嘱杜松，"我弟弟你别理他，那个小混蛋就是块臭石头，踢开就成。我后爸算是个老实人，不怎么说话，没那么多事。我妈你就听我的，叫声妈就够意思了。我其实真觉得没必要去跟他们说，不过，我这人就喜欢挑战，有挑战的爱情才有意思。是吧？"我说得更起劲了，竟然开始大放厥词，说个没完，吐沫星子满车飞。

　　我正和杜松耍贫嘴，完全没有反应过来那个人怎么出现在我的视野里的，就好像突然出现在电视里的UFO。我来不及做出反应，结结实实地撞了上去。咣当！好像有环绕立体超大音响同时发声，然后我就好像看了一场3D大片，一个黑影砸到我车前的玻璃上，随后弹了出去，跟弹球似的飞出去老远。我根本不清楚车是怎么停了下来的，我愣愣地握着方向盘，恍惚听到杜松颤巍巍的声音，"你，你撞人了？"我大脑已经没有办法思考了，除了害怕我什么也不知道，如果现在有个地缝，我一定义无反顾地跳进去。我甚至不能完全相信眼前的一切都是真的，还是在做梦呢，我刚才撞人了么？我不知道，我没有办法思考下一步该做什么，可是身体却做出了反应，那么实在，就一个动作，踩油门！

　　我一踩油门，一转方向盘，杜松的大众车快如闪电，蹭就飞驰而去。"你在干什么？停下来！开回去！"杜松吼，声音有些沙哑。"不开……不开等着挨刀啊？人他妈被我撞死了！我他妈杀人了！我不开，等着抵命啊？我不要！"我嘶喊着，仿佛不嘶喊，我就活不了了一样。杜松也不知道犯了什么病了，过来抢我的方向盘，"停车！快停车！"我也红眼了，"停你个头！"我们的车三晃两晃冲上了人行道，撞在了花坛上，就像受伤的猛兽，一头撞死在石头上，熄了火。"你××犯什么病啊？你让我死是不是？是不是？你想干吗啊？我杀人了！我玩完了！为什么停下来？你疯了吗？我完了！你疯了吗？"我狂叫着，拼命地拍打着他，头发散乱着，跟犯精神病的人一样不管不顾了。我叫着叫着，眼泪就簌簌地掉了下来。

"我们要去救人。"杜松的声音嘶哑、安静而坚定。"救你个头！已经死了！死了！"我哇哇地大哭起来。"没事……我在这里……没事……"他把我抱进怀里，拍着我的背，我呜呜地哭着，身子抖得跟筛糠似的，我撞了人，我完了，彻底完了！等我安静下来了，杜松轻轻地擦着我脸上的眼泪对我说："也许现在还有救，那是生命，跟我们一样，是有亲人有爱人的生命。只要有希望，我们也该去救他，对么？我们不能眼睁睁地看着生命因为我们而死去，对吗？"我摇着头，我哽咽地说："带我走吧，去哪儿都行。我们出国吧，去美国。你不是一直说要带我到那里去吗？你现在带我走吧。"杜松微笑着拍了拍我的背，把我从驾驶座位上抱了出来，抱到车后面的座位上，自己坐在驾驶座上，发动了汽车。我蜷缩在后面，身子不停地哆嗦着。我在杜松眼里看到的温柔的坚定，我知道，我们去不了美国了，哪也去不了了。那一刻，我有种预感，好像整个世界开始崩塌了。

车开回去的时候，现场已经围满了人，都在那里看热闹，被撞倒的那个人还躺在马路上。杜松下了车，我坐在车后面没有动，隐约听到有人在那里骂："没王法了！撞了人就跑了，真他妈孙子！要是让我抓到肇事司机，就他妈往死里打！"我浑身哆嗦着，蜷缩

在后座上，好想把自己缩小，小到谁也看不见就好了。杜松一下车，就冲着人群大声叫着，"让开！都让开！谁带手机了？帮忙打个电话！快点叫救护车！"那个刚才骂咧咧的人瞪着金鱼眼喊，"你算哪根葱啊？"杜松说："人是我撞的，我会负责到底。"我当时差点背过气去，犯病也不能现在犯啊？没听见刚才那人说什么吗？反正我是听见了，往死里打，往死里打啊！笨蛋！杜松你个笨蛋！大笨蛋！

　　那个人愣了一下，呆望着杜松，跟看傻子似的，可不是，从来没有听说过傻子承认自己傻的，这年月当然也从没见过肇事司机跑了又回来，还大义凛然地自称是肇事者，跟说自己是武林盟主似的。"你果真是肇事司机？"那个人转动着金鱼眼，一看就不是个善类。"大家让让，我要带伤者去医院……"杜松还在往人群里挤，突然就被人一棒子打倒在了地上，鲜血从他的头上哗啦、哗啦地流了下来。那个金鱼眼怎么看怎么像是个恐怖分子，他竟然从一辆黑色轿车后备箱里抽出一根木棍，跟个亡命徒似的，冲着杜松的脑袋就砸了下去。杜松闷哼了一声，像失去线的风筝，飘落到地上去了。望着他脸上稀里哗啦的血水，我的眼泪劈里啪啦地掉了下去，我惊恐地瞪着眼睛看着，我不知道该做什么，只知道抖，都快把心脏给抖出来了。"救什么救？救他妈也救不活！老子最看不惯你××这种狗娘养的，撞了人就跑？跑？叫你跑！"说着一棍子打在杜松的腿上，他一声惨叫，身子扭成了麻花。我的心跟着扭成了麻花，我半张着嘴，嘴唇也不由自主地哆嗦着，好像在水里窒息的游鱼。"现在这个世道，没王法了，有钱就是老子，没钱就是孙子，我他妈偏不信这个邪！今天老子就替天行道！"金鱼眼举起棒子在一片叫好声中就下了狠手，棒子像雨点一样打在杜松的身上，打在我的心上。我突然不知道哪里来的力气，从车里钻了出来叫着，"别打了！你××的别打了！不是他撞的！不是他撞的！真的不是他撞的！"我不顾一切地嘶喊着，我真快疯了。"还带了鸡啊！有钱就是不一样啊！哈哈，今天你小子栽到老子手里算你倒霉，我××就好打不平！"金鱼眼说着又一棒子打在杜松的身上，他"哼"了一声就没声了。他那件干净的白色夹克上全是星星点点的血迹，好像雪地上开满了红色的小花。

　　警察来的时候，金鱼眼一踩油门就溜了，杜松恍惚地拉住了警察的腿说："……救救那个人……人是我撞的。"说完就晕死了过去。救护车来的时候，连带着杜松一起抬走了。我的眼泪没完没了地掉落着，我拉着警察的衣服说："是我，是我撞的，你毙了我吧，求你了。真的是我撞的，是我啊！"警察可怜地望着我说："事情我们会调查清楚的。"然后从杜松的车里翻找了一会儿，拿着松子的驾驶证问我，"杜松是谁？""……我男朋友。""这是谁的车？""我男朋友的。""好了，我们会把事情调查清楚的。""啊？还调查什么啊？"我过去一把把警察手里的记录本抢了过来使劲拽到地上，就差再踩几脚，然后啐口痰上去。我说："还查什么啊？我××已经认罪了！"警察皱着眉头，然后摇了摇头叹了口气，"小姐，你的心情我很能理解，可是也不能胡说啊！""我没有胡说八道！真的是我撞的！""车证是你男朋友的，车是你男朋友的，他刚才也承认是他撞的人，怎么能是你撞的了？""证是他的，车是他的，

可人是我撞的！我他妈发誓！我要是说谎天打雷劈！"我把和文晴那帮子人耍浑的样子又摆了出来。警察叔叔叹着气摇头，他越是不相信是我撞的，我越是觉得委屈，人明明是我撞的，怎么就说不清楚呢？怎么就说不清楚呢？

我眼泪哗啦、哗啦就掉下来了。警察捡起被我扔到地上的黑本，又问周围的人，有谁看见肇事司机了？"就是那个男的，一开始就承认了！""对！就是他！"警察嗯嗯地答应着，在本子上做着记录。然后还同情地扫了我一眼，拍了拍我的肩膀，"回去休息一下吧，到时候会找你的。""你们……你们都是瞎子！人是我撞的，你们都瞎了是不是？录像……对……看录像，求你了，真的是我……有录像吧，你们不是有摄像头吗？真的是我，你们为什么都不信啊？你们为什么都不信啊！"我忽然有种百口莫辩的尴尬，所有人都同情地望着我，我听到有些人说，"受刺激了，可怜。"我不知道自己怎么回的家，进了家门忽然觉得胸闷得快要死了，我大口喘着气，又开始恶心，干呕了几声却什么也吐不出来。我脑子整个都乱了，我不知道会发生什么，要发生什么，总觉得有片浓厚的乌云压在天空上，却没有落下雨来。

44 **我的弟弟死了**

　　两天后叫我到警察局做笔录的时候，我才知道死的是个孩子，我有点头晕，为什么我都没注意到自己撞的竟然是个孩子……我正在警局办公室里做着笔录，忽然听见一个女人的哭声，特别的熟悉，鬼哭狼嚎的，警察伤感地对我说："是死者的家属，那个男孩的妈妈。你要不要去看看，当面道个歉，毕竟是你男朋友……""是我撞的！你们这帮没长眼睛的！是我！是……"我正咆哮着，办公室门一开，那个哭得快要昏厥的女人由人搀着走了进来。女人很憔悴，满脸的泪水，头发好像一夜白了一样，银亮亮的，脑袋上裹着一块白得吓人的纱布，一边还渗着血水。"啊呀！"那个女人见到我的时候就像见了鬼，开始往外跑，可是腿又不给劲，一下子就跪到地上去了，跟中了邪似的。

　　看见她的时候，我听见我的心哐啷一声全部碎掉了，粉碎、粉碎的。进来的不是别人，是我妈，是我妈啊……那……被我撞死的那个……是……是我弟弟。撞死的是……我弟弟？天，我忽然觉得人生可笑极了。"警察！是她！是她！是她杀的！一定是她杀的！她，啊！啊！别过来，你这个鬼！"妈妈喊自己女儿是鬼的，估计

是前无古人，后无来者，她绝对是头一位，应该立个牌子，或者发个奖章表彰一下，世界上第一个称自己女儿是鬼的母亲。"你认识她？"警察疑惑地望着我。"她……是我妈……""啊？"显然，警察不相信，皱着眉头，一脸不可名状的样子。也是，就刚才那几句开场白，换谁也不信啊，哪有这样的母女，见面跟见了仇敌似的，只想往外逃，换我是警察，估计连"啊"都没有，直接给精神病医院打个电话，就说你们那儿是不是跑了个疯子，就是满大街见人就喊妈的那个。"她是你女儿？"警察又问那个已经精神衰弱的可怜女人。"不是！不是！她是鬼！是鬼啊！是她杀了……杀了……"她一口气没喘过来，一翻眼睛，浑身开始抽搐，然后吐白沫。办公室一下就炸了锅，按人中的，拍胸脯的，大叫的，拨电话找救护车的。我觉得所有的事情都被他们干了，我好像只剩一件事可以做，哭，眼泪顺着我的脸颊滑了下去，流到嘴里的时候，很奇怪，不是咸的，是苦的。

回家后我倒头睡了两天，醒来后吃了一大碗方便面，然后就开始琢磨怎么能把杜松从派出所弄出来。为了把他弄出来，我去找了施璐璐。我听说她在那边有点关系，原来有个什么人物经常到酒吧里去找她，两人搞得特热乎。我当时看着施璐璐眼睛都红了，我说："你一定要帮我这个忙！"施璐璐叹了口气说："弄出来我倒是可以想想办法，不过这得要钱啊。哎哟，不是我势利，主要是那边不也得给点茶水钱？这是规矩，我也没办法。"我立刻拍板，"得！姐们，你什么都别说了。你只要能帮我这个忙，多少我都出！"我当时想得挺好，我盘算着，股市里的股票还能卖点钱。我估算了一下，可能还能卖出不少来。

然而，等到我真正回到股市的时候，我才发现，自己大错特错了。在我满脑子都是杜松的这几天，股市连续下跌，一蹶不振。股市里吵吵闹闹的，一堆人疯子似的大喊大叫，手舞足蹈地一会儿哭一会儿笑。我慢慢走进去，望着焦躁的股民，望着满地的狼藉，轻轻地叹了口气。股市崩盘了，我买的股票，全部一文不值，连续下跌几天，一眨眼的工夫，我喘气的机会都没有，连本带利全部肉包打狗一去不回头。我望着大屏幕上绿成一片的大盘，觉得那下坠的绿线像根绳子，紧紧地勒住我的脖颈，让我窒息，喘不过气。

我站在大厅中央，看着屏幕发呆，忽然有人从后面拉住了我的腿。我转过身低头一看，一个披头散发的老太太盯着我笑着，一串串银色的哈喇子流了一地。股仙？我分辨了很久，才认出眼前的老太就是我刚踏入股市时正叱咤风云的股仙。不会吧？股仙怎么变成这样了？衣冠不整、蓬头垢面的，扔到大街上，跟沿街乞讨的疯婆子一样，"……股仙？"我吃惊地捂住了嘴巴。"你认识我？你认识我啊？哈哈哈！我就知道有人认识我！"老太太眉开眼笑地揪着我的裤角不撒手。"……您不是股仙吗？"我蹲下身，直视着她，"您说，这股市还有可能反弹吗？我把所有的积蓄都扔进去了啊。我现在……很需要钱去救人。""反弹！明天就反弹！哈哈！"老太太两眼放光，然后她偷偷摸摸地小声在我耳边说，"我有个秘密，只告诉你啊，其实我不是股仙，我是孙悟空，孙猴子，哈哈！大闹天空的美猴王，玉帝都怕我，我厉害不厉害？""厉害，您最厉害了！"我点了点头。"嘘……别让人知道了，我是孙悟空，我会

法术，让股票涨啊，它就得涨。哈哈哈哈！"老太太大笑着，那口假牙扑哧就掉在了地上，连带着口水。我还想问点什么，旁边一位好心的大叔拍了拍我的肩膀说："小姑娘，别问了，她疯了。"

我愣愣地望着大叔说："疯了？前几天她还好好的啊……""你没看报纸吧？她儿子挪用公款玩股票全赔了，昨天上吊自杀了。她就疯了。"大叔说完望着老太太摇了摇头，说了句"可怜"就慢慢地走开了。老太太放开了抓着我的手，她坐在地上，嘴里喃喃地嘀咕着，"我是孙悟空，玉帝都怕我……我是孙猴子，我说涨就涨……"我心里难受，她儿子不是机构的人吗？她不是股仙吗？怎么也会在股市里翻船？我忽然觉得浑身发冷，是了，孙悟空本事再大又怎么样，还是逃不脱如来佛的手掌啊！我把老太太掉在地上的假牙捡起来，递给她，她望着我忽然说："人老了，不顶用了，连牙都不是自己的。我什么都没有了，可是，为什么连我的儿子也带走了？老天爷，你留下我一把老骨头有什么用啊！"老太太说着，老泪纵横。我站起身，大步离开了证券所，外面阳光明媚，街上的人匆忙地走着，风轻柔地吹过，一切都很平静，好像什么都没有发生过。我呆呆地站着，不知道自己是不是活在梦里，一群小孩嬉闹着从我面前跑过时，我恍惚间看见了弟弟。我叫着弟弟的名字跑过去，发现自己认错了人，孩子们都吃惊地望着我说："姐姐，你为什么哭呢？"

钱是文晴借给我的，她看着我只说一句："钱不着急还。"我当时眼睛里沉淀的都是水，我倔强地撇过头说："跟你还客气？"我正要走出去的时候，文晴闷闷地说："有什么事儿尽管找我。别太难过了。我是说……你弟弟的事。"我没说话，走了出去，还是文晴最了解我，她就像我肚子里的蛔虫。弟弟的死，我怎么会难过呢？我恨他，因为他夺走了我的妈妈，夺走了本属于我的爱。可我又怎么会不难过呢？我爱着他，因为他是我弟弟啊。

　　我把钱交给施璐璐，她哎哟、哎哟地叫了半天，然后一甩头潇洒地说："成了。包在我身上，这事情你别管了哦，等我消息吧。"我特诚恳地说："这事儿全靠你了啊！"我觉得我从来没有这么真诚地对施璐璐说过话，那是第一次，那么诚恳，发自内心，当时要是她让我给她跪下，我都会毫不犹豫。施璐璐过去向来都是不太靠谱的人，现在却不一样了。自从她当了杂志封面的模特，就特别注重自己的形象、声誉和威信，拿钱办事的理她自然明白，很快我就接到了她打来的电话，跟我说后天就能去接杜松。我真没想到这么快事情就给办了，我激动得都不会说话了，只是一个劲儿地说，"谢谢，谢谢。"施璐璐挺感慨地说："哎哟，喜芸，你真变了。哎哟，承受不起哦，你什么时候谢过别人哟。"然后又叮嘱我，"死的既然是你们自己家的人，你就去跟你妈说说哦。只要她不上告，不扯皮这个事情，就应该没事咯。"我听了使劲点头。

45 我谁也对不起

杜松要从派出所出来的那天，我拎了一大袋水果站在外面等，我想着他出来能第一个看到我，他叫我的名字，我就跑过去抱他。我正想着，眼前一个人影晃了过来。我定睛看，是 Ann。她走过来，站在我面前看着我。那天的阳光特别好，我却觉得一阵阵的冷意，Ann 的那双猫眼此时更让我觉得不寒而栗，一道道阴森森的光射出来鞭答在我的脸上。我神经质地干咳了一声，从喉咙里咕噜地叫了她一声，"Ann……" Ann 从鼻子里哼了一声，"别叫我的名字。我讨厌听见你叫我的名字。你来干什么？"我说："我来接……你哥哥杜松的。"她冷笑着说："不用你接。他现在这样都是你害的，要不是你，他也不会在里面。你害了他，你还敢来？"我忽然觉得想哭，我说："不是你想的那个样子的，你听我说……" Ann 厌烦地一甩头，"我不要听！"我说："你要听。不是你哥哥撞的，是我开的车，是我的错。对不起。警察不听，我真的说了。是我撞的。""苏喜芸！" Ann 尖叫起来，"我就知道是你！我就知道不是我哥哥撞的！撞死的是你的弟弟……这都是你一手安排的吧？对不对？你太狠了吧？你是不是也想连我一起撞死？你说！是不是也想把我撞死？呜

226

呜，他跟我说过，你一直都恨他，从来都不对他好。可是你知不知道，他其实在心里多么地的恨你，多么羡慕你，他说他的妈妈从来没有忘记过你，一直想着你。觉得亏欠了你，就算忘记自己儿子的生日也会记得你的生日。再困难也会把钱攒起来寄给你做生活费。你知不知道，其实他羡慕你！"

　　Ann 的声音痛苦而酸涩，她的眼睛红红的，她冷冷地望着我："我也恨你，你夺走了我的爸爸的爱，还要夺走我哥哥的爱！我恨你！"我躲闪着她冰冷的眼睛，没有底气地点了点头，"你们该恨我。"Ann 忽然大吼起来，"你竟然一点都不难过吗？他是你弟弟啊！"话音刚落的时候，她的手就搧了过来，结结实实地拍在我的脸，我心里明白，没得跑，脸上不鼓个山包算我失策！真够狠的，她怎么那么有力气，那么实诚干什么，做做秀不就好了，那么费力地打又不多块肉，自己的手不疼吗。再说上次那巴掌还没跟她算清楚呢，不等我对她的巴掌作任何反应，Ann 紧跟着硬邦邦地甩过来一句话，"你是不是故意撞死他的？是不是？都是你安排的，对不对？"Ann 的这句话真的太经典了，我当时眼泪感动得直在眼眶里游泳，真不亏是 Ann 啊，居然比谁都了解我。我他妈真是个十恶不赦的毒蝎女人，真该大卸八块、五马分尸，然后善良的老百姓们每人都要分得一块肉，Ann 一定在那里一边分肉一边说，这是杂种肉，狠狠地咬！咬得狠的明年能平平安安，财源滚滚！估计之后就会出来个什么喜芸肉，弄不好卖得比那东坡肉还要红火。

　　我在那里站着拼命咽眼泪，Ann 也不等我回答，她脸上的神态分明在说我已经知道了，貌似已经从我的脸上找到答案了，就好像

我的额头上已经刻了字，写着：我就是故意要撞他！ Ann 什么也没再说，脸色煞白地从离我的肩膀 1 厘米的地方擦了过去，擦过去的时候，她说："凶手！"我忽然感觉就像台风吹了过去，把我的眼泪全部吹掉了下来，把龙头也吹跑了。没了龙头把门，我的眼泪哗啦啦地流个不停，像断了线的珠子碎在了地上。我浑身抖动着，手一松，装满了水果的袋子掉到了地上，颗颗晶莹剔透的红苹果滚了一地。我真心疼啊，那些苹果我整整挑了一上午，一个一个，一个一个挑的，都是最贵最好的……

　　我觉得我唯一能再为杜松做的只有劝我妈不上告这件事情了。弟弟死了以后，妈妈身体每况愈下，精神恍惚，一直住在医院里。我没去看过她，不是不想去，是不敢去，我不知道该怎么去面对她。我每每想起在派出所看到的她那张苍白的脸、狰狞的面容，疯狂地指着我喊鬼的样子，我都觉得害怕，浑身发抖。我没有勇气再去面对那张脸了，可是为了杜松我还是决定去看看她，我想求她别告杜松，我要告诉他，弟弟不是杜松撞的，确实是我撞的。我愿意做任何事情，我愿意去坐牢，只要杜松没事。我真的觉得，我现在只有这样做，才能真正感到安心。我有时候甚至在想，当时被撞死的不是弟弟，是我该多好，结束我这玩笑般悲惨的生活。

　　在病房外面我徘徊了很久还是没有办法走进去，正转身准备离开，门开了，后爸走了出来。他看到我的时候先是一愣，然后满脸不可名状的样子。说不清楚那表情里夹杂了什么，悲痛、愤怒、仇恨，我说不清楚，我当时特想跑，我怕这爷们一激动把我打死。我的担心是多余的，他果然是个老实的男人，他闷声闷气地说："你妈妈在里面，你去看看吧。"说完头也不回地走了。这时我忽然觉得这才是爷们，跟我们这些动不动打打杀杀的小青年不一样，沉着而虚怀若谷，这才是纯爷们啊。我来不及做更多的感叹，走进病房的时候，我的鼻子突然酸了，我站在那里忍了好久，眼睛里的泪水才彻底干涸掉。

　　病房里，阳光特别得好，亮闪闪、柔和的光芒倾泻在窗台上绿油油的植物上，格外的清新。妈妈身穿整洁的病服，安静地坐在床上，望着窗外的云彩，静得好像一尊水晶雕塑。我抽了抽鼻子，慢慢地走到妈妈的病床边上，看着她满头掩藏不住的白发，心里涩涩的。我轻轻地叫了一声，"妈。"妈妈没有动，没有说话，仍然专心地望着窗外，像在欣赏一幅美丽的油画，在那画面里她追逐着一种叫幸福的东西。我特别尴尬地站在那里，站了好久，我只好又叫了一声，"妈妈……"妈妈还是没有回答仍专心地寻找着她心里的那片乐土。我看着妈妈目中无人的样子忽然感到生气，我心里萌生出异样的感觉，我甚至在想，她这是报应，报应当初把我抛弃和别的男人有了新的家庭有了新的孩子，她活该！想着，我理直气壮地说："我今天是来看看你。还有叫你别起诉杜松。你别一副我欠了你什么的样子。其实我什么也不欠你的，咱们扯平了！你当初欠我的算你还给我了！"我说完就后悔了，因为我看到妈妈的身子开始剧烈地颤抖，过了好久才停下来，我心疼极了，我在心里呐喊，其实我不是想说这些的，我想说你别难过了，弟弟的死我也特别难过，你好好照顾自己……以后我代替弟弟照顾你。

　　这些话在我的脑海里，在我的心里说了无数遍，可就是说不出口。妈妈转过来来看我，我的心一直往下沉，那张苍白而无血色的脸让我心痛。妈妈的声音好像是一阵风似有似无，"我累了，你走吧。"我眼泪一下子流出来了，我说："妈，你别这样，求你了。弟弟是我撞的，真的，你要恨就恨我吧。不是杜松啊。"妈妈张了张嘴，什么也没说，过了半天她才叹了口气，"我不告他，你走吧。这都是我欠你的。你走吧。造孽啊。"我的眼泪哗啦、哗啦地流个不停，我转身要走忽然听到妈妈在说："你怎么能和害死你爸的人好呢。造孽啊。"我瞬间觉得自己掉进了冰窟窿，我疑惑地转过身问，"妈，你刚才说什么？"妈妈闭着眼睛躺在床上仿佛早已睡着了，仿佛刚才只是我的幻听。我还要过去问个究竟，一个护士过来把我揪了出去，说是探视的时间已经过了。我恍惚地走在走廊里，回忆着刚才那句针尖般拼起来的话，你怎么能和害死你爸的人好呢？我爸爸是谁害死的？杜松吗？我为我的想法感到震惊而害怕。怎么回事？我听错了吗？

46 粉碎了的瓷娃娃

从病房出来的时候，我的脑袋乱得嗡嗡作响，好像随时都要爆炸一样。我快步向外走，想赶紧离开这个建筑物，这个让我窒息的地方。我低着头正往外走，一个人挡在了我的面前，我抬头一看愣了，是 Ann。我平静了一下杂乱的心说："你干什么？"Ann 仍然是冷冷的面孔，好像刚从冰箱里拿出来似的，声音也是冷冰冰的，"我妈妈来了。她想见你。"我下意识地后退了一步，"我不想见她，我们没有什么好说的。"Ann 阴沉着脸说："你最好还是跟我去一趟。和我哥有关。"我犹豫了一下，我现在的脑子已经乱得无法正常思考了。

我跟着 Ann 走出去，走到街头进了一家饭馆，这一切动作我都是下意识中完成的。等我看到那个把我的生活完全搅乱的女人的时候，我腾地清醒了。我冷漠地坐下，"你找我什么事儿？"后妈还是我记忆中的那个样子，我越发肯定她就是一个妖精，要不怎么能一点变化都没有呢，还是那双媚眼，让人看了就想一巴掌抽过去。后妈不紧不慢地喝了口茶水，她皮笑肉不笑地问，"好久不见了，你都这么大了啊。"我干咳了一声，然后平静地说："不好意思，

我能吃能喝能睡长高长漂亮了不少，让你失望了。别跟我套近乎，有事儿快说！"后妈诧异地张大了嘴巴，她没想到那个乖乖女已经变成这个样子了。我抬屁股准备走人，"咱俩没什么好说的。"我刚要走，就听见那个 N 年没有听到的踩鸡脖子的声音，"你给我站住！"我转过身，傲慢地看着她等她的下文。她怒气冲冲地尖声叫着，跟牲口似的，"你别勾引我家杜松！听见没有？他是你哥哥，你们俩成不了！我就说白了吧，你根本配不上他。我家松儿，受过良好的教育，上的都是名牌学校，等他回到美国，就是 PD 集团的总裁了，他身边的好女孩大把、大把的，你还排不上队！"我轻笑起来，不愧是 Ann 的妈，说话跟 Ann 都是一个葫芦里画出来的瓢，一样一样的。我说："我怎么勾引您儿子了？是他勾引我好不好？"后妈笑得特欢实，饭馆里的人估计被她笑毛了，一个个都要结账走人了。我被她笑得浑身不舒服，转身想走。她突然蹦过来堵住了我的去路，然后把一封信递到我的面前，"你以为他真的喜欢你？别做梦了啊！他是想要拿回属于他的东西，他根本不喜欢你，只是在利用你！你真是个傻蛋，跟你妈一样，那么傻。"

我脑袋又开始乱起来了，拿回属于他的东西？我疑惑地问，"利用我？你什么意思？"后妈拉起我一只手，把信塞给我，然后狂笑着走了。我莫名其妙地站在那里，打开信，上面的字我很熟悉，是杜松写的。我看了一遍，忽然耳边听到什么崩塌的声音，听见什么粉碎的声音，我摇晃着坐在了椅子上。我颤抖着又把信看了一遍。又看了一遍，又看了一遍，又看了一遍……

我在外面跑了好几圈，具体多少圈我也不知道，我的脑子里空得让我觉得麻木，让我窒息，让我害怕。我什么也不想，什么也想不了，机械地做着各种动作，做着反应。我怎么跑到超市的我也不清楚，我用身上所有的钱买了一口袋的巧克力，然后坐在马路牙子上吃，两只手抓起各种各样的巧克力使劲往嘴里塞，边吃边流眼泪，我用手去擦，结果把一手的巧克力都抹在脸上了我都不知道。见到文晴的时候，她冲着我直嚷嚷，"我噻，你这是刚从粪坑里爬出来啊？怎么脸上粘得都是屎啊？"我根本没有力气跟她贫，我过去就抱住了她。她兹哩哇啦地叫唤，"脏死了！都抹我衣服上了！我刚买的……你怎么了？喜芸？你这是怎么了？嗯？"我哇哇地哭起来，好像泄洪一样，我失控地越哭越大声，开始只是连带着哽咽哭几声，最后干脆放开了哭喊起来。文晴明显被我弄晕菜了，一边拍着我的背一边说："好了，好了，好了。告诉我谁欺负你了？"哭了好久我才停下来，不是不再悲伤了，而是嗓子哑得哭不出声了，眼泪依旧顺着脸颊滑落下去碎在地上。

　　没想到文晴会把她最宝贝的浴缸借给我用，我泡在里面的时候还在想要不是我哭得天昏地暗的，文晴打死也不可能让我用她的宝贝浴缸。文晴一共有两个宝贝从来不让人用，一个是她那张松软一躺上去就陷进一大片的床，还有一个就是她天天要擦上好几遍的大浴缸，我曾经躺在她的床上，就被她连踢带打的给赶出了他们家。我当时特愤慨，"还姐们呢，躺个床也不行啊？"文晴一梗脖子，"不行！要是我姐们，你就别碰我的床还有我的浴缸！"我特不屑地摆手，"不碰就不碰，有什么了不起的。"后来我才知道文晴最宝贝她的浴缸，就连她丈夫都不允许用，天天擦来擦去擦得油光锃亮，早晨

撒点玫瑰花晚上再来个牛奶浴，比她老公还亲。没想到我今生还有幸躺在这个澡盆里洗澡。

　　我正想得感动，文晴走进来把毛巾挂在挂钩上对我说："你好好洗洗，毛巾挂这儿了啊。看看你的脸，哪像粘了巧克力啊，跟屎似的。"说着，她就过来打了些浴液在手里揉搓出泡沫然后抹在我的脸上。我没有动，任由她抹。文晴抹着、抹着忽然生气了，"苏喜芸，你别这样！瞧你现在的样子，跟死人似的，真当我给尸体洗澡啊？"我沉默了一会儿，慢慢地说："死了又能怎么样呢？死了是不是就好了？"说着眼泪又滑出了眼眶。文晴听了就哽咽了，眼泪也劈里啪啦地跟着往下掉，她一屁股坐在瓷砖上说："不是的，对不起。我不是想说你的。可是我真的好怕啊，喜芸，你到底怎么了，你从来没有这样过，你一直都很坚强的啊，什么事情都打不垮你，什么事情你都能看开。可是你怎么了这是？我真的害怕。别这样好么？"我扯动了一下嘴角，我说："坚强的瓷娃娃碎了，我碎了……"

　　对，什么都没能打垮过我，父母离婚、爸爸去世、找不到工作、股票失利、弟弟的死、Ann 的怒骂、妈妈冷漠的脸、后妈的耻笑，这一切的一切都接踵而来，让我应接不暇，好像一瞬间几块巨石同时朝我砸下来，我被压在底下喘不过气，可这些都没有彻底打垮我，除了那封信……那封信的内容彻彻底底地把我打垮了。我一想到这里，脑袋就像要炸了一样发胀，胀得我思绪乱成一团，理不清楚。到底是怎么回事？其他的一切一切都可以不重要，可是，杜松，我在你面前脱下坚强带刺的外衣，我在你面前变得柔弱而女人，难道都是错了吗？难道你是一把温柔的利剑，等着我将防备的装备卸掉以后，一剑扎进我的心脏吗？你到底，到底，到底有没有爱我，你到底，到底，到底有没有爱我？一切都是真的吗？为什么让我觉得那么不真实，那么虚无呢？不要告诉我你对我的一切都是假的，求你，我承受不起。

　　我躺在那张柔软的床上，忽然觉得世界、生活真的都变了，文晴把我连抱带拽地拉上了这张床。一切都在变，我忽然觉得一切都变得陌生而模糊。我感觉周围的一切都是虚幻的，只有我是现实的；而或者周围的一切都是现实的，我是虚幻的。我不知道，一种前所未有的寂寞，好寂寞啊，杜松。文晴一直躺在我的旁边，她看了那封信，然后什么都不再问了。她看完那封信唯一说的话是，"我的天！这是在拍电影吗？太可笑了！太不可能了！"

　　我醒了就坐在梳妆台前看镜子里的自己，我忽然觉得镜子里面那个有着一副憔悴面孔的人不是我，是别人，我就问她，"你是谁？你想要什么？"没有回答。我轻轻地叹了口气，觉得浑身一点力气都没有，我摇摇晃晃地站起来走了几步停住了，我看到旁边有个婴儿的小床才猛然想到了什么，就叫文晴。文晴从客厅飞奔过来说："怎么了？怎么了？出什么事儿了？"我吃惊地问，"你儿子呢？怎么没看到他？"文晴喘了口气说："姐姐，你吓死我了，我还当你出了什么事儿呢。你总算活过来了？还记得你有个干儿子啊？"我点了点头。文晴说："昨天你过来哭得天昏地暗的，那小子估计跟你心有灵犀，他哭得声音可不比你的小。我让他爸带他去我妈家了，没事儿，我妈正好也想他呢。"我心里过意不去地问，"都是

因为我！"文晴眨了眨眼睛说："得了啊。我是被他天天哭烦得快要神经衰弱了，打着你这个大幌子把这个小哭神送我妈那儿呆段时间，我放松放松我的神经。你别瞎想，就好好给我在这儿呆着啊。"

我的眼泪又掉下来了，我心里明白，哪有妈舍得放下孩子，一定是因为要照顾我，文晴才把孩子送走的。文晴看我哭就嚷嚷起来了，"你说你怎么回事啊，原来什么时候见你哭过。你不会打算这几天就把一辈子的泪水都给流完了吧？"我苦笑了一下没说话。文晴定定地望着我问："你打算怎么办？"我装糊涂地说："什么怎么办？"文晴撇了撇嘴说："杜松的事儿……你准备怎么办？""我不知道。""你相信那信上写的东西？""我不知道。""你怎么能说不知道呢，你相信是杜松把你爸害死的？那信上说的那样？""我不清楚。""你相信杜松利用你？""我真不知道。""我快被你弄疯了，喜芸，其他的都别管了，我觉得这事儿太蹊跷了，我觉得你应该找杜松问问，把事情问明白了。说不定这是你后妈用的计谋，就是让你对杜松产生误会，伺机把你们俩给分开。我越想越觉得是这么回事儿。你见见杜松问个清楚吧。我觉得他不是那样的人，我相信他是真心对你的。"我摇了摇头说："我不想见他了……"我停了一会儿又说，"我现在不想见他，以后再说吧。"

47　是阴谋还是意外

　　我打开手机的时候，杜松的短信一个接一个地发过来，我赶紧又把手机关了。我坐在阳台的地上想事情。文晴在客厅里不安地走来走去，时不时地看看我是不是还好。我望着窗外，想着、想着忽然心里躁动起来，我噌地站了起来，转身往门外跑。文晴吓坏了，追过来问，"你干吗去啊？"我摇了摇手喊："我去问问我妈！她肯定知道这事儿！到时候我给你电话！"我一阵风地跑了出去，我心里难受，我知道我妈一定知道些什么，我清楚地记得妈妈对我说爸爸是病死的，我又清楚地记得那天在病房里妈妈说我爱上了害死我爸爸的人。她一定知道什么，我要问清楚，她到底隐瞒了我什么。

　　到了病房外面，我撞到了我后爸，他把我挡在门外不让我进去。他说："你妈妈她刚睡下，你等会儿再来吧。"我想了想说："我今天是想问她一件事情的。我不知道你知不知道，我爸爸是怎么死的？"我以为他不知道，没想到他叹了口气说："那是一场车祸。"后爸说，他听我妈说，我爸和我后妈的儿子出游的时候出了车祸，爸爸甩出了汽车摔死了，开车的儿子却没有事。

237

妈妈一直认为，是后妈和她儿子阴谋策划把爸爸给害死的。后爸不禁望了望身后的病房门，他说："你妈妈不想让你有心理负担，就和我商量，告诉你你爸是病死的，死的时候什么痛苦都没有。我就知道你早晚会知道真相，什么都是纸里包不住火，早晚要大白于天下。我跟你说了，你也不用胡思乱想，你爸爸的死我相信是天灾人祸。我现在看清楚了，人啊，隐隐中都自有命数。"他说着眼圈红了。我扑通跪在他的面前，说："对不起。我不是想害我弟弟的。我从来没有想过，我从来没有恨过他。对不起。我对不起你们啊！"后爸拍了拍我的肩膀走了，走的时候说："我见过杜松那个孩子，他跟你一样有一双清澈的眼睛，你们都是好孩子。我这人从来不会看错人的。"

回到文晴家里的时候天已经黑了，她看着魂不守舍的我本来想问点什么，又没忍心问，只是说："你当你还小孩儿啊，都不知道打个电话过来，我都差点拨110报警了。小孩儿都比你强，都知道早请示晚汇报的，你都不知道！"我一下倒在沙发上闭着眼睛装睡，文晴凑过来拍了拍我说："去床上睡去。"我慢慢地睁开眼睛，我望着文晴心里难过，我说："我爸因为杜松开的车死的。我想起来了，杜松从来没有开过车，后来我们好了的时候他买了车，还说是因为我他才又能开车的。我现在终于明白他的意思了。"文晴听了特别吃惊，她看着我问："怎么回事儿？"我简单地把后爸的话说了一遍，我说："我想杜松不会成心想害死爸爸的。可是，我没有办法原谅他。"说完我站起来去睡觉。文晴叫住我然后犹豫了半天才说："今天杜松来了好几个电话，我都说不知道你在哪里。我感觉他特别担心你……还有，我没忍住，问他是不是骗了你，结果他说他要当面跟你说这事儿，我觉得……"我叹了口气摆了摆手，"我累死了，饶了我吧。明儿再说吧。"

回到卧室，我打开手机，望着屏幕上一闪一闪亮着一条一条的未读短信，我觉得自己窒息得快死了，我需要花费很长一段时间去斗争去抓头发去删除它们。我这时候觉得自己是个娘们，真是个娘们！我忽然哭了，我觉得自己是蹬鼻子上脸，说我娘们就开始扮娇弱了，越想我越难过，哭得稀里哗啦的特别难听。其实自从遇到杜松，我就慢慢把裹在外面那层壳退掉了，那层无坚不摧的外壳，那层能让我坚强得像爷们的壳，被他退掉了，我把最柔软最真实的我暴露给他，结果被伤得体无完肤。我好后悔，真的好后悔，为什么把自己多年来建立起的假象亲手摧毁，为什么要那么傻。我忽然想起文晴失恋的时候抱着我哭，我跟她说这有什么大不了的？哭什么！没了他你还不活了？当时讲得多豪迈，现在轮到自己多愁善感了。人看别人的时候都看得清楚、明白、透彻，可轮到自己头上，全变成傻瓜。

在文晴家住了好几天，她总是往她妈妈家跑去看孩子，我从心里觉得对不起她，虽然她嘴上不说，但是我看得出来她想把孩子接回来。我和文晴商量，我说我想找别的地方租间房。文晴拿眼睛横我，"怎么着？我亏待你了，你嫌我对你照顾不好？"我笑着说："哪能啊。你对我比对亲妈都好！"文晴不服气地补充道："比对我儿子都好！"我扑哧就乐了，这人有了孩子以后就是不一样了，说的聊的连用来打比方的都跟孩子脱不了干系。我说："我就是想再找

个地方住，原来的地方我不打算回去了。在你这里住虽然舒舒服服的，但毕竟不是长久之计，我总不能在你这里赖一辈子啊。要不你养我一辈子？"文晴做了个哄我的手势，"去去去，等咱俩都老了，每人杵个小拐棍，到时候谁养谁啊！"

我开始在报纸上网上杂志上找租房的消息，找了好几家，最后在郊区的大山里找了一特偏僻的房子。文晴一开始不同意，说我找了个鸡不生蛋鸟不拉屎的地方。她指着网上展示的图片说："你跑大山里去干什么？周围几百里都没人家，就这么一家，跟尼姑庵似的，你真想出家当和尚啊。"我说："我现在就是想找个清静的地儿呆着。就这儿了。别劝我，劝我也白劝，浪费吐沫。"我说完又冲文晴嬉皮笑脸地眨了眨眼睛，"姐们，借我点钱吧？"文晴当即拍了一沓钱在桌子上说："早给你准备好了。我就知道，你跟谁都不借钱，就跟你姐们借钱，你真拿我当财神爷拜啊。"我一把抱住她，笑嘻嘻地说："你要是财神爷，我天天拜你！"

我交了新房的房租，去了现场，我才知道，那是一个招待团体旅游的地方，有点像报纸上登的那种乡村体验，接旅游团到那里吃乡村菜体验乡村生活，因为淡季的时候没有什么人来，房东就把一半空着的房间租出去赚点钱。我和房东太太见了个面，那是个胖胖的很富态很和蔼的老女人，她很高兴地接待了我，没谈什么条件就跟我签了协议，把二层一间房间租给了我。我付了租金，一切手续都办完，我开始准备搬家。

在文晴强烈的建议下，我雇了搬家公司，摸准了杜松去上班离开房间的时间，趁早开始了行动。我没有上楼，只是在楼下指挥着搬运工这个小心点，那个慢点。我不想上去，不想看到我住了8年的地方，那个温馨的小窝，我真有点舍不得。我正指手画脚地指挥着搬家大军，忽然有人在后面叫我。我愣住了，僵硬地回过头，我看到了我最不想见到的人。杜松望着我，他站在我后面，忧伤地望着我。我的心疼了起来，我看到他憔悴苍白的脸，我看到他慢慢走过来，我的心纠结在一起。我淡淡地问：“你没上班去啊？”杜松拼命地摇头，“没有你。我什么都干不下去。”我咬了咬嘴唇说：“我要搬家了。不再骚扰你了。”“喜芸，你到底在说什么啊。你明明知道我的心意。”他过来拉我，我闪过身躲开了。我冷笑了一声说：“你的心意，我真的完全不清楚呢。”他愣愣地呆望着我，好像在看一个陌生人。我轻轻地说：“我不想再见到你了，你走吧。”

　　我望着天上的阴云，好像层层叠叠乌黑的棉被，遮住了蓝天，遮住了美好，遮住了我狂躁的心。杜松站在那里没有动，他叹了口气说：“喜芸，到底怎么了？”我没忍住还是笑了，笑得脸抽筋似的抖，我说：“杜松，你别装了。我知道了。你的事我都知道了。你妈把你写给她的信给我看了。我已经知道爸爸是你害死的，我也知道你还要骗我签股票转让合同。这些事，我都知道了。可是我真的不信，我要你亲口告诉我。我要你亲口告诉我！你告诉我，这一切都是不是真的？”杜松望着我沉默了好久，然后声音沙哑地说：“好。既然你想知道，那我就把一切都告诉你。”

　　他深吸了一口气压低嗓音说：“爸爸的死确实跟我有关系，你也可以说是我害死了他，但是我真的是无心的，那是一场意外，如果可以，我甚至可以选择代替他去死。那天我和爸爸去了一家公司进行谈判，谈成的时候已经很晚了，外面还下了大雨。车是我开的，当时我太着急，想早点回家把好消息告诉妈妈。我的车在高速公路上开得太快，当我看到前面有车的时候，已经太晚了。我们的车撞在了前面的货车上，我没有受伤，不知道怎么回事，副驾驶那边的车门被撞开了，爸爸从车里甩了出去……等医护车赶来的时候已经太晚了。后来……我想你已经知道了，爸爸在美国拥有一家上市公司，几年的时间，公司发展速度飞快，公司的股份已经成为一笔庞大的资产。我们谁都没有想到爸爸会早已准备了一份遗嘱，爸爸去世以后，律师拿着遗嘱找到我们，遗嘱里他把公司三分之一的股份留给了你。本来我计划是从你这里把股份买回来，但是妈妈说你一定不会卖那些股票给一个夺走了你爸爸的女人，她说你如果知道了这件事情，一定会拿这些股份来威胁我们，一定会把公司弄破产。我不能允许爸爸一手操办的公司败在我的手上。所以我考虑了几天，决定亲自来一趟中国，来见见你，劝你把股份转让给我。我一开始确实是为了让你签字才接近你的，我从美国来到中国就是为了找到你劝你在转让集团股份的合同上签字。一个很偶然的机会，我认识了笑天，他把我介绍给了文晴。当我知道文晴和你是好朋友的时候，我就借着笑天的关系向文晴打听关于你的事情。从她嘴里了解到的你，和爸爸嘴里描述的你不一样。爸爸说你是个坚强勇敢懂事的女孩，可是文晴告诉我，你其实有着一颗脆弱的内心，你坚强的外表掩盖了你忧伤的心，她给我讲了你的好多事情。那个时候我对你产生了浓厚的兴趣，很想见见你，想知道你到底是个什么样的女孩子。我承认，开始和你接触的时候，我一直想得到你的信任，然后找机会让你签转让股份的合同。可是，我发现，和你在一起以后，在我不知不觉中，我喜欢上你了。这件事情完全打乱了我的计划，我发现我没有办法不看你不想你不和你说话不照顾你，无论我怎么阻止自己的这份感情，都没有办法，我肯定我爱上你了。喜芸，我知道我不能再骗你，再隐瞒。对不起，我一开始不想告诉你真相，后来，我是害怕告诉你，我怕，你知道了是我害死了爸爸，我怕你知道我有劝你签转让合同的想法。我怕你不信任我了，不爱我了。我……"杜松哽咽了，一滴泪水慢慢地滑落下来，他过来想拉我，我甩掉了他的手。我觉得我快疯了，绝对快疯了，我心脏要炸裂了一般，难受得像马上就会死掉。我指着杜松，手抖得厉害。我说："你想干什么？你还想干什么？"声音颤得跟正站在一个马达上似的。杜松眼睛红红的，他望着我，什么也不说，只是望着我。我哽咽了，"你……怎么可以这样啊？你怎么可以骗我？你怎么能……"杜松还是什么都不说，只是望着我。

　　我绝望了，我撕心裂肺地叫着，"我们已经完了，彻底完了！你还来找我干吗！你××还来找我干吗？"杜松抿着嘴，像根木头一样看着我发疯发狂。我完全控制不住自己了，像脱了缰的野马，奔到杜松面前，拳头像雨点一样打到他的身上，他皱着眉头只是望着我，脸上写满了悲伤。我疯了一样打他、骂他、踢他……然后抱住了他。我紧紧地抱住了他，使了全部的力气，好怕他会飞走，消失不见。闻到他身上那股熟悉的清香的时候，我的泪水像决堤的洪水倾泻在他的身上，鼻涕眼泪口水全部蹭在他的身上，我想自己是疯了，对，我本来就疯了，爱上他的那刻我就已经疯了。我抱着杜松，他轻轻摩挲着我的头发，说："对不起！"声音沙哑得好像经过音频机器处理过了一样通过狭窄的空间挤出来。他叹了口气，"对不起。"我把头埋在他的怀里，把他抱得更紧了。我心里明白，这也许是我们最后的见面，也或许是重新认识彼此的一刻，总之已经回不到以前了，都回不去了。

48 艳阳天雨一直下

酒吧里星光闪闪，激光妖艳地放射着它的能量，玄幻、美妙、迷彩、迷惑着人的思绪，麻痹着人的神经。音乐的高分贝震耳欲聋地大声鼓噪着，噪音？天籁之音？疯了，人群狂舞着，台上的领舞女人穿着比基尼大肆摇摆着纤细的腰身。我陶醉在一片疯狂中，也许这样死了都好。我喝着玛格丽特鸡尾酒，尽量不去在意杜松忧伤的眼睛，什么时候开始，他的眼睛充满了悲伤，遇到我以后吗？曾经他那灿烂得让我着迷的眼神到哪里去了，如果是因为我，我可以放手，可以离开。

我咽下泪水的时候，我笑了，我想我真傻，因为我没有选择，我必须放手，必须离开。玛格丽特鸡尾酒淡蓝色的酒水里蕴含着一个忧伤的爱情故事。它是创造者为了纪念自己死于流弹的恋人玛格丽特命名的。我记得第一次喝这种酒的时候，施璐璐曾告诉我调制这种酒需要加盐，因为玛格丽特生前特别喜欢吃咸的东西。我加了盐，喝起来却不咸，是苦的。我闭上眼睛，尽量不去看这个梦幻的舞厅，而杜松悲伤的眼神却定格在那里挥之不去，在他的身后飘着飞雪，晶莹剔透，慢慢地落在他孤独的肩膀上，我好想过去轻轻地

帮他弹掉。

　　我睁开眼睛的时候吓了一跳，我以为自己在做梦，抹了抹眼睛发现确实在现实世界，我眼前齐刷刷地竖着三个巨大的人体模型，再仔细一看是三个陌生的男人站在我的前面，一个个五大三粗的汉子跟柱子似的，满脸堆笑，冲着我身后坐着的杜松喊，"没事！我们是亲戚！"然后一个劲儿拍我的肩膀，拍得我直发蒙。舞厅的音乐大得让人耳朵发胀，大汉的喊声淹没在音乐里像小孩子的声音般稚嫩。我在脑海里搜了一圈也没找着这几个人的位置，不能啊，像我这么人模人样的，怎么也不能有这么几个大块头跟雕塑失败品似的亲戚啊。其中一个大汉看着像个头，凑到我的耳边，声音带着邪恶："货在哪？"我觉得浑身一哆嗦，心里立马跟明镜似的，他们一定是找公平的，上次就因为跟这帮人交易什么，公平差点挂了，这次一定是为了上次公平说的什么货。我恐惧地摇了摇头说："我不知道你说什么。"那汉子笑了笑，让人毛骨悚然的，"你认识公平吧？"我还是摇了摇头，"我，我不认识他。"汉子鄙夷地看了我一眼然后说了句我要吐血的话，"公平那小子说你是他女朋友，你能不认识他？他说货在你手里，快点交出来，你别软的不吃吃硬的。"公平，你大爷！我当时真的恨得牙根都痒痒，恨不能扒了他的皮，抽了他的筋，撕了他的肉，剔了他的骨！之前为了杜松那点事闹过一次不愉快，我把他从家里轰走了，他恨我也好，骂我也好，再怎么着也不能这么把我拖下水啊，这不是闹着玩的，这可是要出人命的，再说上次要不是我和杜松他早就挂了，杜松为了他还受了伤，这小子怎么以怨报德啊？这斯太不仗义了，真××该千刀万剐！

当初在酒吧就不该把他救了，这个狼心狗肺的东西！我心里把公平祖宗十八代都给骂了，不过眼前这事让我大脑发傻，犯轴，长这么大我还没遇到过这种事情，虽说也打过架，可没跟一堆大老爷们上过手，看这几位的体型估计都是练搏击的，我一定是打不过了。后来我发现我想得太单纯了，我觉得我真傻，看了那么多关于黑帮的电影怎么就从来没有和现实接轨过，脑子里怎么就没这么个弦。我看到后面的那个汉子从夹克里抽出一把尖刀的时候，我差点咬自己一口，看是不是电影看多了出现幻觉了。

事情在我眼前迅速发生了变化，杜松扑过去与拿刀的汉子扭打在一起，然后一把刀从另一个人的夹克里闪了出来，怎么就插在了杜松腹部的，我都没有看清楚，我就看见他把刀子抽出来的时候血喷了一地，杜松像演武打戏一样配合地倒在地上，跟倒下去的木头似的，哐当一声闷响。我想我是尖叫了，我回过神的时候发现自己瘫坐在地上，嘴巴大张着，杜松躺在地上，血水染红了一片，那三个大汉早没了踪影。舞厅里什么也没变，巨大的音乐，时明时暗的灯光，醉倒在地上的人群，摇头狂跳的人，一个个像犯了羊角风的病人。我想站起来，我哭着挣扎着，可是腿软得像泡了好几天的面条，怎么也直不起来。我喊着救命，可是声音被无情地淹没在欢快糜烂的音乐里。我哭着喊着，忽然觉得一切都那么不真实，恍惚间我以为我到了精神病院，周围都是没有感情没有思想没有自我的精神病患者。我睁大眼睛，灯光变得模糊然后清晰，然后模糊，然后清晰，泪水像飘落的雪，簌簌地滑落出我的眼眶。装着玛格丽特的酒杯被我打碎在地上，保安迅速过来了，我的泪水缓缓地淌过去，

一直模糊地看着那片刺眼的红色。我还没有告诉杜松，还没有来得及告诉他，玛格丽特鸡尾酒代表爱情，还有我爱他，我没有办法不爱他。

爸爸死了以后，我觉得好像一切都变了，曾经带着对爸妈的恨生活着，忽然发现，我从来没有恨过他们，我是那么、那么爱着他们。离开他们的时候我觉得捧着他们的照片哭泣的自己很没用很可笑，我告诉自己要坚强，告诉自己，其实我很坚强。文晴说："你要是难过就哭出来，要不人家怎么知道你难过呢？"我知道我不能哭，因为哭了泪水就再也停不住了，就没有办法再坚强了。只能在杜松面前哭，只能在他面前哭，跟他在一起这段时间快把我那么多年的泪水都流完了，他知道我的脆弱，知道我的眼泪。我爱他，不想再不承认，即使他做过什么，无论他做过什么，我都爱他。我这个人很贱，总是在失去的时候才明白，一直是自己跟自己叫劲，一直是自己在排斥自己的感觉。我真他妈的贱。舞厅里的音乐终于停止了，灯光恢复了普通的暖黄色，几个穿着白大褂的人过来拉我，我只记得自己说了一句话，我说："快救他！我没事！快救他！"我很高兴，我终于听见我的声音了，可能一下子听到自己的声音有点激动，脑子一乱我就昏过去了。

我睁开眼睛的时候发现自己在医院里，我从病床上蹦到地上，刚想跑，被人一把按回了床上。我看到文晴愤怒地瞪着我："你给我躺下！真是离开你一分钟都得出事儿。"我一把抓住文晴的手，"杜松，杜松，杜松他……他怎么……怎么……样，他在哪呢？他呢？"我语无伦次地问。文晴摇了摇头，"他还在抢救呢。"我浑身发软，整个身体神经质地颤抖起来。文晴一个劲地说："要冷静，你要冷静。"我觉得我现在特别不能冷静，一冷静下来我就想哭，想掉眼泪。文晴抱着我说："难受就哭出来，哭出来会好受点。"我没哭，好像没有力气哭了，泪水都哭干了。我只是激动地说："杜松，他，对不起，都是我……公平不是人，他，混蛋……我，我，我是笨蛋……"我脑袋估计烧坏了，胡言乱语，没说一句完整的话。

我神经质地撕扯着文晴的大白兔头像图案的衣服。她还是喜欢穿这种卡通图案的衣服，嫁了人，有了孩子，还是没能改变。我想一个人想改变可能太难了，就像我，永远是那么贱一样，就差有人指着我的鼻尖说，真贱不死你的。等我稍稍平静了一点的时候，文晴想开个玩笑缓和一下气氛，她说："你可真成。前几天把杜松弄到警察局里蹲了几天，这回又把他整医院来了，你们俩真是冤家对头啊。"我听了，觉得更难过了，我觉得我真是十恶不赦的大坏蛋，该千刀万剐。文晴估计也觉得玩笑开过了，就说："我的意思其实是你这几件事儿办得忒没水平，你是真对不起杜松，你这回欠他，等他好了，你要好好地照顾他。"我使劲点头，"如果他能好，我照顾他。"文晴笑了，"照顾他一辈子！"我拼命点头，"照顾他一辈子！"

经过抢救，杜松总算脱离了危险。我总算松了口气。文晴问我到底在酒吧发生了什么事情，我就把公平把我陷害了事儿说了。文晴摇头，不可能，公平不可能这么干啊。这里面一定有误会。我愤愤地说："误会什么！这个混蛋，要是再让我见到他，我一定要让他好看！非灌死他不可！"我正义愤填膺地大骂忽然想起了什么就往外跑，文晴从后面追过来喊我，"你干吗去啊？"我头也不回地说："我去看看杜松。"文晴叫了起来，"你别去了！你知道他在哪呀？你别去！喜芸！"我跑到一楼碰到医生护士模样的人就打听，知不知道有个刚抢救完的人在哪儿，估计我当时的样子有点吓人，有个护士愣是问我，你是谁的病人啊？说着拉着我就往精神科走，我差点气晕过去。我说："姐姐，我没事儿，我觉得从来没有这么好过。我不是脑袋病，是心病，您就告诉我有没有一个抢救过来的人得了……"我还想说什么，看到那个护士的眼神越来越不对劲了，就赶紧闭上了嘴巴。

好不容易才问到了杜松的病房，我冲过去的时候特激动，到了门口我又放慢了脚步，我看到 Ann 站在病房门口像个门神似的。她脸色暗淡地站在那儿，脸上的泪痕清晰可见，她发现了我，瞪大了眼睛，仿佛要从眼睛里喷出火来。我咬了咬嘴唇什么也说出来。Ann 的眼泪哗啦、哗啦地往外流，她仇恨地瞪了我一眼，然后哭得稀里哗啦的，好不容易才从牙缝里挤出一句话，"怎么又是你！怎么又是你！"我有种被当成瘟神的感觉，好像我就是个扫把星，碰谁谁倒霉似的。Ann 哭着、哭着顺着墙壁滑坐在地上，双手捂着脸呜咽着，"为什么，你为什么还会出现在这里？你到底要怎么样？你害死了你弟弟，是不是还要害死我哥哥？我讨厌你，我恨死你了。"我咬了咬嘴唇说："我对不起你，对不起杜松，你讨厌我你恨我，怎么样都可以。但是这次我不想再逃避了，我要照顾你哥哥，要对他特别特别好。你放心吧，我会照顾他一辈子，不会再让他受到伤害了。"结果 Ann 哭得更凄惨了，把我都哭毛了，我大脑一缺氧，跌跌撞撞地就进了杜松的病房。

杜松脸色苍白地躺在床上，眼睛紧闭着，在他的鼻子上手腕上插着很多塑料软管，旁边测心跳的机器的屏幕上，绿色的波浪线上下起伏着。我看到后妈几乎变了形的脸的时候，我的心变得紧巴巴的，我尽量回避着她仇恨的目光，我有种感觉，如果可以，她甚至可以拿把刀把我凌迟了。我张了张嘴巴想说点客套话，后妈竟走过来不由分说地一把抓住我的手腕把我生拉硬拽地拉出了病房。我急了，"你要干什么？"后妈撕扯着嗓子低吼了一句："走，我们出去，我有话对你说。"

我和后妈一前一后地走出了医院，文晴正好追过来问我怎么回事，我一把抓住她，"别走，陪我一下，我害怕。"文晴紧皱眉头说："你怕什么？喜芸，听我一句，不管对不起谁，都不要对不起自己。"我使劲点头，我想这次不管怎么样，我都不在乎了，我要按照我的想法去生活，我要得到幸福，这次我一定要幸福。后妈找了一个僻静的地方站住了回身看我。我和文晴也停了下来，我早有思想准备，我知道后妈一定是要骂我勾引了她儿子，这回我就随便她骂，横着骂竖着骂随便她怎么样，只要答应我和杜松在一起。然而我想错了，那个向来飞扬跋扈的女人没有尖着嗓子骂我，她突然哭了，像个不懂事的孩子一样哇哇地大哭起来。我不知所措地愣愣地看着这不可思议的画面。

一切都变得苍白而无力。我第一次看到后妈哭，在我模糊的童年印象里，她像个逼死人不偿命的邪恶老妖婆子。现在她会哭了，会摆出那种弱弱让人百般同情的样子让我一时有点承受不了。说实

话，我有点蒙。我傻傻地愣在原地，跟少了电池的玩具固定在那里傲视这荒唐的一切。后妈哭着说着，"我命苦啊！都是我的错！我造的孽！要惩罚就惩罚我啊！冲我来啊！冲我来啊！怎么不带我走啊！"她估计是哭缺氧了，精神一时亢奋激动，她竟然扑通一声跪在我的面前，然后给我磕头，震地有声，真把我当佛了啊。

　　我从没见过我后妈来这一手，原来对我都是吹胡子瞪眼睛的，上次见面的时候还怒斥我勾引她儿子，喝令我赶紧滚蛋呢，这会儿怎么把我当神仙还顶礼膜拜啊。我估计是太受宠若惊了，身子开始发软差点没站住滑到地上去，还好有文晴在我旁边扶着我给我当支柱。我嗓子特别干，眼睛发胀发酸。我特想说，你别这样。求你别这样。我特想说，是我错了，都是我的错。我以后一定好好待他，好好爱他。我再也不会和他分开了。我这才注意到天上下起了小雪，雪花弱弱地飘落，星星点点。我很希望能痛痛快快地下一场大雪，把裸露的建筑树木人群都盖上一层洁白的雪，堆起一个个快乐的雪人洋溢着笑脸。平安夜那会儿，我和杜松都企盼着看到雪花飘落的夜晚，我许下一个愿望就是我和杜松可以一起幸福地生活。雪花里后妈流泪的脸显得特别苍白而不真实，她说："喜芸，原来都是我错了。你大人不记小人过。你放了小松吧。啊？算我求你了，你离开他吧。"我把手拼命地向后摸索，直到攥住文晴的手的时候，我心里才踏实了。我在想，这个颐指气使、尖酸刻薄，从来都高高在上的女人，到底是怎么了，什么可以让她放弃这一切，甚至放弃尊严像乞丐一样跪在这里哭泣呢。我不敢想，我不愿意承认的是她爱杜松，不愿意承认，这一切都是因为她是杜松的妈妈，是出于母爱。

真的太可笑了，这个疯女人！

　　我不屑地撇了撇嘴角，吐出的气冷得比雪还要凉，我怀疑我的心已经停止，以至全身都失去了供暖的原动力。我说："你说什么？放了他？这是我的错吗？是他自己要爱我，是他自己非要拉着我不放的，这能怪我吗？煮熟的鸭子到了嘴边又不吃的道理吗？我只是顺便张嘴吃而已。"我艰难地咽了咽口水，嗓子刀刺一般疼，脑袋也起哄地痛。我忽然特生气，眼前这个女人让我厌恶，让我不屑，让我唾弃，我说："谁稀罕你儿子啊？我原来可能脑袋被门挤了说什么喜欢他。根本不能当真。我现在腻了，不喜欢他了！我不会再出现在你儿子面前！回去告诉他！我早就恶心他了，叫他少来烦我！"我喊得特豪迈，觉得周围都是我的回声，我知道如果我不喊出来我就说不出来这些话，我一定说不出来。我说完转身拉着文晴就走，走的时候好几次腿软，丹田一口气愣是把腿给撑直了。走了不知道多远，我才听见文晴在叫我的名字。我转过头发现已经看不到刚才那个地方了才停下来问，"怎么了？"文晴叹了口气说："你没事吧？"我说："我没事。我很好。真的。"文晴说："别骗我。刚才你浑身都抖，手冷得吓人。我知道你还喜欢杜松。你想哭就哭出来吧。"我摇了摇头说："我不想哭，真的。"

　　我看着阴霾的天空飘下来的雪花，我有点困，刚才我说了什么做了什么我都不太记得了。虽然只是刚发生几分钟的事情，我却觉得好像过了好几个世纪，那些事都发生过吗？为什么我感觉好像是在做噩梦。如果发生的都是真的，那我是不是应该觉得心疼呢？为什么一点都不疼，也不想哭呢，是因为心死了么。我伸出手望着掉落在我手上融化的雪，我的愿望是让我们都幸福，我如果不离开，我们都不会幸福。我有气无力地对文晴说："我觉得好累啊。我想坐会儿。"我说完就跟任性的孩子似的一屁股坐在了雪地里，我觉得眼皮特别沉，脑子里一片空白，我索性躺在地上望着雪花从天空落到我的眼睛里，化成水流下来。我终于发现人悲伤到一定级别的时候是不想哭的，什么也不想，好像什么都没有了，周围是虚无，自己也是虚无的。

49 公平说总有一天会让你幸福

　　搬家公司的人从我住的房间里搬出了最后一件家具，我站在门口发呆，感觉心里就像这搬空的房间一样空荡荡的，一切，发生的一切都好像是一场梦。我慢慢地走到阳台，外面的阳光特别好，我迎着浮来的春风望着远处摇摆的杨树，想起杜松扮成圣诞老人跳过来送我礼物，我想起他的微笑，我想起在这个阳台上第一次见到他时的惊讶，当时我听见有人在叫我的名字，我看到他的时候真以为这一切都是天意，谁知道却是他安排的一切呢，更或者现在的一切都是上苍安排，又为什么这般苦涩呢？晴朗的天空忽然下起了小雨，我恍惚听到杜松叫我的名字，喜芸？我答应着转过头望向杜松房间那边的阳台，空荡荡的什么都没有。我抹着不小心掉下来的眼泪，看到刺眼的艳阳天忽然下起了大雨，一道彩虹慢慢地浮现，七彩颜色，时隐时现漂浮在空中楼阁的花园里好像在诉说着一个古老而美丽的神话。

　　周扒皮居然慷慨了一把，他把我请到一家昂贵的饭店，点了一桌子的菜。他这样反而弄得我很不好意思，我说："周……不是，周爷爷，您这样做，我可真是受用不起啊，这是要折寿的。"周扒

皮笑着点头打着哈哈,他说我毕竟在他那里租了很长时间的房子了,还说什么是一点一点看着我长大的,我这么一走他还真有点舍不得。我心说您要是舍不得,就别那么快就把房子租出去了啊。周扒皮又说我是个好下家,从来没欠过房租,还尽给他买东西,他觉得以后再遇到我这么好的人困难了。我心说,是啊。我这么好,您就别跟我计较我提前离开亏了的那点房租钱了。周扒皮说来说去竟然眼圈红了,他给我斟了杯酒说:"来,天下没有不散的筵席,喝了这杯酒,我们还是好朋友!以后再街上见到,还要问个好!"我点了点头,一仰脖喝了,我心说,咱们以后是见不到了。

我心里清楚,我新租的那个地方就是一前不着村儿后不着店儿的地方,想走路上碰着周扒皮,困难点儿。周扒皮喝着、喝着就喝高了,他从他那破包里拎出个黑色口袋放在我的面前。他声音有些颤抖,他说:"唉,我这辈子都老实,从没做个什么违心事,我这辈子就做了这么一件蠢事儿啊!"他说着把袋子往我这边一推说,"这是一个人托我交给你的,那天你不在家,我正好过来收你的房租。那个孩子就坐在你的门口手里抱着这个塑料袋。我问他是你的什么人,他不说,只是问我是谁。我说我是你的房东。他看着我然后把这个袋子交给了我说一定要亲手交给你……我本来不想收,可是他硬是塞给了我然后就跑掉了。我愣是没敢追他,你别看我一把年纪,我这鼻子可好使了,我闻到了血味儿,人血味儿!是他受伤了还是别人的血蹭在他身上了我就不知道了,只是看到他脸色很不好,还出了很多的汗。这东西就这么到了我的手里,我本来想交给你,可是我好奇啊。我就打开看了一眼,没想到……"周扒皮咽了咽口水继续说，"没想到有那么多钱。我就一时鬼迷心窍给拿走了。对不起啊，孩子，你就当我老糊涂了。我现在把这东西交给你。我虽然把它拿回去了，可动都没动就塞在床底下了。我最近总是做噩梦，估计是老天爷不同意我这么做在惩罚我啊，我现在物归原主了，我这心里也踏实了，以后去阎王爷那里报到，我也理直气壮了。"我把塑料袋拿在手里打开，果然，里面有好多的钱，一百一百的红色钞票捆了三叠，我有点发傻，我问，"给我送钱的人叫什么？"周扒皮摇了摇头说："不知道啊。不过是个挺俊的小伙子呢。哦，对了，他右耳朵上戴了个钉子。"我心沉甸甸的，这个人是公平！

文晴叹了口气说："你看我说是你误会他了吧。我都问清楚了，就是那个小丽散播的谣言，什么你是公平的女朋友，货在你这儿。施璐璐现在可真不得了了，消息灵通得一塌糊涂，找她帮着打听点事儿，还真方便。"我慢悠悠地吃着瓜子，心不在焉地听文晴汇报怎么从施璐璐那里打听到了在酒吧伤了杜松那帮人的事儿。据施璐璐说，那些人是黑道上有名的几号杀手，打架杀人什么都干。雇他们的人也是黑道上的一个有头有脸的人物，他们得到的命令就是找到公平手里的货，而公平，也早就是黑道上小有名气的人物了。文晴神神秘秘地说："这个货到底是什么，施璐璐没说，我琢磨，估计是……白粉。"我"哦"了一声，继续吃瓜子。文晴呼天抢地起来，"白粉！喜芸，你傻了？你不吃惊吗？"我耸了耸肩说："杜松都成我哥了，公平也变成了黑道上的人，再出个白粉还有什么好奇怪的？现在，就是有人说地球明天不转了，我都不觉得吃惊。"

我说完抬起头看着文晴说，"我发现我真的看不准人，公平说的一点都没错，我根本就是个傻子，把谁都当好人。"文晴坐下来抓了一把瓜子放在手心里，然后又慢慢地倒到碗里，又抓起来瓜子重复刚才的动作，"小丽说她只是想保护自己。她说公平走了以后那帮人总是找她的麻烦，她就谎称那些东西在你那里，说你是公平的女朋友……小丽还说……公平对她说过重要的东西只会放在苏喜芸那里……"文晴停止了手上的动作，死死地看着我说，"所以小丽觉得，那货一定是在你那里。她觉得自己的谎言可能是真的。"我哼了一声说："没错，他是把重要的东西放在我这里了。"我说着站起来把扔在文晴家门口的黑袋子提了过来扔在她面前，然后对吃惊的文晴说，"你猜他留给了我什么？钱！都是钱！你别瞪我，我也是今天早上才拿到的，公平把这钱托周扒皮给我，没想到被那老爷子私藏。这我完全可以理解，谁看到这么一大笔钱都忍不住。你说他给我这么一大袋子钱算是怎么回事？他是欠我钱，可也不欠这么多啊。我甚至怀疑这些钱的来历，我更怀疑他的目的！"文晴掏出一大叠钱在手上掂量着，把玩着说："你觉得他要害你？"我摇了摇头说："我不这么想。我只是觉得他至少该给我留封信告诉我到底是怎么回事儿，他随便扔这么多钱给我，算怎么回事啊。不过，我也想过了，周扒皮说他闻到了血腥味儿。我估计公平他当时可能正被那帮人追杀，根本没有时间写信，更没有时间和我解释……唉，每次我想到这些，我都觉得不可思议，真的，我觉得就好像活在电影里。"文晴笑了，她把那叠钱在我眼前晃了晃说："这可是真的！"然后把钱横着捧到我的面前假着嗓子说，"请笑纳！"我本来想笑，可忽然注意到钱上异样的地方，我惊叫了起来，"边上有字！"我夺过文晴手里的钱，把钱紧紧地并拢在一起，在这叠钱的侧面清晰地写着一个"你"字。我和文晴惊讶地对望了一眼，文晴飞快地把袋子里的钱抓出来放在桌子上，我把手里的钱和那两叠钱平行放在一起，然后我看到了三个字，"我爱你"。

文晴忽然大笑起来："我就知道，我就知道，哈哈！"我瞪着文晴问："你知道什么？"文晴跺了跺脚，然后突然坐在地上哭了起来，"我就知道公平喜欢你！我就知道公平他爱你！我就知道我喜欢的人都喜欢你！我就知道你是我的克星！你是我们所有人的克星！跟你在一起就没好事儿！"我愣愣地望着大声哭泣的文晴，不知道说什么好。文晴擦着眼泪说："公平总是对我说，总有一天要赚很多很多钱给你，让你过得幸福。他真的把重要的东西交给了你，不是钱，是他的心！他是把他的心给了你啊！"我临走的时候把一叠钱留给了文晴，算是还她的。我离开的时候，文晴还在哭，不知道是为了公平，是为了我，还是为了她自己。我想，我恐怕不能再见文晴了，我把她伤得太惨了。

50 旋转的命运齿轮

临走的时候，我去看了妈妈。我去的时候她正在睡觉，我把一叠钱偷偷地放在了她旁边的小抽屉里，然后离开了。我犹豫了很久，还是没有勇气去见杜松，我想，我以后再也不会见他了。我又想他会不会来找我呢，会不会走遍天涯海角找我呢，我不知道，我忽然觉得难过，就赶紧不再想这件事情了。

我搬进了新房，房东开了一个欢迎会，我这才发现原来那里并不是我想象的那么冷清，因为要招待来游玩的旅游团，在这里住的，什么人都有，有厨师，有跳舞的，有唱歌的，有玩魔术的，有画家，十几个人唱唱跳跳笑笑，我忽然觉得快乐了起来，我跟着唱着拍着手哈哈地笑着。宴会撒了以后，房东老太太走过来摸了摸我的头说："人不如意十有八九，来这里歇歇脚吧。旅途山庄欢迎你。"我听了特有感触差点掉了眼泪。后来我才知道，这是旅途山庄的客套话，房东老太太见谁都说这么一段话。我知道真相以后特自嘲地笑了，我当时真差点为这么一句话，感动得涕泪横流，决心要在山庄里呆一辈子呢。

时间过得飞快，生活变了很多，只是有些东西永远无法改变，我一直没有忘记杜松，在我心里他一直都被摆在一个重要的位置上，一直不曾改变过。后来很多人都给我介绍对象，都被我婉言谢绝了，渐渐的，这里的人都知道，我在等一个人，一个不知道什么时候才会出现的人。

　　我有了一份工作，我人生的第一份工作，接待旅游团，带着旅游的人参观我们的旅途山庄，带着大家一起玩耍一起唱歌看节目。在跟大家一起生活的时候，我感到了前所未有的充实感，一种快乐。我常常会写信给文晴，她也会回信给我，她总是责怪我为什么用这么古老的联系方式，还说我越来越像原始人了。我就说，没有办法，山里上不了网，手机信号都没有，电话钱贵得要死，所以只好写信了。文晴后来说她对不起我，说那天骂我的话不是真心的。我回信说，我知道她不是真心的，我们依旧是最好的姐妹。文晴在信里一直没有提过杜松的事情，只是我刚搬家的时候她在信上短短地写过一句，杜松出院了。我也没问过他的事情，我想一切都该结束了。我再也没有见到过公平，后来文晴写来一封信上说，施璐璐去澳大利亚当模特拍外景的时候碰到了他，他在那里开了一家小餐厅，味道特别好。还让我和文晴有空去尝尝。施璐璐说他在那里找了个外国妞，长得蓝眼睛高鼻子就是有点胖。公平还说，外国妞都太肉了，他还是喜欢中国的柴火妞。我看到这些的时候，禁不住笑骂了一句："一点都没变。"我恍惚中感觉发生的一切都仿佛隔世，又好像鲜活在昨天一样。几年的时间，好像外面的时间都在变，只有我在这里停滞着，等待着，我甚至说不好我在等待什么，寻求着什么。

　　我们的山庄最近住进来了一个老外，叫汤姆。他好像对山庄的

风景、魔术、舞蹈、歌曲都感兴趣，他整天围着我问这个问那个。我还记得接待他的时候，我用笨拙的英文说了句你好，然后就没词儿了。他哈哈地笑着，用中文说了句，"你好"，还说出了一串特复杂的中文，我才知道是遇到了中国通。我曾问他中文怎么能说得这么好，比我还要地道。他就笑着说他有个好老师，逼着他不得不学习中文。后来我才知道他有一个中国上司，那个上司从来不说英文，只说中文，所以他想混饭吃就必须学中文。我愤愤不平地说，哪有这样的上司啊？他反而很高兴，说多亏了那个严格的上司，他才说了一口流利的中文，才能和我快乐地聊天。

汤姆笑起来的时候很阳光，我看着他的时候总会觉得他的笑容很像某个人。有一天我们开宴会，导游小凯唱歌助兴，唱了几首忽然就唱"有一点点动心"了，边唱边过来拉汤姆。在大家起哄下，汤姆居然大大方方地拉起我的手，用中文五音不全地跟着唱了起来"有一点点动心……"唱完大家一起拍手，我当时笑得特欢实，主要是汤姆走调走得太厉害了。结果大家都认定我就是汤姆的人了，汤姆也不给我解释的机会就乐颠颠地扬言要向我求婚，要把他的同事都拉来当见证人。我本来以为他开开玩笑就算了，没想到他真的拉了外国人中国人一大帮子人过来给他捧场。我被同事小凯死活从屋里拉了出来，我知道怎么躲也躲不过了，就对小凯说："我去，别拉了。你小子平时看着弱不禁风的，力气大得赛水牛啊。你先过去，等我打扮打扮再去，行吧？"小凯嘿嘿地笑着走了。我就慢悠悠地往宴会厅那边挪，快走到的时候，我看到一个熟悉的人影站在外面看风景。

　　我忽然觉得自己的身子空了，我走过去，望着他，平静，我没有想到，我们会在这里相遇，我更没想到，见面后我们俩都是这么的平静。杜松的笑容一点都没有变，像迷彩般炫目。他穿着一身休闲服，明亮的眸子，直挺的鼻子，柔软的嘴唇，飘逸的头发，仿佛哪儿都没有改变，可又好像哪里变了，他的眉宇间彰显着一种成熟和霸气，他的微笑里透着一种陌生的温柔，他的身上飘着一种奇怪的古龙香水的味道。我们对视了很久，谁也没有说话，还是我打破了这种沉默。我问："你还好吗？好久不见了。"杜松脸上的笑容不见了，他愣愣地望着我问："我们见过面吗？"我扑哧笑了，我心说，他居然变幽默了。我摇了摇头说："我们没见过，我只是打个招呼。"这个时候汤姆出来了，看到我就很高兴地向杜松介绍，"Jason，她叫苏喜芸。是我的女朋友。"然后向我介绍杜松，"他叫 Jason，是我说的那个老板。"说完冲我顽皮地努了努嘴。杜松哈哈地笑起来，"Tom！你是不是对你的女朋友说我坏话了？"汤姆一咧嘴拉着我进了宴会厅。杜松跟着走了进来，坐在了我对面的位置上。我开始怀疑我是不是认错人了，我觉得他只是长得像杜松，但其实不是他。我悄悄地问汤姆，"你老板的中文名字叫什么？"汤姆想了想说："他好像没有中文名字。或许他想不起来了。"我的心紧了一下，"什么叫想不起来了？"汤姆悄悄地对我说："我们老板生了一场大病，好像是发烧烧坏了脑袋，失去了记忆，甚至连自己的名字都想不起来了。他家里的人说他只有英文名字叫 Jason。所以我们都叫他 Jason。"

　　我干涸了很久的眼睛开始发胀发涩，我没有想到，原来只有我一个人痛苦地坚守着那份感情，原来只是我一厢情愿，原来我期待的，等待的那个人，早已把我忘掉了，也可以说我爱过的那个杜松早已不在了。大家起哄着让我上台唱歌，我推托着，汤姆使劲鼓掌，他叫着，来一个，加油！他哪里知道我心里的难过呢。我只好走上台，周围一下子安静了，我点了一首"心要让你看到"，我唱了起来，"心要让你看到，爱要让你听到，多爱你就会对你多留恋……心要让你知道，爱要让你看到，多爱你都要让你知道……"我唱着，望着同样注视着我的杜松，我的眼泪迸了出来，干涸了很久的眼眶潮湿了。我一遍一遍地唱着，伴奏停了，我还在唱，"心要让你听见，爱要让你看到……"唱到最后的时候，我忽然觉得天旋地转，脚一软就晕了过去。

我醒了的时候，看到大家都紧张地看着我，汤姆见我醒了长长地舒了口气："好了，好了，她醒了！感谢上帝！"汤姆和他的同事要离开了，临走的时候对我说："我随时准备好向你求婚。"我开玩笑地说："好的。等我想结婚了，一定去找你。"杜松向我道别："你唱得太好了，你应该考虑向歌唱界发展。"我笑着说："我唱歌是一个人教的，他比我唱得还好。他叫杜松。"杜松吃惊地问，"真的吗？他是位歌唱家吗？"我摇了摇头，心里有些悲凉，"不是，他曾是我爱过的人，他已经不在了。"杜松不说话了，他转身要走，忽然又转过来问我，"你真是汤姆的女朋友？"我扑哧笑了，"不是。他真会开玩笑。"杜松的笑容灿烂了起来，"我也很喜欢唱歌，有机会我教你！苏小姐，再见了！"我笑着点了点头，"再见。"望着他离开的身影，我想，这是结束，还是一个新的开始呢？

不管怎么样，我的心从来没有改变过，杜松，在见到你的那一刻起，我就爱上了你，不论你变成什么样子，我的心意永不改变。山的那边起了一层山雾，模模糊糊的，让我看不清楚山林和树木，在那片暮霭下面，遮盖了什么，隐藏了什么，是痛苦，是疾病，是怨恨，是悲伤，还是希望和幸福？我转身准备走，小凯追过来突然地问我："你是不是认识那个 Jason？"我非常吃惊这小子的直觉。他哼着鼻音说："你晕过去的时候，他蹿得比谁都快，过去就把你抱起来带到屋里去了。"我听了哑然失笑，我说："你不是一直想知道我在等谁吗？想不想听听？"小凯眼睛一下亮了："想听！"我说："那可是一个又臭又长的故事呢！"我们慢慢地往回走，我开始讲我的故事："从哪讲起呢……我有个好朋友，她要结婚了，要我当伴娘，我在宴会上遇到了他，他是伴郎……"

艳阳天，雨悄悄地停了。